여름

Summer

세계문학전집 368

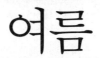

여름

Summer

이디스 워튼

김욱동 옮김

민음사

차례

여름   7

작품 해설   265
작가 연보   295

1

젊은 여자 하나가 노스도머[1]의 거리 한 끄트머리에 있는 로
열 변호사의 집에서 나와 문가에 섰다.

6월의 오후가 시작되는 시간이었다. 봄처럼 투명한 하늘
이 마을의 지붕들과 그 주위를 둘러싼 목초지와 낙엽송 숲에
은빛 햇살을 퍼부었다. 산들바람 한 줄기가 언덕 등성이에 걸
린 하얀 뭉게구름 사이로 불어와 들판을 가로질러 풀이 우거
진 노스도머 거리 아래쪽으로 그림자를 몰고 갔다. 이 마을은
지대가 높고 탁 트인 곳에 자리 잡아 좀 더 아늑한 뉴잉글랜드
마을에서 흔하게 볼 수 있는 그늘은 눈에 띄지 않았다. 오리
연못 주변의 수양버들 덤불과 해처드 부인네 문 앞에 있는 노

---

1) 북쪽으로 난 지붕창을 뜻하는 이 지명은 황량하고 을씨년스럽다는 의미
를 지닌다. 남자 주인공 루시어스 하니의 관심 분야인 건축과 관련되어 있기
도 하다.

르웨이 전나무들이 그나마 유일하게 길가에 그늘을 드리우고 있었다. 길은 로열 변호사의 집과 마을의 다른 쪽 끄트머리에 있는 교회 위쪽에서 시작해 공동묘지를 둘러싼 검은 솔송나무 벽까지 이어져 있었다.

6월의 산들바람이 살랑살랑 길거리를 따라 내려가며 해처드 부인네 전나무 가장자리를 애처롭게 흔들더니, 그 아래를 막 지나가고 있는 젊은이의 밀짚모자를 낚아채어 길 맞은편 오리 연못 속에 던져 버렸다.

젊은이가 모자를 건지러 달려가는 동안 로열 변호사네 문간에 서 있던 아가씨는 그가 낯선 사람이고, 도시에서 유행하는 옷차림을 하고 있으며, 젊고 자유분방한 다른 사람들처럼 이를 드러내고 환하게 웃는 것을 눈여겨보았다.

심장이 살짝 졸아들었다. 그녀는 즐거워서 들뜬 얼굴을 한 사람들을 볼 때면 갑자기 위축되어 다시 집 안으로 들어가 이미 호주머니에 넣었다는 사실을 알면서도 열쇠를 찾는 척했다. 복도 벽에 푸르스름하고 좁다란 거울이 걸려 있었다. 그녀는 거울에 비친 자기 모습을 마음에 들지 않는 듯 바라보고 자신도 스프링필드에서 이따금 해처드 부인 집에 다니러 와 일주일씩 머물다 가는 애너벨 볼치처럼 푸른 눈동자를 가졌으면 얼마나 좋을까 생각해 보았다. 그러고는 까무잡잡하고 작은 얼굴 위에 햇볕을 받아 황갈색으로 변한 모자를 고쳐 쓰고 다시 햇살 속으로 걸어 나갔다.

"모든 게 지긋지긋해!" 그녀가 중얼거렸다.

젊은이는 해처드 부인네 집 앞을 지나갔고, 그녀는 텅 빈 거리를 혼자 차지하고 있었다. 노스도머는 언제나 사람이 별로 없는 곳인 데다 6월의 오후 3시면 체격이 건장한 몇 안 되는 사내들은 들판이나 숲에 나가 있고, 여자들은 집 안에서 따분한 집안일을 하고 있을 때였다.

익숙한 마을에 낯선 사람이 나타난 탓에 아가씨는 손가락에 낀 열쇠를 흔들며 부쩍 관심 있게 주위를 둘러보면서 걸어갔다. 다른 지방에서 온 사람들에게 노스도머는 과연 어떻게 비칠지 궁금했다. 다섯 살 때부터 줄곧 이 마을에서 살아온 그녀는 오랫동안 이 마을을 중요한 장소로 생각해 왔다. 그런데 일 년 전쯤 노스도머 교회에서 예배를 집전하기 위해 두 주에 한 번씩 마차를 몰고 찾아오는, 헵번[2]의 감독교회[3]에 새로 부임한 마일스 목사가 이곳 젊은이들을 네틀턴에 데려간 적이 있다. 선교에 열성인 나머지 슬라이드 사진을 곁들인 성지 순례 강연을 듣게 하기 위해서였다. 이 무렵만 해도 마을에 목재 운반용 도로가 나기 전이었다. 노스도머의 미래를 책임질 열두서너 명의 젊은이들이 마차를 타고 시골 언덕을 넘고 넘어 헵번에 도착한 뒤 그곳에서 다시 완행열차로 갈아타고 네틀턴으로 갔다. 도저히 믿기지 않을 만큼 멋진 그 하루 동안 채리티 로열은 난생처음 기차 여행을 해 보았고, 정면이 판유리로 된 상점 안을 기웃거렸으며, 코코넛파이를 맛보았고, 극장

---

2) 실재하지 않는 허구의 장소. 이 작품에 등장하는 지명은 스프링필드를 빼놓고 거의 모두 가공의 지명이다.

3) 미국에서는 1789년 영국 성공회로부터 독립한 '개신교 감독교회'의 약칭으로 사용해 왔지만 1982년에 미국 성공회의 정식 명칭이 되었다.

에 앉아 어느 신사가 슬라이드 사진 앞에 서서 알아들을 수 없는 이야기를 하는 것을 들었다. 그의 설명 때문에 방해를 받지만 않았더라면 채리티는 그 슬라이드 사진을 재미있게 감상했을 것이다. 이 첫 경험 덕분에 채리티는 노스도머가 작은 마을이라는 사실을 깨달았고, 마을 도서관의 사서로서 전에 느껴 보지 못한 정보에 대한 갈증을 느끼게 되었다. 처음 한두 달 동안은 산만하기는 해도 '해처드 기념 도서관'의 먼지 덮인 책들을 열심히 뒤졌다. 하지만 네틀턴에 대한 인상이 차츰 희미해지면서 계속 책을 읽는 것보다 차라리 노스도머를 우주의 중심으로 받아들이는 쪽이 더 쉽다는 사실을 알게 되었다.

그런데 낯선 젊은이의 모습을 보자 네틀턴의 기억이 되살아나면서 노스도머는 실제 크기로 줄어들었다. 한쪽 끄트머리에 자리 잡은 로열 변호사의 빛바랜 '붉은 집'에서 반대쪽 끄트머리의 하얀 교회에 이르기까지 마을 위아래를 쳐다보면서 채리티는 매정스러울 만큼 이 마을을 저울질했다. 여기는 말하자면 비바람이 불고 햇볕에 그을린 언덕바지에 있는 마을로 남자들은 모두 떠나가고, 기차며 전차며 전신이며 현대 도시에서 삶과 삶을 이어 주는 모든 시설과 동떨어져 있었다. 상점도, 극장도, 강연장이나 상가 지역도 없었다. 다만 있는 것이라고는 도로 사정이 좋으면 두 주에 한 번씩 문을 여는 교회와 지난 이십 년 동안 새 책이라고는 한 권도 구입한 적이 없으며 낡은 책들마저 눅눅한 선반 위에서 조용히 썩어 가는 도서관뿐이었다. 그러나 채리티 로열은 지금까지 노스도머와 운명을 같이하게 된 것을 특별히 다행스럽게 여겨야 한다는 말을 늘 들어 왔다. 그녀가 태어난 곳과 비교하면 노스도머는 가장 세련된 문명의 축복을 받은 곳이라고 알고 있었다. 어린아이 때 이 마을에 온 뒤로 줄곧 마을 사람들 모두가 채리티에게 그렇게 말했다. 언젠가 무척이나 힘이 들었을 때 심지어 해처드 부인마저 이렇게 말한 적이 있다. "얘야, '산'에서 너를 데려온 게 로열 씨라는 사실을 절대 잊어서는 안 돼."

채리티는 '산에서 데려온' 아이였다. 이글레인지[4]의 좀 더 작은 경사지 위쪽으로 음울한 벽을 처들고 쓸쓸한 계곡에 끊임없이 어두운 배경 역할을 하는 그 상처투성이의 절벽 말이다. 그 '산'은 족히 25킬로미터는 떨어져 있었지만 훨씬 나지막한 언덕에서 가파르게 솟아올라 노스도머 위에 그림자를 드리우고 있는 것처럼 보였다. 그리고 그 '산'은 구름을 끌어다가 계곡을 가로질러 폭풍우를 만들어 흩뿌리는 커다란 자석 같았다. 티 하나 없이 맑디맑은 여름 하늘에 노스도머 위로 한 줄기 수증기라도 지나갈 때면 마치 배가 소용돌이 속에 빨려 들어가듯 수증기는 이내 '산'으로 몰려가서 바위틈에 붙잡혀 잡아 뜯기고 몇 곱절로 늘어나 다시 마을 위에 비와 어둠으로 쏟아져 내렸다.

채리티는 '산'에 대해 뚜렷이 아는 것이 별로 없었다. 그러나 더러운 곳이며 거기에서 태어났다는 사실이 수치스러운 일이라는 것쯤은 알았다. 해처드 부인이 언젠가 일깨워 주었듯이 노스도머에서 자신에게 무슨 일이 일어나든 그곳에서

---

4) 매사추세츠주 서부 산악 지역의 언덕을 모델로 한 허구의 장소.

왔다는 사실을 잊지 말고 입을 꼭 다문 채 고맙게 여겨야 한다는 것도 잘 알고 있었다. 채리티는 이런 것들을 생각하며 '산'을 올려다보고 보통 때처럼 감사한 마음을 가지려고 애썼다. 그러나 그 젊은이가 해처드 부인네 문으로 들어서는 것을 보자 네틀턴에서 보았던 눈부시게 화려한 거리가 되살아났다. 채리티는 갑자기 자신의 낡은 햇빛 차단용 모자가 부끄러워졌고, 노스도머가 싫어졌고, 그 푸른 눈이 저 멀리 어딘가 네틀턴보다 더 아름다운 곳을 향해 열려 있는 스프링필드의 애너벨 볼치에게 질투가 났다.

"모든 게 지긋지긋해!" 채리티는 다시 한번 중얼거렸다.

거리를 반쯤 내려가 채리티는 돌쩌귀가 흔들거리는 대문 앞에서 발걸음을 멈췄다. 그곳을 지나 벽돌을 깔아 놓은 길을 따라 신전처럼 생긴 이상야릇한 작은 벽돌집으로 걸어갔다. 빛바랜 금색 글씨로 '오노리어스 해처드 기념 도서관, 1832년'이라는 문구가 새겨진 하얀 나무 기둥이 박공벽을 떠받들고 있었다.

오노리어스 해처드는 해처드 부인의 큰할아버지였다. 별로 내세울 것 없는 그녀는 그 표현을 바꾸어 자신을 그의 종손녀라고 내세울 터였다. 오노리어스 해처드는 19세기 초에 그런대로 이름을 날렸기 때문이다. 도서관 안에 있는 대리석 명판이 어쩌다 찾아오는 방문객에게 알려 주듯 문학적 재능이 있던 그는 「이글레인지의 은둔자」라는 글을 집필했으며 워싱턴 어빙,[5]

---

5) 미국의 단편 소설 작가(1783~1859). 『스케치 북』으로 유명하다.

피츠그린 홀렉[6]과 친분을 맺기도 했다. 하지만 이탈리아에서 얻은 열병으로 꽃다운 나이에 요절하고 말았다. 그만이 유일하게 노스도머와 문학을 연결하는 고리, 즉 기념관을 세워 경건하게 추모하고 있는 고리였다. 채리티 로열은 화요일과 목요일 오후마다 이 기념 도서관에서 고인의 얼룩진 동판 초상화가 걸려 있는 벽 앞의 책상에 앉아 있었다. 그리고 과연 무덤 속에 누운 그 노인이 도서관에 처박힌 자신보다 더 무감각한 상태에 놓였다고 느낄지 궁금해했다.

힘없는 발걸음으로 자기만의 감옥에 들어선 채리티는 모자를 벗어 미네르바 석고상 위에 걸고는 덧문을 열고 창밖으로 몸을 내밀어 제비가 창문 위 제비 집에 알을 낳았는지 살펴보았다. 그리고 마침내 책상에 자리를 잡고 면사 레이스 꾸러미와 코바늘을 꺼냈다. 채리티는 뜨개질 솜씨가 뛰어난 편이 아니어서 못 쓰게 된 『가로등 점등부』[7]의 버크럼[8] 책등에 감아둔 작은 레이스를 50센티미터쯤 짜는 데도 몇 주씩 걸렸다. 그러나 직접 뜨개질을 하지 않고는 여름 블라우스를 장식할 레이스를 얻을 길이 없었다. 마을에서 가장 가난한 앨리 호스가 부럽게도 두 어깨에 투명한 레이스를 걸치고 교회에 나타난 뒤로 채리티의 뜨개질바늘은 좀 더 빠르게 움직였다. 레이스

---

6) 미국의 대중 시인(1790~1867). 「조셉 로드먼의 죽음에 대하여」와 「코네티컷」 등의 작품이 유명하다.
7) 마리아 수재나 커민스(1827~1866)의 감성 소설로 출간되자마자 대단한 인기를 끌었다.
8) 아교나 풀을 발라 빳빳하게 만든 아마포.

를 풀고 고리에 바늘을 찔러 넣으며 채리티는 이마를 찡그린 채 고개를 숙이고 뜨개질에 열중했다.

갑자기 문이 열렸다. 채리티는 두 눈을 들기도 전에 해처드 부인의 집으로 들어갔던 그 젊은이가 도서관에 온 것을 알았다.

채리티를 거들떠보지도 않은 채 젊은이는 뒷짐을 지고서 돌무덤 같은 긴 방을 천천히 돌아다니며 근시안으로 곰팡이 냄새 나는 책들을 위아래로 쭉 훑어보았다. 마침내 그가 책상으로 다가와 채리티의 앞에 섰다.

"색인 카드가 있나요?" 상냥하기는 하지만 난데없는 질문이었다. 그 질문이 이상해서 채리티는 하던 일을 중단했다.

"뭐라고요?"

"글쎄, 그거 있잖아요⋯⋯." 그는 말을 멈췄다. 채리티는 젊은이가 자신을 처음으로 제대로 보고 있다는 사실을 알아차렸다. 지금까지 도서관에 들어와 근시안으로 내부를 살펴보는 동안 채리티를 도서관에 딸린 가구로 여긴 모양이었다.

채리티는 그가 자신을 발견하자마자 할 말을 잊어버렸다는 사실을 놓치지 않았다. 그녀가 눈을 내리깔고 미소를 지었다. 그도 미소를 지었다.

"그래요. 아마 모를 겁니다." 그가 고쳐 말했다. "아무래도 그건 거추장스러운 일이겠네요⋯⋯."

그의 목소리에서 겸손한 듯하면서도 얼마간 오만한 기미가 느껴져 채리티는 날카롭게 따져 물었다.

"왜죠?"

"이렇게 작은 도서관이라면 직접 책을 찾아보는 게 훨씬 더 즐거운 일일 테니까요…… 도서관 사서의 도움을 받으면서 말이죠."

젊은이가 마지막 구절을 너무 정중하게 덧붙이는 바람에 채리티는 감정이 누그러져 한숨을 지으며 대답했다. "제가 큰 도움을 줄 수 있을지 모르겠네요."

"왜 그렇게 생각하죠?" 이번에는 젊은이가 물었다. 채리티는 어쨌든 책이 많지 않다고, 그마저도 자신은 거의 읽지 않았다고 대답했다. "벌레가 책들을 파먹고 있어요." 그녀가 침울한 목소리로 덧붙였다.

"그래요? 그거 안됐군요. 보아하니 괜찮은 책들이 좀 있는데 말이에요." 그새 대화에 흥미를 잃었는지 그는 채리티를 잊은 듯 다시 어슬렁어슬렁 걸어가 버렸다. 그의 무관심에 화가 치밀어 채리티는 어떤 도움도 주지 않겠다고 마음속으로 다짐하며 뜨갯감을 집어 들었다. 그녀를 등진 채 한참 동안 멀리 떨어진 서가에서 거미줄이 쳐진 큼직한 책을 한 권 한 권 들어서 내리는 것으로 보아 그는 그녀의 도움이 필요 없는 듯했다.

"와, 이거 봐라!" 그가 소리를 질렀다. 채리티가 고개를 들어 보니 그는 손수건을 꺼내 손에 든 책의 가장자리를 조심스럽게 훔치고 있었다. 채리티한테는 그의 행동이 부당하게도 마치 그녀가 책을 제대로 관리하지 않고 있다는 비난으로 느껴졌다. 그래서 화가 난 목소리로 내뱉었다. "책들이 더러운 건 제 책임이 아니라고요."

젊은이는 몸을 돌려 다시 흥미롭다는 듯 채리티를 쳐다보았다. "아…… 그렇다면 아가씨는 도서관 사서가 아니군요?"

"물론 도서관 사서죠. 하지만 이 많은 책의 먼지를 털어 낼 순 없잖아요. 게다가 아무도 이 책들을 거들떠보지 않아요. 이제는 해처드 부인도 너무 다리를 절어서 못 나오시고요."

"그래요, 오실 수 없겠죠." 그는 닦고 있던 책을 내려놓고 잠자코 채리티를 바라보며 서 있었다. 채리티는 해처드 부인이 도서관을 어떻게 관리하는지 탐문하려고 그를 보낸 것이 아닌가 하는 생각이 들었다. 그런 의심이 들자 더욱 화가 치밀어 올랐다. "당신이 조금 전에 그 댁에 들어가는 것을 봤어요. 아닌가요?" 뉴잉글랜드 사람들이 그러듯이 이름을 언급하기를 피하며 물었다. 채리티는 도대체 무엇 때문에 그가 책들을 뒤지고 돌아다니는지 알아내기로 마음먹었다.

"해처드 부인 댁이요? 네 맞아요…… 사촌 누님이시거든요. 전 지금 그 집에 머물고 있어요." 젊은이가 대답했다. 그러고 나서 눈에 보이는 불신감을 누그러뜨리려는 듯 덧붙였다. "제 이름은 하니…… 루시어스 하니라고 합니다. 어쩌면 사촌 누님이 제 이야기를 하셨을지도 모르겠군요."

"아뇨. 하신 적 없어요." 채리티가 대답했다. 속으로는 '네, 이야기하신 적이 있어요.' 하고 말할 수 있다면 얼마나 좋을까 생각했다.

"아, 그런데 말이죠……." 그가 웃으며 말했다. 다시 말이 끊겼고, 그동안 채리티는 자신의 대답이 상대방을 격려하는 투가 아니라는 것을 문득 깨달았다. 그가 다시 입을 열었다. "이 도서관은 건축에 관한 책이 그다지 많지 않은 것 같네요."

채리티는 몹시 당황했다. 그를 이해하고 싶다는 생각이 들수록 그의 말이 점점 더 수수께끼처럼 들렸다. 그는 네틀턴에서 슬라이드 사진을 '설명하려고' 했던 그 신사를 떠올리게 했고, 자신이 무식하다는 생각이 마치 관을 덮는 두꺼운 천처럼 또다시 그녀를 무겁게 짓눌렀다.

"제 말은요, 이 도서관에는 옛날 저택에 관한 책이 별로 없다고요. 그 문제와 관련해서 이 지방은 지금까지 별로 연구된 게 없는 듯하네요. 모두들 플리머스와 세일럼에 대해서는 끊임없이 연구를 하면서 말이죠. 너무 바보 같은 짓이에요. 사촌누님이 지금 살고 계신 집만 해도 훌륭하지요. 이 지방도 과거가 있을 게 틀림없어요…… 한때는 지금 이상이었을 겁니다." 그는 수줍은 사람이 우연히 자기 말을 듣고 혹시 수다스럽지나 않았는지 염려하듯 얼굴을 붉히며 갑자기 말을 멈췄다. "전 건축가거든요. 지금 이 지역에 있는 옛날 집들을 찾아다니고 있어요."

채리티는 멍하니 그를 바라보았다. "옛날 집들이라고요? 노스도머에는 오래되지 않은 게 하나도 없어요. 안 그런가요? 어쨌든 사람들은 그래요."

젊은이는 씩 웃고 또다시 다른 쪽으로 어슬렁어슬렁 가 버렸다.

"어떤 것이라도 좋으니 이 지방의 역사에 관한 책이 있나요?" 그가 곧 도서관 저쪽 끄트머리에서 말했다. "제 생각으론 1840년경에 쓴 책이 한 권 있는 것 같은데요. 초기 정착에 관한 책인지 팸플릿인지 말이죠."

채리티는 코바늘을 입술에 갖다 대고 골똘히 생각에 잠겼다. 그런 책이 있다는 것을 알았다. 『노스도머와 이글군(郡)의 초기 구획』이라는 책이다. 힘없이 축 늘어져 다른 책들 사이에 꽂아 놓아도 언제나 서가에서 떨어지거나 뒤로 미끄러져 채리티는 유난히 이 책에 대해 유감이 많았다. 마지막으로 그 책을 집어 들었을 때는 도대체 어떻게 누가 노스도머와 도머, 햄블린, 크레스턴, 크레스턴리버 같은 이웃 마을에 대해 책을 쓰려고 했는지 의아하게 생각했던 기억이 났다. 채리티는 황량한 계곡 자락에 옹기종기 자리 잡은 폐가들을 모두 알고 있었다. 노스도머 사람들이 사과를 따러 가는 도머며, 한때 종이 공장이 서 있었지만 지금은 시냇가에 회색 벽들만 썩어 가는 크레스턴리버, 언제나 첫눈이 내리는 햄블린. 그 마을들이 유명하다면 이런 것들 때문이었다.

채리티는 벌떡 일어나 서가 앞에서 건성으로 서성거리기 시작했다. 그러나 그 책을 마지막으로 어디에 놓아두었는지 도무지 생각이 나지 않았다. 그 책이 전처럼 속임수를 부려 눈에 띄지 않으려고 하는 것 같았다. 오늘은 그녀에게 운이 좋은 날이 아니었다.

"어딘가에 있을 거예요." 열성을 보이고 있다는 것을 증명하기 위해 채리티가 말했다. 그러나 자신 없이 말했고, 그래서 자기 말이 아무런 확신도 주지 못하리라고 느꼈다.

"아, 그런데 말이죠……." 젊은이가 다시 말했다. 그가 나갈 채비를 하자 채리티는 어느 때보다 더 그 책을 찾고 싶었다.

"다음번에는 나타나겠죠." 그가 덧붙였다. 그러고는 책상 위에 올려놓은 책을 집어 채리티에게 건넸다. "그런데 말이죠,

공기와 햇볕을 조금만 쏘여도 이 책에 큰 도움이 될 거예요.
꽤 귀한 책이거든요."

그는 채리티에게 고개를 끄덕이며 미소를 짓고는 밖으로
나갔다.

2

해처드 기념 도서관의 열람 시간은 오후 3시부터 5시까지였다. 채리티 로열은 의무감에서 보통 4시 30분 가까이 될 때까지는 책상에 붙어 있었다.

그러나 그런다고 해서 노스도머나 자신에게 실제적으로 도움이 된다고는 한 번도 생각해 본 적이 없었다. 마음이 내키면 한 시간 전에 도서관을 닫아도 양심의 가책을 조금도 느끼지 않았다. 하니가 도서관에서 나간 지 몇 분 뒤 채리티는 그렇게 하기로 마음먹고는 레이스를 치우고 덧문을 닫은 다음 지식의 전당에 자물쇠를 채웠다.

채리티가 모습을 드러낸 거리는 여전히 텅 비어 있었다. 거리 위아래 쪽을 살펴보고 나서 채리티는 집을 향해 발걸음을 옮겼다. 그러나 집에 들어가지 않고 그냥 지나쳐 들길로 접어들어 언덕 위 목초지로 올라갔다. 목초지 출입문의 빗장을 내리고 목초지의 허물어져 가는 벽 옆으로 난 오솔길을 따라 걸었다. 채리티는 계속 걸어서 마침내 바람이 새로 돋아난 술 장식 같은 솔송나무 잎을 흔들어 대는 작은 언덕에 이르렀다. 그녀는 언덕바지에 벌렁 드러누워 모자를 벗어 던지고 풀밭에 얼굴을 파묻었다.

채리티는 아직 모르는 게 많은 데다 감각이 무뎠는데, 그런 사실도 어렴풋하게만 알고 있었다. 그러나 빛이며 공기, 향기, 색깔 같은 것들에 대해서는 몸속에 흐르는 피 한 방울 한 방울이 민감하게 반응했다. 그녀는 손바닥에 투박스럽게 느껴지는 산자락의 마른 풀이며 얼굴을 짓누르는 백리향 냄새, 머리카락과 면 블라우스 속을 스쳐 가는 바람, 솔송나무가 바람결에 흔들리면서 내는 삐걱거리는 소리를 좋아했다.

채리티는 가끔 언덕에 올라와 바람의 감촉을 느끼고 풀밭에 뺨을 비비는 기쁨을 맛보기 위해 혼자 그곳에 누워 있었다. 그럴 때면 아무런 생각도 하지 않고 뭐라 말할 수 없는 행복감에 젖었다. 오늘은 이런 행복감이 도서관에서 해방되었다는 기쁨 때문에 더욱 컸다. 채리티는 근무 중에 친구가 잠깐 들러 잡담을 나누는 것 정도는 좋아했지만 책 문제로 신경을 쓰는 것은 끔찍이 싫어했다. 찾는 사람도 거의 없는데 그 책들이 어디에 꽂혔는지 어떻게 다 기억한단 말인가? 오머 프라이가 어쩌다 소설책 한 권을 빌려 가고, 그 오빠 벤은 그가 '치리'⁹⁾라고 부르는 책과 무역과 부기에 관한 책을 좋아했다. 그러나 어

9) '지리(地理)'를 잘못 발음한 것이다.

쩌다가 『톰 아저씨의 오두막집』이나 『밤송이 열기』 또는 롱펠로의 시집을 빌려 가는 것을 제외하고는 어느 누구도 책을 찾지 않았다. 그녀는 이런 책들은 가까이 두어 캄캄한 어둠 속에서도 쉽게 찾을 수 있었다. 그런데 예기치 않게 아주 가끔 다른 책을 찾을 때면 부당하게 취급받은 것 같아 화가 치밀었다…….

채리티는 그 젊은이의 생김새며 근시안이 마음에 들었다. 또한 햇볕에 그을리고 힘줄이 불거졌지만 손톱만은 여자 손톱같이 매끄러운 손처럼, 불쑥 내뱉으면서도 부드러운 그 이상야릇한 말투가 마음에 들었다. 머리카락도 햇볕에 탄 것처럼 보였고, 어딘지 서리가 내린 뒤의 고사리같은 색깔을 띠었다. 잿빛 두 눈에는 근시안인 사람 특유의 호소하는 듯한 표정이 감돌았고, 미소는 수줍으면서도 자신감이 흘러넘쳐 마치 채리티가 꿈도 꿔 보지 못한 많은 것을 알지만 무슨 일이 있어도 그녀가 그의 탁월함을 느끼지 못하게 하려는 듯했다. 그러나 채리티는 느끼고 있었으며, 그런 느낌이 마음에 들었다. 채리티에게는 새로운 것이었기 때문이다. 비록 가난하고 무식한 데다 '산'에서 태어났다는 사실이 무엇보다도 가장 수치스러운 일인 노스도머에서 자신이 가장 비천하다는 사실을 잘 알았지만 채리티는 자신의 한정된 세계에서 언제나 여왕처럼 군림해 왔다. 그것은 물론 부분적으로는 로열 변호사가 '노스도머에서 가장 중요한 인물'이기 때문이었다. 워낙 거물이라 사정을 잘 모르는 외부 사람들은 왜 그가 이곳에 계속 남아 있었는지 늘 궁금해할 정도였다. 아무튼 로열 변호사는 노스도머에서 심지어 해처드 부인보다도 더 중요한 인물로 군림했고, 채리티는 그런 로열 변호사 집에서 군림했다. 물론 채리티는 자신에 대해 그런 식으로 말하지 않았다. 하지만 자신의 능력을 잘 알았고, 그 힘을 어떻게 해서 얻게 되었는지도 잘 알았으며, 그 사실을 끔찍이도 싫어했다. 그녀는 도서관에서 만난 젊은이 때문에 남에게 의지하는 것이 얼마나 달콤한지 처음으로 깨닫고 어리둥절했다.

채리티는 벌떡 일어나 앉아 머리카락에 붙은 풀을 떼어 내고 그녀가 여왕처럼 살고 있는 집을 내려다보았다. 제대로 돌보지 않아 발아래에 을씨년스럽게 서 있는 그 집은 빛바랜 붉은색 앞면과 도로 사이에 '마당'이 가로놓여 있었다. 마당에는 가장자리에 구스베리 덤불이 자란 작은 길이며, 위령선에 무성하게 덮인 돌우물이며, 로열 씨가 언젠가 그녀를 기쁘게 해 주려고 헵번에서 가져온 부채 모양의 버팀목에 붉은색 덩굴장미가 힘없이 매달려 있었다. 집 뒤쪽에는 울퉁불퉁한 땅 위에 빨랫줄이 돌담까지 길게 늘어졌고, 돌담 너머 건너편에는 옥수수밭과 감자를 몇 줄 심은 텃밭이 근처 돌과 고사리가 뒤섞인 황무지로 슬그머니 자취를 감추었다.

채리티는 언제 이 집을 처음 보았는지 기억이 나지 않았다. '산'에서 데려왔을 때 열병을 앓고 있었다는 말을 들은 적이 있다. 다만 어느 날 로열 부인의 침대 발치에 놓인 작은 침대에서 깨어나 앞으로 자기 방이 될 서늘할 만큼 깔끔한 방을 바라보던 것을 기억할 뿐이다.

로열 부인은 그로부터 칠 년인가 팔 년 뒤에 죽었다. 이즈음 채리티는 자기 주변의 일들을 대부분 헤아렸다. 채리티는 로열 부인이 불행하고 소심한 데다 몸이 약했다는 사실을 알고 있었다. 로열 변호사가 무자비하고 폭력적이었지만 실은 아내보다 더 약한 사람이라는 것도 알았다. 그리고 (마을의 반대편 끄트머리에 있는 하얀 교회에서) 자신이 '채리티'라는 세례명을 받은 것은 로열 씨가 사심 없이 그녀를 '산에서 데리고 내려온' 것을 기념하고, 그녀의 마음속에 그에 어울리는 의존심을 계속 유지하도록 하기 위해서라는 것도 잘 알았다. 로열 씨가 그녀의 후견인이라는 사실, 그러나 비록 모든 사람들이 자신을 '채리티 로열'이라고 부르지만 법적으로 입양한 것은 아니라는 사실도 알았다. 그가 왜 변호사 사무실을 처음 개업한 네틀턴에서 일하지 않고 굳이 노스도머에 돌아와 사는지에 대해서도 알고 있었다.

로열 부인이 죽은 뒤 채리티를 기숙사 학교에 보낸다는 이야기가 오갔다. 해처드 부인이 이 문제를 제안하고 로열 씨와 오랫동안 이야기를 나누었다. 로열 씨는 어느 날 해처드 부인이 추천한 학교를 방문하고 그녀의 계획을 실행에 옮기기 위해 스탁필드[10]로 떠났다. 그런데 그는 이튿날 밤 어둡고 더 우울해진 표정으로 집에 돌아왔다. 채리티가 이제까지 본 적 없는 표정이었다. 채리티가 어떤 일을 겪은 것은 그 무렵이었다.

채리티가 언제쯤 학교에 가게 되느냐고 물었을 때 그는 "학교에 가지 않을 거야." 하고 짤막하게 대답하고는 그가 사무실

---

10) 매사추세츠주 버크셔 지방을 모델로 한 허구의 장소.

이라고 부르는 방에 들어가 틀어박혔다. 다음 날 스탁필드에서 학교를 운영하는 부인이 '여러 사정 때문에' 학생을 더 받을 수 없다는 편지를 보내왔다.

채리티는 실망했지만 사정을 이해했다. 로열 씨를 그날 그토록 풀이 죽게 만든 것은 스탁필드에서 마주친 온갖 유혹이 아니라 그녀와 헤어져야 한다는 사실이었다. 그는 무척이나 '외로운' 사람이었다. 채리티 자신이 너무나 '외로운' 사람이기 때문에 알 수 있었다. 로열 씨와 채리티는 그 쓸쓸한 집에서 서로 얼굴을 맞대고 고독의 깊이를 헤아리곤 했다. 채리티는 그에게 특별한 애정이 없었고, 눈곱만치도 고마움을 느끼지 않았다. 다만 그가 주위 사람들보다 더 우월하며, 자신이 그와 고독 사이에 놓인 유일한 존재라는 사실을 인식하고 있었기 때문에 그를 동정할 뿐이었다. 따라서 하루 이틀이 지난 뒤 해처드 부인이 네틀턴에 있는 학교 문제를 상의하고 이번에는 그녀의 친구가 '필요한 준비를 해 줄' 거라는 말을 하려고 불렀을 때 채리티는 노스도머를 떠나지 않기로 결심했다며 단호하게 거절했다.

해처드 부인은 친절하게 채리티를 설득하려고 했지만 헛수고였다. 채리티는 그저 "로열 씨가 너무 외로울 것 같아서요."라는 말만 되풀이할 뿐이었다.

해처드 부인은 당황하여 안경 너머로 눈을 깜박거렸다. 그 길쭉하고 연약한 얼굴에는 곤혹스러운 표정 위로 주름살이 가득했다. 뭔가 꼭 해야 할 말이 있다는 얼굴로 두 손을 마호가니 안락의자 팔걸이에 올려놓은 채 몸을 앞쪽으로 숙였다.

"애야, 네 마음이 참으로 기특하구나."

해처드 부인은 선조의 모습이 담긴 은판 사진들과 생활 속 교훈을 수놓은 자수 견본에서 조언을 구하는 듯 희끄무레한 거실 벽을 둘러보았다. 그러나 그것들은 그녀의 말을 더욱 거북스럽게 만들고 있었다.

"사실은 말이다, 문제는…… 학교에 가야 하는 건 단지 그런 이점 때문만은 아니란다. 또 다른 이유가 있거든. 넌 너무 어려서 이해를 못 하겠지만……."

"이런, 아니에요. 전 어리지 않아요." 채리티가 단호한 목소리로 말했다. 해처드 부인은 귀까지 빨개졌다. 그러나 말이 끊긴 것에 대해 막연하게나마 안도감을 느끼고 있음에 틀림없었다. 다시 한번 은판 사진들에 호소하며 이렇게 말했기 때문이다. "물론 난 언제나 너를 위해 내가 할 수 있는 일을 할 거야. 한데 말이다, 만약에…… 만약에 말이다…… 넌 언제든 나를 찾아올 수 있다는 걸 알 테지……."

채리티가 해처드 부인을 방문하고 집에 돌아왔을 때 로열 변호사는 현관에서 기다리고 있었다. 말끔히 면도를 하고 검은색 외투를 솔질해 입은 모습은 비할 데 없이 멋져 보였다. 그 순간 채리티는 정말로 그를 존경해 마지않았다.

"그래. 그 문제는 해결되었니?" 그가 물었다.

"네, 해결됐어요. 가지 않기로 했어요."

"네틀턴 학교에 가지 않겠다고?"

"어느 학교에도 가지 않을래요."

그는 목청을 가다듬고 엄한 목소리로 "왜 가지 않겠다는 거지?" 하고 물었다.

"가고 싶지 않으니까요." 채리티는 빠른 걸음으로 그의 앞을 지나쳐 방 쪽으로 가며 대답했다. 그다음 주말 그가 헵번에서 붉은색 덩굴 장미와 그 장미를 지지할 부채꼴 버팀목을 사다 주었다. 지금껏 그는 채리티에게 무엇을 준 적이 한 번도 없었다.

채리티의 삶에서 그다음 중대한 사건은 그로부터 이 년 뒤, 그러니까 열일곱 살이 되던 해에 일어났다. 네틀턴에 가기를 끔찍이 싫어하는 로열 변호사가 한 사건을 맡아 그곳에 소환되었다. 비록 노스도머와 인근 마을에서는 소송이 줄었지만 그는 여전히 변호사 일을 하고 있었고, 그중에는 거절하기 아까운 기회도 있었다. 네틀턴에 사흘 동안 머물며 소송에서 이긴 그는 아주 기분 좋게 집에 돌아왔다. 이렇게 기분이 좋은 날은 드물었는데 저녁 식사 때는 옛 친구들이 베풀어 준 '신바람 나는 환영'에 대해 인상적으로 말하기도 했다. 그러다 그는 이렇게 은밀히 털어놓으며 이야기를 마무리 지었다. "네틀턴을 떠난 건 참으로 바보짓이었어. 아내 때문에 어쩔 수 없이 그랬지만 말이야."

채리티는 로열 씨에게 뭔가 좋지 않은 일이 일어났으며, 그가 불쾌한 기억을 지워 버리려 애쓰고 있다는 것을 금세 알아차렸다. 식탁의 낡은 유포 위에 팔꿈치를 받친 채 우울한 생각에 잠겨 앉아 있는 로열 씨를 남겨 두고 채리티는 일찍 잠자리에 들었다. 2층으로 올라가면서 그의 윗옷 호주머니에서 위스키 병을 놓아두는 찬장의 열쇠를 꺼냈다.

채리티는 덜걱거리며 문을 두드리는 소리를 듣고 잠에서 깨어 벌떡 침대에서 뛰쳐나왔다. 나지막하면서도 단호한 로열 씨의 목소리를 듣자 혹시 사고가 난 것이 아닐까 걱정이 되어 문을 열어 주었다. 다른 생각은 떠오르지 않았다. 그러나 그가 불안한 얼굴로 가을 달빛을 받은 채 문가에 서 있는 모습을 보자 모든 것을 알아차릴 수 있었다.

잠깐 동안 두 사람은 침묵 속에 서로를 쳐다보았다. 그러고 나서 그가 문지방 안에 발을 들여놓았고 채리티는 팔을 뻗어 가로막았다.

"당장 이 방에서 나가요." 자신도 놀랄 만큼 날카로운 목소리로 채리티가 말했다. "오늘 밤은 찬장 열쇠를 내줄 수 없어요."

"채리티, 들어가게 해 줘. 열쇠를 원하는 게 아냐. 난 외로운 사람이야." 이따금 그녀를 감동시키는 그윽한 목소리로 그가 말했다.

놀라서 심장이 마구 요동쳤지만 채리티는 경멸하는 말투로 계속 그를 막아섰다. "글쎄요, 그렇다면 잘못 생각한 거예요. 이 방은 더 이상 아저씨 부인의 방이 아니라고요."

채리티는 놀란 것이 아니라 극도의 혐오감을 느꼈을 뿐이었다. 어쩌면 로열 씨가 그녀의 얼굴에서 그것을 눈치챘거나 그런 낌새를 읽었는지도 모른다. 잠시 채리티를 물끄러미 바라보더니 뒤로 물러나 천천히 문에서 돌아섰기 때문이다. 열쇠 구멍에 갖다 댄 채리티의 귓가에는 그가 어두컴컴한 계단을 더듬으며 내려가 부엌 쪽으로 걸어가는 소리가 들렸다. 혹시 찬장 틀을 부수는 소리가 들리는지 귀를 기울였지만 잠시 뒤 현관문의 자물쇠를 열고 앞마당으로 나가는 무거운 발걸음 소리가 침묵을 깨뜨릴 뿐이었다. 채리티는 살그머니 창문으로 다가가서 달빛을 받으며 길을 따라 걷는 그의 구부정한 뒷모습을 바라보았다. 그때 승리감과 함께 뒤늦은 공포가 엄습했고 채리티는 뼛속까지 냉기를 느끼며 침대 속으로 기어들어갔다.

그 일이 있은 지 하루 이틀 뒤 지난 이십 년 동안 해처드 기념 도서관의 관리인이었던 유도라 스케프가 불운하게도 갑자기 폐렴으로 사망했다. 장례식을 치른 이튿날 채리티는 해처드 부인을 찾아가 자신을 도서관 사서로 임명해 달라고 부탁했다. 이 부탁을 받고 해처드 부인은 놀라는 눈치였다. 새로운 후보의 자격을 의심하고 있는 게 틀림없었다.

"애야, 난 이해가 가지 않는구나. 그 일을 하기엔 넌 나이가 좀 어리지 않니?" 부인이 머뭇거리며 물었다.

"돈을 좀 벌고 싶어요." 채리티는 그렇게만 대답했다.

"네게 필요한 돈이라면 로열 씨가 모두 주지 않니? 노스도머에서 그분만큼 여유 있는 사람도 없잖아."

"이 마을을 떠날 수 있을 만큼 충분한 돈을 벌고 싶어요."

"이곳을 떠나겠다고?" 뭐가 뭔지 통 모르겠다는 듯 해처드 부인의 주름살이 더욱 깊어졌고, 잠시 고통스러운 침묵이 흘렀다. "로열 씨 곁을 떠나고 싶단 말이지?"

"그래요. 아니면 집에 저하고 같이 지낼 여자가 있거나요." 채리티가 단호하게 말했다.

해처드 부인은 떨리는 두 손으로 의자 팔걸이를 꽉 붙잡았다. 두 눈이 벽에 걸린 빛바랜 얼굴들에 호소했고, 망설이듯 가볍게 기침을 한 뒤 말을 꺼냈다. "집…… 집안일이 너무 힘든 모양이로구나?"

채리티의 마음이 차분해졌다. 해처드 부인이 줄 수 있는 도움이란 없으며 혼자서 자신이 처한 어려움을 헤쳐 나가야 한다는 것을 채리티는 잘 알고 있었다. 더욱 깊은 고독감이 엄습했다. 헤아릴 수 없을 만큼 나이를 많이 먹은 느낌이었다. '이분한테는 어린애한테 말하듯 말을 해야 해.' 해처드 부인의 오랜 미숙함에 연민의 정을 느끼며 생각했다. "그래요, 맞아요." 채리티가 큰 목소리로 말했다. "집안일이 너무 힘들어요. 이번 가을에는 기침을 많이 했어요."

채리티가 이렇게 암시를 주자 즉각적인 효과가 나타났다. 해처드 부인은 불쌍한 유도라의 죽음을 떠올리고 얼굴이 창백해지더니 힘닿는 데까지 애써 보겠노라고 약속했다. 그러나 물론 해처드 부인은 목사며 노스도머의 행정 위원들, 스프링필드에 살고 있는 먼 친척까지 여러 사람들과 이 문제를 상의해야 했다. "네가 학교에 들어갔더라면 좋았을걸!" 해처드 부인은 한숨을 쉬며 말했다. 그녀는 현관문까지 채리티를 따라 나왔고, 문지방에 안전하게 기대어 서서 애매한 호소가 깃든 눈길로 말했다. "난 로열 씨를 잘 알지…… 때로는 참기 어려운 사람이야. 그런데 그의 아내는 잘 참아 냈어. 채리티, 한순간도 잊지 말거라, 너를 '산'에서 데려온 사람이 바로 로열 씨라는 걸."

채리티는 집에 돌아와 로열 씨의 사무실 문을 열었다. 그는 난로 옆에 앉아 대니얼 웹스터[11]의 연설집을 읽고 있었다. 그가 채리티의 방에 찾아온 뒤로 닷새 동안 두 사람은 식사 때만 마주쳤다. 유도라의 장례식 때 채리티가 그의 옆에서 나란히 걸었지만 그들은 아직껏 한마디 말도 주고받지 않았다.

채리티가 들어서자 로열 씨는 놀라서 고개를 들었다. 면도도 하지 않은 데다 전에 없이 늙어 보였다. 그러나 채리티는 언제나 그를 늙은이라고 생각해 왔기 때문에 그런 외모의 변화를 보고 조금도 동요하지 않았다. 그에게 해처드 부인을 만나고 온 이유를 말했다. 그는 놀라는 표정을 지었지만 아무런 말도 하지 않았다.

"해처드 부인에게 집안일이 힘에 부친다고 말했어요. 가정부에게 줄 돈을 벌고 싶다고 했고요. 하지만 제가 그 돈을 지불하진 않겠어요. 아저씨가 지불해야죠. 제 몫으로 돈을 좀 갖고 싶어요."

로열 씨가 이맛살을 찡그리자 덥수룩한 검은 눈썹이 오므라들었다. 그는 잉크가 묻은 손톱으로 책상 가장자리를 톡톡 두드리며 앉아 있었다.

"돈을 벌어서 어디에 쓰려고 하는데?" 그가 물었다.

"이곳을 떠나고 싶을 때 떠나려고요."

"왜 떠나고 싶지?"

채리티의 경멸감이 불쑥 고개를 쳐들고 튀어나왔다. "떠날

---

11) 미국의 정치가이자 웅변가(1782~1852).

수만 있다면 누군들 이 노스도머에 남으려고 하겠어요? 사람들 말로는 아저씨도 그렇다던데요!"

고개를 떨어뜨린 채 그가 물었다. "어디로 가고 싶은데?"

"생계를 유지할 수 있는 곳이라면 어디라도요. 우선 한곳에서 시험 삼아 살아 보고, 그곳에서 살 수 없다면 다른 곳으로 갈 거예요. 꼭 그래야만 한다면 저 '산'에라도 올라갈 거라고요." 채리티는 이렇게 위협을 하다가 멈췄고, 이 위협이 효과가 있음을 알아차렸다. "해처드 부인이랑 행정 위원들에게 말해 제가 도서관에서 일할 수 있도록 해 주세요. 그리고 이 집에서 저와 함께 지낼 여자가 있었으면 해요." 채리티가 되풀이해 말했다.

로열 씨는 몹시 창백해져 있었다. 채리티가 말을 마치자 그는 힘겹게 자리에서 일어나 책상에 몸을 기댔다. 잠시 그들은 서로의 얼굴을 쳐다보았다.

"있잖아." 말을 꺼내기 힘든 듯 마침내 그가 입을 열었다. "너한테 하고 싶은 말이 있었어. 진작 말했어야 했는데. 나와 결혼해 줬으면 한다."

채리티는 꼼짝도 하지 않고 여전히 그를 물끄러미 쳐다보았다. "나하고 결혼해 주었으면 해." 목청을 가다듬으며 그가 되풀이해서 말했다. "다음 일요일에 목사님이 이곳에 오실 테니까 그때 이 일을 처리할 수 있어. 아니면 마차를 타고 헵번으로 판사를 찾아가 일을 마무리 지어도 되고. 네가 하자는 대로 할게." 채리티가 계속 무자비한 시선으로 쏘아보자 그는 두 눈을 아래로 떨어뜨렸다. 그리고 불안하게 체중을 한 발에서 다른 발로 옮겼다. 책상에 대고 누르는 두 손이 자주색 핏줄로 일그러지고 웅변가다운 길쭉한 턱을 떨며 볼품없고 초라하고 헝클어진 모습으로 그녀 앞에 서 있었다. 그 모습은 채리티가 익히 알던 아버지 같은 노인을 우스꽝스럽게 흉내 내는 것 같았다.

"저와 결혼하고 싶다고요? 저하고요?" 채리티는 경멸적인 웃음을 지으며 내뱉었다. "전날 밤 그걸 부탁하려고 찾아온 거였군요? 어떻게 되신 거 아니에요? 거울을 들여다본 지 얼마나 되었어요?" 그녀는 오만하게 자신의 젊음과 힘을 의식하며 몸을 꼿꼿이 폈다. "가정부를 두는 것보단 저하고 결혼하는 게 돈이 덜 든다고 생각한 모양이죠? 이글군에서 아저씨가 가장 인색한 사람이라는 걸 모르는 사람은 없어요. 하지만 아저씨는 두 번이나 그런 식으로 공짜 살림을 맡길 순 없을 거예요."

로열 씨는 채리티가 말하는 동안 꼼짝도 하지 않았다. 그의 얼굴은 잿빛을 띠었고, 마치 그녀가 내뿜는 경멸의 불길에 눈이 먼 듯 검은 눈썹이 떨렸다. 채리티가 말을 멈추자 그는 손을 들어 올렸다.

"그거면 충분해…… 그 말로 충분하다." 그가 말했다. 그는 문을 향해 돌아서더니 모자걸이에서 모자를 집어 들었다. 문지방에서 잠시 걸음을 멈췄다. "사람들은 나를 공정하게 대하지 않았어…… 처음부터 공정하게 대해 주지 않았다니까." 그는 말했다. 그러고는 밖으로 나가 버렸다.

그로부터 며칠 뒤 노스도머 사람들은 놀랍게도 채리티가

한 달에 8달러를 받고 해처드 기념 도서관의 사서로 임명되었다는 사실과 크레스턴 빈민원에서 베리나 마시라는 노파가 로열 변호사의 집에 머물면서 식사를 해 주러 올 것이라는 사실을 알게 되었다.

3

로열 씨가 어쩌다 찾아오는 손님을 맞는 곳은 붉은 집에 있는 '사무실'로 알려진 방이 아니었다. 직업적인 위엄과 남자로서의 독립심 때문에 그는 사무실다운 사무실을 따로 마련할 필요를 느꼈다. 그리고 노스도머에서 유일한 변호사라는 위치 때문이라도 읍사무소와 우체국이 있는 같은 건물에 사무실을 두어야 했다.

로열 씨는 아침저녁으로 하루 두 번 걸어서 이 사무실에 출근하는 게 습관이었다. 건물 아래층에 자리한 이 공간은 별도의 출입문이 있었으며 문 위에는 비바람에 빛이 바랜 명패가 붙어 있었다. 사무실에 들어가기 전에 그는 우편물을 찾으러 우체국에 들렀고 — 이 일은 흔히 의미 없는 의식에 지나지 않았다 — 빈둥거리며 길을 막고 앉은 읍사무소 직원에게 한두 마디 인사를 건네고 나서 맞은편 모퉁이에 있는 상점으로 건너갔다. 그 상점에는 주인인 캐릭 프라이가 언제나 그를 위해 의자 하나를 마련해 두고 있었다. 그곳에서는 으레 행정 위원 한두 명이 밧줄이며 가죽이며 타르며 커피콩 냄새가 풍기는 가운데 길쭉한 카운터에 몸을 기대고 있는 모습을 보기 마련이었다. 로열 씨가 비록 집에서는 퉁명스러울 만치 말이 짧지만 기분이 내키면 같은 마을 사람들에게 자신의 견해를 밝히기를 마다하지 않았다. 그는 어쩌다 찾아오는 손님들에게 사무원도 없는 먼지 자욱한 사무실에 아무 일도 하지 않은 채 혼자 앉아 있는 모습을 들키기 싫어했는지도 모른다. 어쨌든 그가 사무실에 앉아 있는 시간은 채리티가 도서관에 앉아 있는 시간보다 더 길지도 더 일정하지도 않았다. 나머지 시간에는 상점에서 시간을 보내거나 그가 대표로 있는 보험 회사 관련 일로 말을 타고 시골을 돌아다니거나, 아니면 집에 앉아서 뱅크로프트의 『미국의 역사』[12]나 대니얼 웹스터의 연설집을 읽으며 시간을 보냈다.

채리티가 유도라 스케프의 자리를 물려받고 싶다고 그에게 말한 날부터 두 사람의 관계는 뭐라고 딱 집어 말하기 힘들지만 분명히 달라졌다. 로열 변호사는 자신이 한 약속을 지켰다. 그 자리를 노리는 경쟁 후보자의 숫자라든지, 채리티와 함께 후보에 올랐던 오머 프라이와 타겟 집안의 큰딸이 그 뒤 일 년 가까이 그녀에게 냉랭했던 것으로 미루어 볼 때 그가 꽤 힘

---

12) 미국의 역사가 조지 뱅크로프트(1800~1891)는 열 권에 이르는 『미국의 역사』를 집필했다. 이 책은 풍부한 사료와 영국에 대한 반감으로 유명하다.

을 써서 그 자리를 얻어 주었음에 틀림없었다. 또한 로열 씨는 크레스턴에서 베리나 할머니를 데려다가 식사 준비를 하도록 했다. 몸을 비틀거리며 걷는 데다 주변머리 없는 베리나는 늙고 가난한 과부였다. 채리티는 베리나가 생계 때문에 이곳에 오지 않았나 하는 생각이 들었다. 로열 씨는 너무 인색한 사람이라서 귀머거리 거지나 다름없는 이 노파를 돈 한 푼 주지 않고 구할 수 있는데 하루에 1달러씩 주고 젊은 아가씨를 고용하지는 않을 터였다. 그러나 어쨌든 베리나는 채리티가 쓰는 방 바로 위 다락방에 머물렀으며, 베리나가 귀를 먹었다는 사실은 이 젊은 아가씨에게 그다지 문제가 되지 않았다.

채리티는 그날 밤에 있었던 끔찍스러운 일이 두 번 다시 일어나지 않으리라는 것을 잘 알았다. 그 뒤로 로열 씨를 몹시 경멸했지만 그가 스스로를 경멸하는 정도가 훨씬 더 크다는 사실 또한 알고 있었다. 채리티가 집에 여자를 두자고 부탁한 것은 자신을 방어하기 위해서라기보다 그에게 모멸감을 주기 위해서였다. 채리티에게는 자신을 지켜 줄 사람이 필요 없었다. 그의 상처받은 자존심이 가장 확실한 보호 장치였다. 그는 한 번도 사과를 하거나 변명을 해서 사태를 희석시킨 적이 없었다. 그 일은 마치 일어난 적이 없는 것 같았다. 그러나 그 사건의 영향은 그와 채리티가 주고받는 모든 말과 본능적으로 상대방을 피하는 모든 눈길에 숨어 있었다. 이제 이 붉은 집에서 그녀의 군림을 막을 것은 아무것도 없었다.

해처드 부인의 사촌을 만난 그날 밤 채리티는 훤히 드러난 맨 팔로 헝클어진 머리를 베고 누워 계속 그에 대해 생각했다.

그는 노스도머에서 당분간 머물 작정일 터였다. 이 근처에 있는 오래된 집들을 찾아보는 중이라고 말하지 않았던가. 채리티로서는 그가 무슨 목적으로 그러는지, 옛날 집들이 길가마다 즐비하게 늘어섰는데 왜 굳이 그것들을 찾아야 하는지 분명히 알 수 없었다. 그러나 그에게 책의 도움이 필요한 것은 분명했기 때문에 그날 찾지 못한 책과 그 주제와 관련 있어 보이는 다른 책들을 이튿날 찾아보기로 마음먹었다.

채리티가 당황하던 그 짧은 장면을 되새길 때만큼 삶과 문학에 대해 너무 모른다는 생각이 이토록 무겁게 그녀를 짓누른 적은 일찍이 없었다. "이 마을에서는 무엇이 되려고 애써 봐야 모두 헛수고란 말이야." 채리티는 베개에 대고 혼자 중얼거렸다. 애너벨 볼치의 옷보다 더 아름다운 옷을 입은 아가씨들이 루시어스 하니의 손과 똑같은 손을 가진 젊은 남자들에게 유창하게 건축 이야기를 하는, 네틀턴보다 몇십 배 휘황찬란한 어렴풋한 대도시의 모습을 떠올리자 몸이 움츠러들었다. 그러더니 하니가 책상 가까이 다가와 처음으로 자신을 보고 갑자기 입을 다물던 모습을 생각했다. 그녀를 보자 그는 하려던 말을 잊어버렸더랬다. 그의 얼굴이 변하던 것을 기억해 내자 채리티는 벌떡 일어나 아무것도 깔지 않은 마룻바닥을 달려 세면대로 다가갔다. 그리고 성냥을 찾아 초에 불을 붙이고는 하얀 회벽에 걸린 네모난 거울을 향해 들어 올렸다. 보통 때는 그토록 희끄무레하던 작은 얼굴이 희미한 둥근 불빛 속에서 한 떨기 장미처럼 피어났고, 헝클어진 머리카락 아래 두 눈이 대낮보다 더 그윽하고 커 보였다. 어쩌면 그 눈이 푸른색을 띠기를 바라는 것이 잘못 같았다. 표백하지 않은 잠옷은 목쯤에서 볼품없는 밴드와 단추로 잠겨 있었다. 채리티는 단추를 풀어 가냘픈 어깨를 드러냈다. 그리고 신부가 되어 목 아래가 파인 공단 드레스를 입고서 루시어스 하니와 함께 교회 통로를 따라 걸어가는 모습을 상상해 보았다. 두 사람이 교회를 떠날 때 그는 그녀에게 입을 맞출 것이다…… 그녀는 그 입맞춤을 간직하려는 듯 촛불을 내려놓고 두 손으로 얼굴을 감쌌다. 그 순간 로열 씨가 계단을 따라 침실로 올라오는 발소리가 들렸고, 강렬한 혐오감이 일었다. 이때까지 채리티는 단순히 그를 경멸해 왔을 뿐이었다. 이제 그녀의 가슴속은 증오로 가득 찼다. 채리티에게 그는 소름 끼치는 늙은이로 바뀌어 있었다…….

이튿날 로열 씨가 점심을 먹으러 집에 돌아왔을 때 두 사람은 평소처럼 말없이 서로를 쳐다만 보았다. 귀가 멀어 비밀 이야기를 주고받는다 해도 아무 상관이 없었지만 베리나가 옆에 있다는 것이 서로 이야기를 나누지 않을 구실이 되었다. 그런데 식사가 끝나자 로열 씨는 접시를 치우는 노파를 돕기 위해 남아 있는 채리티를 뒤돌아보았다.

"너한테 잠깐 할 말이 있는데." 그가 말했다. 채리티는 의아하게 생각하며 복도를 가로질러 그를 따라갔다.

로열 씨는 검은 말총으로 만든 안락의자에 앉았고, 채리티는 무관심한 듯 창에 기댔다. 채리티는 얼른 노스도머에 관한 책을 찾으러 도서관에 가고 싶어 마음이 초조했다.

"이봐." 그가 말했다. "왜 자리를 지키고 있어야 할 날에 도서관을 비운 거지?"

행복하고 멍한 분위기에 찬물을 끼얹는 질문을 받고 채리티는 갑자기 할 말을 잃었다. 아무 말도 하지 않은 채 잠깐 동안 그를 쳐다보았다.

"제가 자리를 비웠다고 누가 그러던가요?"

"누군가가 불평을 한 모양이야. 해처드 부인이 오늘 아침에 나더러 만나자고 하던데……."

모락모락 연기가 피어오르던 채리티의 분노가 불을 내뿜었다. "전 알고 있다고요! 오머 프라이와 그 두꺼비 같은 타갯네 딸이겠죠……. 그리고 모르긴 몰라도 아마 벤 프라이일 거예요. 그 녀석이 그 계집애와 놀아나고 있거든요. 비열한 고자질쟁이들…… 도서관에서 저를 쫓아내려 한다는 걸 진작 알고 있었어요! 어쨌든 도서관에 누군가 찾아온 사람이 있는 것처럼 그러시네요!"

"어제 누군가가 도서관에 갔고, 넌 그 자리에 없었어."

"어제요?" 채리티는 행복한 기억을 되살리며 웃음을 지었다. "어제 몇 시에 제가 자리를 비웠다고 하던가요? 그 시간을 알고 싶네요."

"4시쯤이라는데."

채리티는 아무 말도 하지 않았다. 하니가 찾아온 일을 꿈처럼 달콤하게 추억하는 데 푹 빠져 그가 도서관을 떠나자마자 자리를 비운 것을 그만 깜박 잊어버렸다.

"4시에 누가 도서관을 찾았나요?"

"해처드 부인이 갔어."

"해처드 부인이라고요? 어머, 해처드 부인은 다리를 절게 된 뒤론 도서관 근처에도 얼씬거리지 않았어요. 그러려고 해도 계단을 오를 수가 없어서요."

"누구에게 도움을 받을 수 있겠지. 어쨌든 해처드 부인은 어제 그 집에 머무는 젊은 친구의 부축을 받아 도서관에 갔었다. 내가 알기로 이른 오후에는 그 청년이 너를 보았지. 그가 집에 돌아가 해처드 부인에게 책들이 상태가 엉망이라면서 잘 관리할 필요가 있다고 말했다는 거야. 해처드 부인은 흥분해서 휠체어를 타고 곧장 달려갔다. 도착했을 때 도서관은 문이 잠겨 있었대. 그래서 나를 불러 그 이야기랑 다른 불평들까지 늘어놓더라. 그분 말로는 지금까지 네가 도서관 일을 게을리해 왔고, 그래서 훈련받은 도서관 사서를 구할 생각이라는 거야."

로열 씨가 말하는 동안 채리티는 꼼짝도 하지 않았다. 창틀에 기대어 고개를 뒤로 젖히고 두 팔을 옆구리에 떨어뜨린 채 서 있었다. 두 손을 너무 꽉 쥔 탓에 날카로운 손톱 끝이 손바닥에 닿는 것을 느끼면서도 무엇 때문에 아픈지 알 수 없었다.

채리티는 로열 씨가 말한 내용 중에서 "그 청년이 해처드 부인에게 책들이 상태가 엉망이라고 말했다."라는 구절만 마음에 남았다. 다른 비난에 대해서는 상관하지 않았다. 악의건 진실이건 채리티는 자신을 비난하는 사람들을 무시하듯 그런 비난을 무시해 버렸다. 그러나 그토록 이상야릇하게 마음을 사로잡은 낯선 청년이 자기를 배반하다니! 그 청년에 대한 달콤한 생각에 빠져 자신이 언덕으로 도망치듯 뛰어 올라간 그 순간에 그는 서둘러 집에 돌아가 그녀의 부족한 면을 일러바치다니! 채리티는 머릿속으로 상상한 그의 입맞춤을 좀 더 가깝게 느끼려고 어두운 방에서 얼굴을 감쌌던 일이 생각났다. 그러자 그녀의 가슴속에는 그 청년이 좀 더 친근하게 행동하지 않았던 것에 대해 화가 치밀었다.

"그렇다면 떠날래요." 채리티가 느닷없이 말했다. "지금 당장 떠나겠다고요."

"도대체 어딜 떠난다는 거야?" 채리티는 로열 씨의 목소리에서 놀란 듯한 어조를 들었다.

"어디긴 어디예요, 그 낡아 빠진 도서관이죠. 당장 그만두겠어요. 그곳엔 두 번 다시 발을 들여놓지 않을 거예요. 그냥 기다리고 앉았다가 해고당했다는 말을 듣고 싶지 않아요!"

"채리티…… 채리티 로열, 제발 내 말 좀 들어 봐라……." 그는 의자에서 무겁게 몸을 일으키며 말했다. 그러나 채리티는 손을 휘둘러 그를 옆으로 밀어 내고 방에서 나왔다.

채리티는 2층에 올라가 늘 바늘겨레 밑에 숨겨 둔 도서관 열쇠를 집어 들고서 — 그녀가 조심성이 없다고 누가 말했던가? — 모자를 쓰고 쏜살같이 다시 계단을 내려와 거리로 나왔다. 로열 씨는 채리티가 나가는 소리를 들었다 해도 말리지 않았을 것이다. 자신이 갑작스럽게 화를 냈기 때문에 설득하려 해 봐야 아무 소용 없다는 것을 잘 알았다.

채리티는 벽돌로 만든 신전 같은 도서관에 도착하자 자물쇠를 열고 빙하기처럼 차가운 어스름 속으로 들어갔다. "다른 사람들은 모두 햇빛을 받으며 밖에 있는데 나 혼자만 이 해묵은 돌무덤 속에 또다시 앉아 있을 필요가 없게 되었으니 다행이지 뭐야!" 익숙한 냉기가 그녀를 감싸자 큰 소리로 말했다. 채리티는 지저분하게 줄지어 꽂힌 책들이며, 검은 대좌 위에 놓인 양의 코를 한 미네르바상이며, 높은 깃을 세우고 온화한 얼굴을 한 청년의 초상이 그녀의 책상 위에서 야위어 가는 모습을 질색하는 표정으로 바라보았다. 책상 서랍에서 레이스 뭉치와 도서관 장부를 꺼내고 곧바로 해처드 부인을 찾아가 도서관 일을 그만두겠다고 말할 작정이었다. 그런데 갑자기 몹시 서글픈 기분이 들어서 자리에 앉아 책상 위에 얼굴을 파묻었다. 그녀의 삶에서 가장 잔인했던 깨달음으로 인해 마음이 갈기갈기 찢어졌다. 황무지에서 그녀를 향해 온 첫 번째 남자가 환희 대신에 고뇌를 안겨 주었다. 채리티는 울지 않았다. 채리티는 좀처럼 눈물을 흘리지 않았다. 폭풍우 같은 격정은 그녀의 내면으로 잦아들었다. 그러나 말을 잃고 슬픔에 잠겨 앉아 있는 동안 자기 삶이 너무 쓸쓸하고 보잘것없고 참을 수 없는 느낌이 들었다.

"내가 도서관에서 도대체 무슨 일을 했다고 이렇게 마음이 아파야 한단 말이야?" 채리티는 신음 소리를 내고는 울어서 부어오르기 시작한 눈까풀을 두 주먹으로 꾹 눌렀다.

"안 돼…… 이렇게 끔찍한 모습으로 그곳에 갈 순 없어!" 채리티는 중얼거리며 벌떡 일어나 스스로를 질식시키기라도 하듯 머리카락을 뒤로 거세게 빗어 넘겼다. 그녀는 책상 서랍을 열고 장부를 꺼낸 뒤 문 쪽을 향해 몸을 돌렸다. 그때 문이 열리며 해처드 부인 집에 머무는 그 청년이 휘파람을 불면서 들어왔다.

4

루시어스 하니는 걸음을 멈추고 모자를 들어 올리며 수줍게 미소를 지었다. "죄송해요." 그가 말했다. "아무도 없는 줄 알았어요."

채리티는 그의 앞에 버티고 서서 길을 가로막았다. "들어올 수 없어요. 수요일에는 일반인에게 도서관을 개방하지 않습니다."

"알아요. 하지만 사촌 누님이 열쇠를 주셨어요."

"제가 다른 사람에게 열쇠를 건넬 권리가 없는 것처럼 해처드 부인도 다른 사람에게 열쇠를 줄 권리가 없어요. 전 도서관 사서고, 따라서 규정을 잘 압니다. 이건 제가 책임을 맡고 있는 도서관이에요."

젊은이는 굉장히 놀란 표정을 지었다.

"물론 저도 잘 알고 있습니다. 제가 이렇게 찾아온 게 불편

하다면 미안해요."

"저에 대해 해처드 부인에게 좀 더 일러바칠 게 없나 보려고 찾아온 모양이죠? 하지만 그렇게 수고할 필요 없어요. 오늘은 제가 도서관을 맡고 있지만 내일 이맘때면 그렇지 않을 테니까요. 지금 막 해처드 부인에게 열쇠와 장부를 돌려주러 가는 길이었어요."

하니의 얼굴이 굳어졌지만 채리티가 찾고 있던 죄의식은 도무지 찾아볼 수가 없었다.

"뭐가 뭔지 통 모르겠군요." 그가 말했다. "뭔가 오해가 있는 모양입니다. 왜 제가 해처드 부인한테 아가씨에게 불리한 말을 해야 합니까…… 그 누구한테라도요."

회피하는 듯한 태도에 채리티는 더욱 화가 치밀었다. "왜 당신이 그래야 하는지는 저도 잘 모르겠어요. 오머 프라이가 그런다면야 충분히 이해가 가지만요. 그 앤 제가 이 자리를 맡은 첫날부터 언제나 저를 쫓아내고 싶어 했으니까요. 자기 집도 있고 돌봐 줄 아버지도 있는데 도대체 왜 그러는지 모르겠어요. 그건 아이더 타갯도 마찬가지고요. 작년에 이복 오빠한테서 유산도 물려받았는데 말이에요. 어쨌든 우린 모두 한 마을에 살아요. 노스도머 같은 마을에서는 날마다 같은 거리를 걸어 다닌다는 사실만으로 충분히 서로를 미워하게 되죠. 하지만 당신은 이 마을에 살지 않으니 우리 중 어느 누구에 대해서도 잘 모를 거예요. 그런데 뭣 때문에 우리 문제에 끼어드는 거죠? 다른 젊은 여자들이 저보다 장부를 더 잘 정리할 거라고 생각하나요? 흥, 오머 프라이는 다리미하고 책도 제대로 구별하지 못해요. 또 예배당에서 땡 하고 5시 종이 울릴 때까지 아무 하는 일도 없이 도서관에 늘 죽치고 앉아 있지 않는다고 해서 무슨 일이 생기기라도 하나요? 도서관을 열어 놓건 닫아 놓건 누구 한 사람 상관이나 한답니까? 책을 빌리러 누가 이곳에 오는 줄 알아요? 이곳에 찾아온대야 기껏 같이 쏘다니는 친구들을 만나러 오는 거죠……. 물론 제가 들여보낸다면 말이에요. 하지만 전 저 언덕에 사는 빌 솔러스가 타갯네 막내딸을 기다리며 여기에서 어슬렁거리게 내버려 두진 않아요. 그 사람이 어떤 사람인지 잘 아니까요…… 그게 전부예요…… 비록 책에 대해선 잘 모른다 해도 전…….”

채리티는 갑자기 목이 메어 말을 멈췄다. 분노가 전류처럼 온몸을 타고 흘렀다. 채리티는 자신이 약하다는 것을 보이지 않으려고 책상 가장자리에 몸을 기대고 섰다.

햇볕에 그을린 얼굴을 붉히고 말을 더듬는 것으로 보아 하니는 목격하고 있는 광경에 자못 큰 영향을 받은 듯했다. “하지만 로열 양, 확실히…… 분명히 말씀드립니다만…….”

하니가 곤혹스러워하는 모습이 화를 더 부추겨 채리티는 목소리를 다시 되찾으며 내뱉었다. “만약 제가 당신이라면 차라리 배짱 있게 자기가 한 말을 인정하겠어요!”

이렇게 조롱을 받자 하니는 마음의 평정을 되찾는 듯했다. “도대체 그게 뭔지 알면 그러고 싶군요. 하지만 그게 뭔지 모르겠어요. 분명히 무언가 당신의 기분을 상하게 한 일이 일어난 모양이네요. 아가씨는 그 책임을 제 탓으로 돌리고 있고요. 하지만 전 그게 뭔지 통 모르겠어요. 오늘 이른 아침부터 줄곧 이글리지에 가 있었거든요."

"오늘 아침 당신이 어디에 가 있었는지는 잘 모르겠지만 어제 이 도서관에 왔다는 건 알아요. 집에 돌아가서 사촌 누님께 책들의 상태가 다 엉망이더라고 일러바쳤고요. 또 당신은 내가 얼마나 책을 소홀히 다뤘는지 보여 주기 위해 누님을 데리고 왔죠."

하니는 진심으로 걱정하는 표정을 지었다. "그렇게 전해 들은 거예요? 그렇다면 화를 내는 것도 당연하죠. 책들은 분명히 상태가 엉망이에요. 어떤 책들은 흥미로운 것들이기 때문에 그런 게 안타깝고요. 해처드 누님께 습기가 차고 통풍이 잘 안 돼서 책들이 말이 아니라고 말씀드렸죠. 어떻게 쉽게 도서관을 환기시킬 방법이 없나 보려고 누님을 데려왔어요. 아가씨를 도와 먼지를 털어 내고 환기를 시킬 사람이 필요하다고도 말씀드렸고요. 제가 말씀드린 내용을 잘못 전해 들었다면 미안해요. 하지만 전 옛날 책들을 너무 좋아해서 이런 식으로 썩어 가느니 차라리 불쏘시개로 사용하는 편이 낫다는 생각이 듭니다."

채리티는 울음이 북받쳐 오르는 느낌이 들어 말로 눈물을 억눌러 보려고 했다. "당신이 해처드 부인에게 뭐라고 했든 전 상관하지 않아요. 제가 분명히 아는 건 해처드 부인이 그게 모두 제 잘못이라고 생각한 거고, 그래서 전 이 도서관 일을 그만두려고 한다는 사실이죠. 이 마을에 사는 누구보다 전 이 일을 하고 싶어 했어요. 다른 사람들과 달리 저는 오갈 데 없는 처지였으니까요. 제가 원한 건 돈을 모아 언젠가 이곳을 빠져나가는 거였어요. 그렇지 않았다면 이 오래된 돌무덤 같은 곳에 날마다 죽치고 앉아 있었겠어요?"

이런 호소 중에 젊은이는 마지막 질문만 받아들였다. "정말로 오래된 돌무덤 같은 곳이죠. 그렇다고 꼭 돌무덤이 되어야 할 필요가 있을까요? 그게 중요한 부분입니다. 그리고 이 문제를 사촌 누님께 이야기드린 게 사건의 발단인 모양이군요." 그의 시선은 길고 좁은 실내의 음산하고 그늘진 곳을 더듬다가 얼룩진 벽이며, 누렇게 색이 바랜 채 일렬로 꽂힌 책들이며, 젊은 호노리우스의 초상화 밑에 놓인 딱딱한 장미목 책상에 멈췄다. "물론 언덕에 바짝 붙여 짓다시피 한 이 우스꽝스러운 영묘 같은 건물을 어떻게 손쓴다는 것 자체가 잘못이죠. 산에 구멍을 뚫지 않고서는 이 건물을 제대로 환기시킬 수 없으니까요. 하지만 그런대로 바람을 통하게 하고, 햇빛도 들어오게 할 수 있어요. 괜찮다면 어떻게 할지 보여 드리지요……." 건물을 개축하려는 건축가의 열정 때문에 그는 벌써 채리티의 슬픔에 대해서는 까맣게 잊었다. 뭔가를 보여 주려는 듯 처마를 향해 지팡이를 들어 올렸다. 그러나 잠자코 있는 것으로 보아 채리티는 도서관 환기에 전혀 관심이 없었다. 그는 갑자기 채리티를 향해 몸을 돌리고 두 손을 내밀었다. "자 여기를 봐요…… 그런 말을 한 건 진심이 아니죠? 제가 아가씨의 가슴을 아프게 할 어떤 일을 하리라고 생각하는 것은 아니겠죠?"

그 목소리에 밴 어조가 채리티의 의혹을 풀어 주었다. 그녀에게 그런 어조로 말한 사람은 아무도 없었다.

"아, 그렇다면 무슨 까닭으로 그랬어요?" 채리티가 구슬픈 목소리로 물었다. 하니는 채리티의 두 손을 잡았다. 그녀는 이틀 전 언덕 위에서 머릿속에 그리던 그 부드러운 감촉을 느끼고 있었다.

하니는 채리티의 두 손을 가볍게 누르고 놓아주었다. "있잖아요, 당신이 여기서 좀 더 즐겁게 일할 수 있도록 하려고 그랬어요. 책들한테도 도움을 주려고 했고요. 사촌 누님이 제 말을 왜곡해서 받아들였다면 사과드립니다. 걸핏하면 화를 잘 내시거든요. 사소한 데 목숨을 거시죠. 제가 그 점을 염두에 두었어야 했는데. 저를 너무 꾸짖지 마세요. 누님이 아가씨를 오해하도록 한 것에 대해서요."

하니가 해처드 부인에 대해 투덜대는 어린아이처럼 말하는 것을 듣고 채리티는 날아갈 듯이 기뻤다. 그는 부끄러움을 타면서도 여러 도시에서 살아 그런지 태도에 권위가 있었다. 몸이 약한데도 로열 변호사가 노스도머에서 가장 강한 사람이 될 수 있었던 것은 네틀턴에 살았다는 사실 때문이었다. 채리티는 이 젊은이가 네틀턴보다 더 큰 대도시에서 살았다고 확신했다.

만약 자신이 계속해서 비난하는 투로 말하면 그가 속으로 자신을 해처드 부인과 같은 부류로 간주할지 모른다는 생각이 들자 채리티는 갑자기 온순해졌다.

"제가 해처드 부인을 어떻게 받아들이건 그분은 아무런 상관도 하지 않아요. 로열 씨 말로는 훈련된 도서관 사서를 구한다고 하던데요. 마을 사람들로부터 그분한테 해고당했다는 말을 듣느니 차라리 제 발로 먼저 그만두려고요."

"당연히 그러고 싶겠죠. 하지만 사촌 누님은 당신을 절대로 내보내지 않을 거예요. 어쨌든 제가 먼저 알아보고 아가씨에게 일러 줄 기회를 주지 않겠어요? 비록 제 추측이 틀렸다 해도 그만둘 시간은 충분하니까요."

이 일에 중재자 노릇을 하겠다는 하니의 제안에 채리티는 자만심이 고개를 쳐들면서 두 뺨이 붉게 상기되었다. "제가 자격이 없다면 굳이 누군가가 나서서 저를 이 자리에 붙잡아 두라고 해처드 부인을 구슬리는 건 원하지 않아요."

하니 역시 얼굴을 붉혔다. "맹세코 그러지는 않겠습니다. 내일까지만 기다려 주지 않을래요?" 그는 수줍은 잿빛 눈길로 채리티의 두 눈을 빤히 쳐다보았다. "저를 믿으세요…… 정말로 믿어도 됩니다."

그동안 쌓인 해묵은 슬픔이 채리티의 몸속에서 눈처럼 사르르 녹는 듯했다. 채리티는 하니에게서 고개를 돌리며 어색하게 중얼거렸다. "아, 그럼요, 기다리고말고요."

5

이글군에서 지금까지 이런 6월 날씨는 처음이었다. 보통 6월은 갑자기 뒤늦은 서리가 내리고 한여름의 무더위가 교차하는 종잡을 수 없는 달이었다. 올해는 온화하고 아름다운 날씨가 날마다 계속되었다. 아침이면 언덕에서 끊임없이 산들바람이 불어왔다. 정오 무렵에는 거대한 장막 같은 하얀 구름이 몰려와 들판과 숲에 시원한 그늘을 드리웠다. 그리고 해가 떨어지기 전에 구름은 다시 사라지고 석양빛이 계곡에 거침없이 눈부신 햇살을 퍼부었다.

이런 오후에 채리티 로열은 햇빛이 비치는 계곡 위 언덕바지에서 얼굴을 땅에 대고 드러누웠다. 그러면 풀밭의 따뜻한 기류가 몸속을 타고 흘렀다. 하늘을 향해 가냘픈 하얀 꽃과 청록색 잎사귀를 뻗은 블랙베리 가지 하나가 바로 눈앞에 있었다. 그 너머에 소귀나무 덤불이 구슬 같은 잔디의 새싹 사이로 꼬불꼬불한 줄기를 펴고 있었으며, 조그마한 노랑나비 한 마리가 한 점 햇살처럼 그 위에 파르르 몸을 떨었다. 눈에 보이는 것이라고는 이게 다였다. 그러나 머리 위에서 또 그 주변에서 너도밤나무가 무성하게 자라 산등성이에 옷을 입히고, 헤아릴 수 없이 많은 전나무 가지에서 옅은 초록색 솔방울이 통통하게 살이 오르고, 숲 아래쪽 돌 비탈에 소귀나무 잎사귀가 돋아나며, 저쪽 들판에서 단풍터리풀과 노랑꽃창포 싹이 솟아나는 것을 느꼈다. 이렇게 수액이 부글부글 끓고 잎집이 훌훌 옷을 벗고 꽃받침이 터질 듯 차오르는 모습이 온갖 향기에 실려 왔다. 나뭇잎이면 나뭇잎, 꽃봉오리면 꽃봉오리, 잎사귀면 잎사귀가 숨을 불어넣어 향기가 퍼져 나가게 도왔다. 그중에도 코를 찌르는 듯한 소나무 수액이 백리향의 짜릿한 향과 고사리의 희미한 향을 압도했으며, 이 모든 것이 햇볕을 받아 거대한 짐승의 숨결 같은 촉촉한 흙냄새와 하나로 어우러졌다.

지금 누워 있는 언덕바지처럼 채리티는 햇볕에 따뜻해진 몸으로 오랫동안 무기력하게 그 자리에 누워 있었다. 그때 채리티의 두 눈과 너울거리는 나비 사이로 빨간 진흙이 묻은 큼직하고 낡은 부츠를 신은 남자의 발이 나타났다.

"아, 제발 그러지 마!" 채리티가 한쪽 팔꿈치에 기대어 몸을 일으키면서 경고를 보내듯 다른 쪽 손을 뻗으며 소리쳤다.

"도대체 뭘 그러지 말라는 거야?" 그녀의 머리 위에서 귀에 거슬리는 쉰 목소리가 물었다.

"그 찔레꽃을 밟지 말란 말이야, 이 얼간아!" 채리티는 무릎을 꿇으며 쏘아붙였다. 그 발은 멈췄다가 다시 가냘픈 가지 위에 투박스럽게 떨어졌다. 채리티가 두 눈을 드니 성근 턱수염을 햇볕에 그을린 채 몸을 앞으로 구부리고 있는 남자의 어리둥절해하는 얼굴이 보였다. 너덜너덜하게 해진 셔츠 사이로 하얀 두 팔이 드러났다.

"아무것도 눈에 안 보이는 거야, 리프 하이엇?" 벌집을 건드린 사람의 표정을 하고 그가 앞에 서자 채리티가 퍼부어 댔다.

리프는 히죽히죽 웃었다. "네가 보이더라고! 그래서 이렇게 왔지."

"어디서 왔는데?" 허리를 굽히고 그의 발에 밟혀 흩어진 꽃잎을 주우며 채리티가 물었다.

리프는 높은 언덕을 향해 엄지손가락을 흔들어 보였다. "댄 타갯의 부탁으로 나무를 베어 주고 있었지."

채리티는 쪼그리고 앉아 생각에 잠긴 듯 그를 올려다보았다. 리프 하이엇이 '산에서 왔다'고 하지만 채리티는 그가 조금도 무섭지 않았다. 어떤 여자애들은 이 사람을 보면 도망쳤다. 좀 더 분별력 있는 사람들 사이에서 그는 아무 해를 끼치지 않는 사람, '산'과 문명인을 연결하는 일종의 연결고리로 통했고, 이따금 일손이 부족할 때는 마을에 내려와 농부들을 위해 약간의 벌목을 해 주었다. 더구나 채리티는 '산' 사람들이 자신을 해치지 않으리라는 것을 잘 알았다. 어린 시절 언젠가 로열 변호사의 목초지 끝에서 그를 만났을 때 리프 자신이 그렇게 말했다. "네가 그곳에 와도 그들은 너한테 손가락 하나 까닥하지 않을 거야……. 하지만 네가 거기 올라갈 리 없지."

그는 채리티의 새 신발과 로열 부인이 머리에 매어 준 빨간 리본을 쳐다보며 쌀쌀맞게 내뱉었다.

실제로 채리티는 자신이 태어난 곳에 가 보고 싶은 생각이 털끝만큼도 없었다. 자신이 '산'에서 태어났다는 사실이 알려지는 것을 좋아하지 않았으며, 리프 하이엇과 이야기를 나누는 것을 남이 볼까 봐 겁이 났다. 그러나 오늘은 그가 나타난 것이 그렇게 싫지 않았다. 루시어스 하니가 해처드 기념 도서관의 문에 들어선 뒤로 너무 많은 일이 일어났다. 전혀 예측하지 못한 일이었지만 리프 하이엇과 좋은 관계를 유지하는 것이 어쩌면 도움이 될지 모른다는 생각이 문득 머리에 떠올랐다. 호기심을 품고 채리티는 주근깨투성이에다 햇볕에 그을린 그의 얼굴을 계속 올려다보았다. 그는 광대뼈 아래쪽이 열에 들뜬 듯 움푹 들어간 데다 아무런 해를 끼치지 않는 짐승 같은 창백하고 노란 눈을 지니고 있었다. '이 사람은 나랑 친척뻘일까?' 채리티는 수치심으로 몸을 떨며 생각했다.

"저기 포큐파인 아래 습지 근처에 있는 갈색 집 말이야. 지금 누가 살고 있나?" 채리티는 이내 무관심한 말투로 물었다.

리프 하이엇은 잠깐 놀란 눈으로 채리티를 쳐다보더니 머리를 긁적거리며 다 해진 한쪽 신발 바닥에서 다른 신발 바닥으로 체중을 옮겼다.

"그 갈색 집엔 언제나 똑같은 사람들이 살고 있지." 그가 히죽히죽 흐리멍덩한 웃음을 지으며 대답했다.

"네가 살고 있는 쪽에서 온 사람들이지. 안 그래?"

"이름이 나하고 똑같지." 그가 머뭇거리며 답했다.

채리티는 여전히 단호한 시선으로 그를 응시했다. "이봐, 있잖아, 나 언제 그곳에 한번 가 보고 싶은데. 우리 집에서 묵는 신사 한 명을 데리고 말이야. 그 사람은 지금 이 지역에서 그림을 그리고 있거든."

채리티는 이 말을 자세히 설명하려고 하지 않았다. 리프 하이엇의 능력치를 넘어서는 일이라서 굳이 그럴 필요가 없었다. "그 사람이 그 갈색 집을 보고 싶어 해. 자세히 살펴보고 싶은 거지." 그녀가 계속 말을 이었다.

리프는 당황한 듯 여전히 손가락으로 밀짚 색깔의 헝클어진 머리카락을 쓰다듬고 있었다. "도시에서 온 사람인가?" 그가 물었다.

"맞아. 그 사람은 그림을 그려. 지금도 저 아래에서 보너네 집을 그리는 중이야." 채리티는 숲 아래쪽 목초지의 경사 위로 살짝 모습을 드러낸 굴뚝을 가리켰다.

"보너네 집?" 리프는 믿어지지 않는 듯 채리티의 말을 되풀이했다.

"맞다니까 그러네. 너는 이해가 가지 않을 거야…… 또 너하고는 상관 없는 일이고. 내 말은, 그 사람이 하루 이틀 뒤 하이엇네 집에 갈 거라는 거지."

리프는 더욱더 당황한 표정을 지었다. "배시는 오후가 되면 어떤 때는 엉망이 되는데."

"나도 알아. 하지만 그 사람은 나를 괴롭히지 않을 거야." 그녀는 고개를 뒤로 젖히고 하이엇의 눈을 똑바로 바라보았다. "나도 같이 갈 거야. 그 사람에게 그렇게 말해 줘."

"너를 괴롭힐 사람은 아무도 없어. 하이엇 사람들이라면 말이지. 한데 뭣 땜에 낯선 사람을 데리고 가려는 거야?"

"내가 이미 말했잖아? 배시 하이엇한테 꼭 그렇게 말해 줘."

리프는 저 멀리 지평선 위 푸른 산을 쳐다보았다. 그러고는 들판 아래 굴뚝 꼭대기에 시선을 떨어뜨렸다.

"지금 그 사람이 저 아래쪽에 있다고?"

"그렇다니까."

리프는 또다시 체중을 다른 쪽 발바닥으로 옮기고 팔짱을 낀 채 먼 풍경을 바라보았다. "그럼, 잘 지내." 마침내 그는 미적지근하게 말하고 몸을 돌려 비틀거리며 언덕을 올라가더니 그녀 위쪽 평평한 바위에서 걸음을 멈추고는 소리쳤다. "일요일엔 난 그곳에 가고 싶지 않다니까." 그러고 나서 나무에 가려 보이지 않을 때까지 계속 올라갔다. 머지않아 머리 위쪽 높은 곳에서 그가 도끼를 내리찍는 소리가 들려왔다.

채리티는 그 벌목꾼이 나타나면서 마음속에 떠오른 여러 가지 일을 생각하며 따뜻한 산등성이에 그대로 누워 있었다. 어린 시절에 대해 아는 것이라고는 없었고, 아무런 호기심도 느낀 적이 없었다. 어떤 어렴풋한 이미지가 좀처럼 사라지지 않고 떠도는 기억의 한 귀퉁이를 들여다보는 것이 별로 내키지 않았을 뿐이다. 그런데 지난 몇 주 동안 일어난 모든 사건들은 잠들어 있는 의식 밑바닥까지 그녀를 일깨웠다. 채리티는 자신에 대해 점차 관심을 갖게 되었으며, 자신의 과거와 관련한 것이라면 하나같이 이렇게 갑작스러운 호기심의 빛을 받아 광채를 띠었다.

채리티는 자신이 '산'에서 태어났다는 사실이 전보다 더 끔찍하게 싫어졌다. 그러나 이제 그 사실에 더 이상 무관심할 수가 없었다. 어떤 식으로든지 그녀에게 영향을 끼치는 모든 것은 생생하게 살아 숨 쉬었다. 심지어 끔찍스러운 일조차 자신의 일부였기 때문에 관심이 갔다.

'리프 하이엇은 우리 엄마가 누구인지 알까?' 채리티는 골똘히 생각했다. 한때 자기처럼 혈기 왕성한 젊고 날씬한 어떤 여자가 그녀를 가슴에 안고서 그 잠든 모습을 바라보았을 것을 떠올리자 놀라움이 전율처럼 온몸을 타고 흘렀다. 채리티는 늘 자신의 어머니가 오래전에 사망하여 이름도 없이 한 줌 흙이 되었다고 믿어 왔다. 그러나 지금은 한때 젊었던 그녀가 아직 살아서, 루시어스 하니가 그리고 싶어 하는 갈색 집 문가에서 가끔 마주치던 그 여자처럼 주름살이 잡히고 헝클어진 머리채를 하고 있을지도 모른다는 생각이 문득 들었다.

생각이 여기에 미치자 채리티는 마음속에 생각하고 있던 핵심적인 문제로 다시 돌아가 리프 하이엇이 나타나면서 촉발된 여러 추측에서 벗어났다. 현재가 꽤 풍요로운 데다 미래도 장밋빛이어서 과거와 관련한 추측은 오랫동안 그녀를 사로잡지 못했다. 돌을 던지면 닿을 만한 거리에서 루시어스 하니는 스케치북에 고개를 파묻고 얼굴을 찡그린 채 무엇인가 골똘히 계산하고 측량하더니 모든 것에 밝은 빛을 던지는 갑작스러운 미소를 지으며 고개를 뒤로 젖혔다.

채리티는 허둥지둥 일어났지만 그가 들판을 향해 올라오

는 모습을 보자 풀밭에 다시 주저앉아 기다렸다. 그녀의 표현대로 '그의 집들'이라고 부르는 집들 중 하나를 그가 그리고 측량하는 동안 채리티는 이따금 혼자서 숲속으로 걸어 들어가거나 언덕바지에 올랐다. 채리티가 그러는 것은 얼마간 부끄러움 때문이었다. 작업에 몰두하는 동행이 자신의 별스럽지 않은 암시도 알아채지 못할 만큼 채리티가 무지하다는 사실을 잊은 채 예술과 삶에 대해 길게 독백을 늘어놓을 때면 그녀는 몹시 고통스러웠다. 멍청한 얼굴로 그의 말을 듣는 거북함을 피하고, 또 그가 갑자기 집 앞에 말을 세우고 스케치북을 열 때 집주인들의 놀란 표정을 피하기 위해 채리티는 보이지 않는 곳에서 그가 작업하는 모습을 지켜보거나 적어도 그가 그리는 집을 내려다볼 수 있는 곳으로 슬쩍 자리를 비켰다. 해처드 부인의 사촌을 로열 변호사한테 전세 낸 마차에 태워 시골을 돌아다닌다는 사실이 노스도머와 이웃 마을 사람들에게 알려지는 것이 처음에는 그다지 싫지 않았다. 그동안 그녀의 강한 자존심이 비천한 출신에 열등감을 느껴서인지, 아니면 좀 더 밝은 운명을 위해 힘을 비축하는 것인지도 정확히 모른 채 채리티는 마을에서 일어나는 연애 사건들에 경멸하듯 냉담한 태도를 보이며 언제나 혼자였다. 가끔은 다른 아가씨들이 감상적인 일에 빠지거나 아직 마을에 남아 있는 몇 안 되는 젊은 남자들 중 하나와 감정도 제대로 표현하지 못하면서 오랜 시간에 걸쳐 연애하는 것을 보면 부럽기도 했다. 그러나 벤 프라이나 솔러스 집안 남자들 중 하나를 위해 머리를 구불거리게 만들고 모자에 새 리본을 매다는 상상을 하면 흥분이 가라앉으면서 다시 무관심해져 버렸다.

이제 채리티는 자신이 왜 그들을 경멸하고 그들과 사귀기를 꺼리는지 그 진의를 알았다. 루시어스 하니가 처음으로 그녀를 바라보면서 할 말을 잊고 얼굴을 붉히며 책상 가장자리에 기대고 있을 때 자신이 얼마나 가치 있는 존재인지 깨달았다. 그러나 그녀는 또다른 이유로 망설이고 있었다. 바로 보물처럼 소중한 그녀의 행복을 속된 위험에 노출시키는 데 따르는 두려움이었다. 채리티는 이웃 사람들이 도시에서 온 젊은이와 '쏘다닌다'고 수상하게 여기는 데 대해서는 신경 쓰지 않았다. 다만 기나긴 6월 한낮에 얼마나 긴 시간을 그와 함께 보내는지 모든 마을 사람들에게 알려지는 것은 원하지 않았다. 무엇보다도 이런 말이 어쩔 수 없이 로열 씨의 귀에 들어가는 것이 가장 두려웠다. 채리티는 자신에 관한 일이 한 지붕 밑에 사는 이 과묵한 사람의 눈을 좀처럼 피할 수 없다는 것을 본능적으로 알았다. 노스도머 사람들이 연애하는 남녀에게 베푸는 관용에도 불구하고 그녀가 너무 드러내 놓고 누군가를 좋아하는 태도를 보이면 로열 씨가 그녀의 표현대로 '그 일에 대해 대가를 치르게' 할지 모른다고 채리티는 늘 느꼈기 때문이다. 어떻게 그 대가를 치르게 할지는 채리티도 몰랐다. 정확히 알 수 없기 때문에 더욱 두려웠다. 만약 마을 청년 중 한 사람의 관심을 받아들인다면 아마 지금보다는 덜 두려울 것이다. 그녀가 결혼하기를 원하면 로열 씨라도 그것을 막을 수 없었다. 그러나 '도시 청년과 놀아나는' 것은 사정이 다르며, 그렇게 간단한 문제가 아니라는 사실을 누구나 알았다. 거의 모든 마을에 이런 위험천만한 모험을 했다가 끝내 희생당한 여자들이 있었다. 채리티는 로열 씨가 끼어들어 간섭할지 모른다는 두려움 때문에 하니와 보내는 시간이 더 짜릿하게 느껴지는 동시에 사람들에게 그와 함께 있는 모습을 너무 자주 보이고 싶지 않았다.

하니가 다가오자 채리티는 무릎을 꿇고 게으른 몸짓으로 두 팔을 머리 위로 쭉 뻗었다. 몹시 기분이 좋을 때 그 감정을 표현하는 그녀의 방식이었다.

"저기 저 포큐파인 아래에 있는 저 집에 데려갈 거예요." 채리티가 무슨 선언이라도 하듯 말했다.

"어떤 집 말인가요? 아, 저 습지 근처의 금방이라도 무너질 것 같은 집 말이군요. 집시처럼 보이는 사람들이 어슬렁거리고 있던데요. 진짜 건축미가 느껴지는 집을 저런 데다 지었다니 참 알다가도 모를 일이에요. 그런데 그곳 사람들이 워낙 뚱해 보여서…… 우리를 집에 들이려고 할까요?"

"그 사람들은 내 말이라면 뭐든 할 거예요." 채리티가 확신에 차서 대답했다.

하니는 그녀 옆에 털썩 주저앉았다. "그럴까요?" 그는 미소를 지으며 대꾸했다. "있잖아요, 난 그 집 안에 무엇이 남아 있는지 보고 싶어요. 그 사람들하고 이야기도 나누고 싶고요. 요전에 그들이 산에서 내려왔다고 내게 말해 준 사람은 누구였더라?"

채리티는 곁눈질로 그를 힐끗 쳐다보았다. 그가 풍경의 한 부분이 아니라 그 '산'에 대해 언급하는 것은 처음이었다. 그

지역에 대해, 그리고 그곳과 그녀의 관계에 대해 그는 또 무엇을 알고 있을까? 머릿속으로 상상한 모든 경멸에 본능적으로 맞서는 충동적인 반발심 때문에 채리티의 심장이 마구 뛰기 시작했다.

"'산'이라고요? 난 그곳이 무섭지 않아요!"

하니는 채리티의 도전적인 말투를 인지하지 못한 듯했다. 풀밭에 가슴을 대고 누워 백리향 가지를 꺾어 입술에 갖다 댔다. 저 멀리 좀 더 가까운 언덕 위쪽에 '산'이 노란 저녁노을을 배경으로 위협적인 모습을 드러냈다.

"난 언제가 그곳에 꼭 가야 해요. 보고 싶거든요." 그가 계속해서 말했다.

채리티의 심장 박동이 느슨해졌다. 채리티는 다시 몸을 돌려 그의 옆모습을 살폈다. 악의적인 표정은 전혀 찾아볼 수 없었다.

"무엇 때문에 그 '산'에 가고 싶은데요?"

"글쎄요, 좀 기묘한 장소인 것 같아서요. 알겠지만 그곳에 이상야릇한 거주지가 있잖아요. 무법자들이랄까. 조그마한 독립적인 왕국 말이에요. 물론 당신도 그런 말을 들었을 테죠. 하지만 내가 듣기로 그곳 사람들은 계곡 사람들과 관계하지 않는다죠…… 사실은 계곡에 사는 사람들을 오히려 무시한다고요. 난폭한 무리지만 그들 나름대로 여러 특징을 가졌을 거예요."

채리티는 그들 나름대로 상당한 특징을 가졌다는 말을 전혀 이해할 수 없었다. 그러나 그의 말투에 칭찬하는 빛이 어려 막 싹트기 시작한 호기심을 더욱 자극했다. 그러고 보니 문득 자신이 그 '산'에 대해 너무 모르는 것이 이상한 생각이 들었다. 사람들에게 한 번도 물은 적이 없었으며, 어느 누구도 그녀에게 가르쳐 주려 하지 않았다. 노스도머 사람들은 '산'을 당연하게 받아들였고, 내놓고 비난하기보다 억양으로 불만을 표시했다.

"참 이상도 하죠." 하니가 계속 말했다. "저기 저 언덕 꼭대기에 어느 누구에게도 아랑곳하지 않는 사람들이 살고 있다니 말이에요."

그 말에 채리티는 전율을 느꼈다. 그 말이 그녀의 반항과 도전의 실마리가 되는 것 같았다. 그래서 그가 좀 더 많은 이야기를 들려주기를 바랐다.

"난 그 사람들에 대해 아는 게 별로 없어요. 그들은 항상 그곳에 있었나요?"

"그 사람들이 얼마나 오랫동안 그곳에서 살았는지 아무도 모르는 것 같아요. 저 아래 크레스턴 쪽에서 들은 바로는 최초의 이주자들은 사오십 년 전 스프링필드와 네틀턴 사이에 철도를 건설할 때 일하던 사람들 같다는 거예요. 그들 중 몇 명은 술을 좋아했고 경찰관들과 마찰을 빚은 뒤 사라졌다죠…… 숲속으로 사라졌다는 겁니다. 한두 해가 지나 그들이 그 산에 살고 있다는 소문이 들렸고요. 그 뒤 다른 사람들이 합류한 듯해요…… 그리고 아이들이 태어났고요. 지금 그곳에 사는 사람이 백 명이 넘는다네요. 계곡의 지배권에서 완전히 벗어난 셈이죠. 학교도 없고, 교회도 없고…… 경찰관도 그들이 무슨 짓을 하고 있는지 알아보러 올라가지 않고요. 그런데 노스도머에서는 그 사람들에 대해 얘기하고 있지 않나요?"

"잘 모르겠어요. 마을 사람들 말로는 나쁜 사람들이래요."

그가 웃었다. "그래요? 우리 한번 올라가 확인해 볼까요?"

채리티는 그 제안에 얼굴을 붉히고 그의 얼굴 쪽으로 고개를 돌렸다. "당신은 아직 듣지 못했겠죠…… 내가 그곳 출신이라는 걸요. 어렸을 때 마을 사람들이 나를 이곳으로 데리고 왔어요."

"당신이요?" 하니는 한쪽 팔꿈치를 받치고 몸을 일으키더니 갑자기 관심을 갖고 채리티를 쳐다보았다. "아가씨가 그 '산'에서 태어났다고요? 정말 재미있네요. 그래서 아가씨가 그렇게 달라 보였군요……."

채리티는 기뻐서 피가 이마까지 솟구쳐 올랐다. 그가 그녀를 칭찬하고 있었다…… 그것도 '산'에서 태어났기 때문에 칭찬하는 것이 아닌가!

"내가…… 달라 보이나요?" 채리티가 놀란 기색을 하고 의기양양하게 물었다.

"아, 무척이나요!" 그가 채리티의 손을 잡고 햇볕에 그을린 손가락 마디에 입을 맞추었다.

"자, 그럼." 하니가 말했다. "돌아가죠." 그가 벌떡 일어나 헐렁헐렁한 회색 옷에 붙은 풀을 흔들어 떨어 냈다. "오늘 정말 즐거웠어요! 내일은 어디로 데려갈 건가요?"

6

그날 밤 저녁 식사를 하고 나서 채리티는 혼자 부엌에 앉아 로열 씨와 하니가 현관에서 이야기를 나누는 것을 듣고 있었다.

식탁을 치우고 베리나 할머니가 절룩거리며 잠을 자러 올라간 뒤 채리티는 집 안에 남았다. 부엌 창문은 열려 있었고, 채리티는 두 손을 무릎에 얹고 그 근처에 앉아 있었다. 서늘하고 조용한 저녁이었다. 검은 언덕 너머로 호박빛 서쪽 하늘이 옅은 초록색으로 바뀌더니 커다란 별 하나가 걸린 짙푸른 색으로 변했다. 어둠 속에서 작은 부엉이 한 마리가 부엉부엉 우는 소리가 들려왔다. 부엉이 울음소리 사이사이로 남자들의 목소리가 높아졌다 낮아졌다 했다.

낭랑한 로열 씨의 목소리는 만족감으로 흘러넘쳤다. 오랜만에 루시어스 하니 같은 상대와 대화를 나누기 때문이었다. 채리티는 이 젊은이가 로열 씨의 좌절당하고 잊힌 모든 과거를 상징한다는 것을 직감으로 알았다. 남편을 잃은 언니의 병때문에 해처드 부인이 스프링필드에 가고 난 뒤 루시어스 하니는 이즈음 네틀턴과 뉴햄프셔주[13] 경계에 있는 옛날 집들을 모두 그리고 측량하는 일을 본격적으로 시작했다. 그런 그가 사촌 누님이 집을 비운 동안 붉은 집에서 하숙할 수 있을지 물었을 때 채리티는 로열 씨가 거절하지 않을까 걱정했다. 젊은이를 재워 주는 일은 아예 불가능했다. 그가 머물 방이 없었기 때문이다. 그러나 만약 로열 씨가 붉은 집에서 식사를 하게 해준다면 하니는 해처드 부인의 집에 그대로 머물 수 있을 터였다. 하루 동안 곰곰이 생각한 뒤 로열 씨는 마침내 승낙했다.

채리티는 로열 씨가 돈을 몇 푼 벌게 되어 기뻐하리라고 생각했다. 욕심 많기로 이름난 사람이었기 때문이다. 그런데 사람들이 아는 것보다 로열 씨가 어쩌면 더 가난할지 모른다는 생각도 들었다. 변호사 일은 불확실한 전설에 지나지 않게 되었고, 어쩌다 아주 뜸하게 헵번이나 네틀턴에 불려 가야만 그나마도 일이 이어졌다. 로열 씨는 보잘것없는 농장의 소출과 이웃 마을을 대리하는 보험 회사 한두 곳에서 나오는 수수료에 생계를 의존하는 모양이었다. 어쨌든 그는 하루 1달러 50센트에 마차를 빌리겠다는 하니의 제안을 받고 곧바로 승낙했다. 로열 씨가 이 계약을 흐뭇하게 생각한다는 사실은 첫 주가 지난 어느 날 채리티가 앉아서 낡은 모자에 새 장식을 달고

---

13) 이 소설의 지리적 배경인 매사추세츠주 서쪽 버크셔 지방은 뉴햄프셔주 바로 옆이다.

있는데 예상치 않게 10달러짜리 지폐 한 장을 무릎에 던져 준 사실에서 엿볼 수 있었다.

"자 받거라…… 이 돈으로 챙이 널찍한 모자를 사려무나. 그러면 아마 다른 여자애들이 부러워서 미칠 거다." 깊게 파인 두 눈에 부끄러운 빛을 띠고 바라보며 그가 말했다. 채리티는 곧 이 평소에 없던 선물이 ― 그녀가 로열 씨로부터 현금으로 받은 유일한 선물이었다 ― 하니가 처음으로 지불한 돈일 것이라고 짐작했다.

그러나 그 젊은이를 받아들인 것은 로열 씨에게 금전적인 이익 이상의 의미가 있었다. 몇 년 만에 처음으로 남자 동료가 생긴 것이다. 채리티는 자신의 후견인이 무엇을 필요로 하는지 막연하게밖에 알 수 없었다. 다만 그가 마을 사람들보다 스스로 더 우월하다고 느낀다는 것쯤은 알았고, 루시어스 하니도 그렇게 생각했다. 그녀는 로열 씨가 자기 말을 알아들을 상대가 있으니 유창하게 말을 잘한다는 사실을 알고 놀랐다. 또 하니의 다정하면서도 공손한 태도에 놀랐다.

두 사람의 대화는 대개 정치에 관한 것이어서 채리티가 잘 이해할 수 없었다. 그런데 오늘 이야기는 아주 각별한 흥미를 불러일으켰다. 그들이 '산'에 대해 말하기 시작했기 때문이다. 혹시 두 사람의 말을 듣는 모습을 들키지나 않을까 싶어 채리티는 몸을 약간 뒤로 물렸다.

"'산'이라고? 그 '산' 말이지?" 채리티의 귓가에 로열 씨가 말하는 소리가 들려왔다. "글쎄, 그 '산'은 말하자면 더러운 오점 같은 곳이지…… 정말로 더러운 오점이고말고. 그곳에 사는 쓰레기들은 이미 오래전에 모두 잡아다가 처넣었어야 하는데…….. 이 계곡 사람들이 그 사람들한테 완전히 겁을 먹지 않았다면 진작 그렇게 했을 거야. '산'은 이 읍 관할 구역에 속하지. 만약 우리 코앞에서 도둑놈들과 범법자들이 떼를 지어 살면서 이 나라의 법을 우습게 여긴다면 그건 어디까지나 노스도머 잘못이거든. 글쎄, 그곳에는 경찰관도 없고 세무서 직원도 없고 검시관도 감히 그곳에 올라가지 못해. '산'에서 문제가 생겼다는 말을 들으면 행정 위원들은 다른 방향으로 고개를 돌리고 엉뚱하게도 읍내 양수기를 아름답게 꾸미기 위해 세출 승인을 통과시킨단 말씀이야. 그 '산'에 올라가는 사람이라곤 유일하게 목사님 한 분인데, 그것도 그들 중 누군가가 죽으면 마을로 내려와 그분을 데려가기 때문이지. '산'에서는 기독교식 장례에 꽤나 신경을 쓰는 모양이야……. 하지만 목사님을 데려다 결혼식을 올린단 말은 들어 본 적이 없네. 치안 판사에 대해서도 눈곱만치도 상관하지 않고. 그자들은 이교도처럼 떼를 지어 살거든."

로열 씨는 말을 계속하며 다소 전문적인 용어를 사용해 어떻게 해서 그곳 무단 거주자들이 교묘하게 법을 궁지에 몰아넣으려 드는지에 대해 설명했다. 채리티는 뜨겁게 달아오르는 호기심을 느끼면서 하니의 말을 기다렸다. 그러나 젊은이는 자기 견해를 표명하기보다 로열 씨의 말을 듣는 데 관심이 있어 보였다.

"변호사님도 그곳에 올라간 적은 없으시겠네요?" 하니가 그에게 물었다.

"아냐, 올라가 본 적이 있지." 로열 씨는 다소 얕잡아 보는 웃음을 지으며 대답했다. "이곳에 사는 똑똑한 체하는 사람들은 내가 마을로 돌아오지 못하고 불귀의 몸이 될 거라고 했지. 하지만 그곳 사람들은 나를 해치려고 손가락 하나 들어 올리지 않았어. 게다가 나는 그중 한 명을 칠 년 동안이나 감옥에 집어넣었지."

"그 사건 뒤에 올라가신 건가요?"

"물론이지. 바로 그 뒤에 올라갔지. 그곳 사람들이 가끔 그러듯이 그 작자가 네틀턴에 내려와 한바탕 소동을 벌였어. 벌목을 한 뒤에는 마을로 내려와 돈을 다 써 버리거든. 그런데 이자가 사람을 죽인 거야. 네틀턴에서조차 그 사람을 무서워했지만 난 그 작자가 유죄 선고를 받게 만들었지. 그러고 나서 이상한 일이 벌어졌지 뭐야. 그 작자가 나를 만나고 싶다고 교도소로 부른 거야. 내가 찾아갔지 않았겠나. 그러자 이렇게 말하는 거 아니겠어. '나를 변호한 바보 녀석은 겁쟁이 개자식이었어…… 나머지 놈들도 마찬가지고.' 그자가 말했지. '저 산에서 나를 위해 해 줘야 할 일이 한 가지 있어. 내가 법정에서 본 사람 중에선 당신이 그 일을 할 수 있을 유일한 사람이야.' 그가 말하기를 그곳에 어린아이가 하나 있는데…… 아니면 그런 것 같은 생각이 드는데…… 꼬마 계집애 말이지. 그 아이를 데려다가 기독교인처럼 키워 달라는 거야. 그자가 참 안됐다 싶어 그곳에 올라가 그 아이를 데려왔지." 로열 씨는 말을 멈췄다. 채리티는 쿵쿵 뛰는 심장을 느끼며 그의 말에 귀를 기울였다. "내가 '산'에 올라간 건 그때뿐이야." 그가 이렇게 말을 맺었다.

잠시 침묵이 흘렀다. 그러더니 하니가 입을 열었다. "한데 그 아이에겐…… 어머니가 없었나요?"

"아, 있었지, 어머니가 있었고말고. 그런데 그 여자는 아이를 기꺼이 떠나보내더군. 누구한테라도 아이를 내주었을 거야. 그곳에 사는 사람들은 어느 면에서 인간의 절반에도 못 미쳤지. 그런 삶을 살고 있었으니 아마 그 애 어머니는 지금쯤 죽고 없을 거야. 어쨌든 난 그날 이후로 그 여자 소식은 한 번도 못 들었거든."

"정말이지 참으로 무시무시한 이야기로군요." 하니가 중얼거렸다. 채리티는 수치심으로 목이 메어 벌떡 일어나 2층으로 달려갔다. 마침내 알았다. 그녀는 술주정뱅이 범죄자와 '어느 면에서 인간의 절반에도 못 미치고' 기꺼이 자식을 떠나보낸 어머니의 딸이었다. 그리고 그녀가 주변 어떤 사람들보다 더 뛰어나 보이고 싶은 바로 그 사람에게 자신의 출생에 얽힌 비밀을 이야기해 주는 것을 들었다! 채리티는 로열 씨가 그녀의 이름을 입에 올리지 않았고, 또 그녀를 그가 '산'에서 데려온 아이로 생각할 만한 어떤 암시도 주지 않았다는 사실을 알았다. 또한 지금까지 침묵을 지켜 온 것도 자신에 대한 배려였다는 사실을 잘 알고 있었다. 그러나 그날 오후 무법자들의 주거지에 대한 하니의 관심에 넘어가 그만 하니에게 자신이 '산'에서 태어났다고 뽐내듯 말한 이상 로열 씨의 신중한 태도가 무슨 소용이란 말인가? 지금까지 한 모든 말로 미루어 보건대 이제 그런 출생 때문에 두 사람 사이가 멀어지게 될 것이 틀림없었다.

노스도머에 머문 열흘 동안 루시어스 하니는 단 한 번도 채리티에게 사랑의 말을 고백하지 않았다. 그는 채리티를 위해 사촌 누님의 일에 개입했고, 해처드 부인에게 도서관 사서로서 채리티의 장점을 확인시켜 주었다. 그러나 애초에 하니의 실수로 그녀의 장점이 문제가 된 것이기 때문에 그런 행동은 어찌 보면 당연한 보답에 지나지 않았다. 스케치 여행을 위해 로열 변호사의 마차를 빌렸을 때 하니는 채리티에게 마차를 몰고 시골 지방을 돌아 달라고 부탁했다. 그러나 이 역시 그가 이 지역을 잘 모르기 때문에 어찌 보면 당연한 노릇이었다. 마지막으로, 사촌 누님이 스프링필드에 가게 되었을 때 그는 로열 씨에게 식사를 부탁했다. 그런데 노스도머에서 로열 씨네 말고 그가 식사를 할 만한 집이 어디일까? 아내가 중풍에 걸린 데다 대식구로 식탁이 모자랄 지경인 캐리 프라이에게 부탁할 수는 없는 노릇이었다. 길 위쪽으로 1킬로미터 넘게 떨어져 사는 타갯네한테 부탁할 수도 없었으며, 큰딸이 버리고 도망가고 앨리스가 바느질품으로 겨우 생계를 이어 가는 동안 자신이 먹을 음식도 제대로 만들 기력이 없는 불쌍한 호스 부인도 사정은 마찬가지였다. 이 젊은이가 그런대로 환영받을 유일한 집이 로열 씨네였다. 겉으로 드러난 사정으로 봐서는 채리티가 가슴 뭉클한 희망을 품을 이유라고는 하나도 없었다. 그러나 루시어스 하니가 도착하면서 일어난 눈에 보이는 여러 사건 밑바닥에는 웅덩이에서 얼음이 녹기 전에 숲에서 나뭇잎을 돋게 하는 신비스럽고도 강력한 저류가 흐르고 있었다.

하니가 찾아온 용무는 분명했다. 채리티는 뉴욕에 있는 한 출판사에서 그에게 편지를 보내 뉴잉글랜드의 잘 알려지지 않은 지역에 있는 18세기 저택 연구를 위임한 것을 읽은 적이 있다. 그러나 채리티로서는 그 모든 일을 이해할 수 없는 데다 지방의 건축가가 보수하고 '개조한' 다른 집에는 눈길 한번 주지 않는 반면 페인트가 벗겨지고 돌보지 않은 어떤 집 앞에서 왜 넋을 잃고 서 있는지 이해하기 어려웠다. 다만 이글군에 그가 주장하는 것보다 건축이 그리 풍부하지 않으며 그가 머무는 기간도(처음에 그는 그 기간을 한 달로 못 박았다.) 도서관에서 그녀 앞에 처음 멈춰 섰을 때 보았던 그의 눈에 비친 표정과 무관하지 않다고 의심하지 않을 수 없었다. 그 뒤에 일어난 모든 일은 하나같이 그 표정에서 발전한 것 같았다. 이를테면 그녀에게 말하는 태도라든지, 그녀가 하는 말의 의미를 재빨리 알아듣는 것이라든지, 짧은 여행을 연장하여 기회만 되면 그녀와 함께 있으려 드는 명백한 열망 말이다.

하니가 그녀를 좋아한다는 낌새는 충분히 알 수 있었다. 그러나 그 낌새가 얼마나 의미 있는 것인지 추측하기 어려웠다. 그의 태도는 노스도머 사람들이 채리티에게 보여 준 것과 너무나 달랐기 때문이었다. 그는 채리티가 알던 어느 누구보다 솔직하면서도 동시에 좀 더 예의가 발랐다. 그리고 이따금 그가 더할 나위 없이 솔직할 때 두 사람 사이의 거리는 가장 많이 벌어졌다. 교육과 기회에서 비롯된 격차는 채리티가 아무리 노력해도 그 거리를 좁힐 수 없었다. 심지어 그의 젊음과 그의 칭찬이 서로를 아주 가깝게 느끼게 할 때조차 어떤 우연한 말 한마디, 어떤 무의식인 암시가 채리티를 다시 심연 속으로 밀어 넣는 것 같았다.

하지만 채리티가 방금 로열 씨가 한 말의 여운을 안고 방으로 달려 올라갈 때보다 그 거리감이 더 크게 느껴진 적은 없었다. 당혹스러운 가운데 맨 처음 떠오르는 생각은 다시는 하니를 보지 못했으면 하는 바람이었다. 로열 씨의 이야기는 너무 끔찍해서 하니가 그 이야기를 아무 편견 없이 그저 초연하게 듣고만 있었다고 생각하기 힘들었다. '차라리 그 사람이 가 버리면 좋겠어. 내일 떠나 다시는 돌아오지 않으면 좋을 텐데!' 채리티는 얼굴을 베개에 파묻고 나지막하게 울부짖었다. 채리티는 옷을 벗는 것도 잊은 채 흐트러진 옷차림으로 밤이 깊도록 누워 있었다. 그녀의 온 영혼은 희망과 꿈이 물속에 잠긴 채 밀짚처럼 이리저리 휘몰아치는 불행의 거친 바다 속을 헤맸다.

이튿날 아침 채리티가 눈을 떴을 때 이 모든 소요 중에 어렴풋한 슬픔만이 남아 있었다. 날씨에 대한 생각이 가장 먼저 떠올랐다. 하니가 포큐파인 아래쪽에 있는 갈색 집에 들른 뒤 햄블린에 데려다 달라고 부탁했기 때문이었다. 그리고 그곳까지는 꽤 긴 여정이어서 아침 9시에 출발하기로 했다. 구름 한 점 없는 하늘에 아침 해가 떠올랐다. 채리티는 평소보다 일찍 부엌에 나가 치즈 샌드위치를 만들고 버터밀크를 병에 담았다. 사과 파이 몇 조각을 포장하며 복도 벽에 항상 걸려 있던 바구니를 버렸다고 베리나에게 잔소리를 했다. 세탁해서 물이 조금 빠지기는 했지만 그녀의 검은 피부색을 돋보이게 해주는 분홍색 무명옷을 입고 현관에 나왔을 때는 밝은 햇살과 아름다운 아침에 취한 나머지 불행의 마지막 흔적이 모두 사라졌다. 사랑이 핏속에서 즐겁게 춤을 추는데 어디에서 태어났건, 누구의 자식이건 무슨 상관이란 말인가? 길 아래쪽에서 하니가 그녀를 향해 올라오는 모습이 보였다.

로열 씨도 현관에 있었다. 아침 식사를 할 때 그는 아무 말도 하지 않았다. 그러나 채리티가 분홍색 옷을 입고 바구니를 손에 들고 나오자 놀란 표정으로 쳐다보았다. "어디 가려고?" 그가 물었다.

"있잖아요…… 오늘은 하니 씨가 보통 때보다 일찍 출발하거든요." 채리티가 대답했다.

"하니 씨, 하니 씨라고? 하니 씨는 아직도 말을 몰 줄 모른다던?"

채리티는 아무 대답도 하지 않았고, 그는 의자에 비스듬히 앉아 현관 난간을 두드려 댔다. 젊은이에 대해 로열 씨가 이런 투로 말하는 것은 처음이라서 채리티는 두려운 나머지 조금 오싹해졌다. 잠시 뒤 그는 자리에서 일어나 고용한 일꾼이 호미질을 하고 있는 집 뒤쪽의 밭을 향해 걸어갔다.

초여름 날 북풍이 언덕으로 몰고 오는 가을 같은 활기에 공기는 서늘하고 청명했다. 지난밤이 너무 온화해서 이슬은 좀체 사라지지 않는 습기가 아니라 양치류와 풀밭에 다이아몬드같이 반짝이는 구슬방울처럼 여기저기 맺혀 있었다. 포큐파인 기슭까지는 먼 길이었다. 먼저 탁 트인 경사지와 경계를 이루는 푸른 언덕이 있는 계곡을 가로지른 뒤 벨벳 같은 암층 위를 흐르는 다갈색 천인 크레스턴의 물길을 따라 너도밤나무 숲으로 들어갔다. 그리고 다시 크레스턴 호수의 농지로 나와 서서히 이글레인지의 산등성이를 올라갔다. 마침내 언덕의 어깻죽지 부분에 도착하자 그들 앞에 또 다른 초록의 험한 계곡이 펼쳐졌다. 그 너머에는 더 푸른 고지대가 밀려 나가는 조류의 파도처럼 하늘 저 멀리 소용돌이치며 뒤로 물러나 있었다.

하니는 나무 그루터기에 말을 매었고, 두 사람은 히커리나무 아래에서 바구니를 풀었다. 나무의 갈라진 줄기에 왕벌들이 달려들었다. 햇살은 뜨거웠고, 그들 뒤에서 대낮의 숲이 웅얼거리는 소리가 들렸다. 여름 곤충들이 공중에서 춤을 추었으며, 흰나비가 무리 지어 자줏빛 분홍바늘꽃의 끝을 부채질하듯 움직였다. 아래 계곡에는 집 한 채 보이지 않았다. 하늘과 땅의 광활한 공간에 채리티 로열과 하니만이 유일하게 살아 있는 존재처럼 보였다.

채리티의 기분이 가라앉으면서 불안한 생각이 다시 고개를 쳐들었다. 하니는 점차 말이 없어졌다. 그는 두 팔로 머리를 받치고 그녀 옆에 누워 머리 위에 있는 나뭇잎의 세망조직을 바라보았다. 채리티는 지금 그가 로열 씨가 들려준 말을 곰곰이 생각하고 있는지, 그것 때문에 마음속으로 정말 그녀를 얕잡아 보는지 궁금했다. 채리티는 그날 하니가 갈색 집에 데려다 달라고 부탁하지 않았더라면 하는 생각이 들었다. 채리티의 출생에 얽힌 이야기가 아직 머릿속에 생생한 지금 그가 그녀의 고향 마을 사람을 만나는 것을 바라지 않았다. 몇 번이나 채리티는 산등성이를 따라 그가 보고 싶어 하는 버려진 작은 집이 있는 햄블린으로 곧장 가자고 제안할 뻔했다. 그러나 수치심과 자존심 때문에 차마 그러지 못했다. '이 사람은 내가 속해 있는 사람들이 어떤 이들인지 아는 게 좋아.' 채리티는 다소 억지로 도전적인 태도를 취하며 혼자 생각했다. 실제로는 수치심 때문에 입을 꼭 다물고 있었다.

갑자기 채리티는 손을 들어 하늘을 가리켰다. "폭풍우가 몰려오고 있어요."

하니는 채리티의 시선을 좇으며 미소를 지었다. "소나무 사이에 보이는 저 조각구름 때문에 겁을 먹은 거예요?"

"구름이 저 산 위에 있어요. 구름이 산 위에 떠 있다는 건 늘 문제가 생긴다는 뜻이에요."

"아, 난 이곳 사람들이 산간 지방에 대해 말하는 나쁜 소문을 절반도 믿지 않아요! 하지만 어쨌든 비가 내리기 전에 그 갈색 집으로 내려가죠."

하니의 생각은 거의 틀리지 않았다. 그들이 초목이 무성한 포큐파인의 허리 부분 아랫길로 접어들어 갈색 집에 도착했을 때 비가 몇 방울 떨어지기 시작했다. 그 집은 가장자리에 오리나무가 빽빽하고 키가 큰 골풀이 있는 습지 옆에 외롭게 서 있었다. 다른 집이라곤 보이지 않았고, 무슨 까닭으로 초기 개척자가 이렇게 을씨년스러운 곳에 집을 지었는지 짐작하기 어려웠다.

채리티는 동행인의 학식을 충분히 주워들어 왜 그가 이 집에 이끌렸는지 이해했다. 문 위에 있는 부서진 들창의 부채꼴 장식 무늬며, 구석에 있는 페인트가 벗어진 붙임 기둥의 세로 홈 장식이며, 박공에 만든 둥근 창문을 알아볼 수 있었다. 그리고 그 이유는 여전히 이해가 안 되었지만 이런 것들을 소중히 여기고 기록해 둬야 한다는 것도 알았다. 그러나 두 사람은 지금까지 이 집보다 훨씬 더 '전형적인'(이 말은 하니가 사용한 표현이었다.) 다른 집들을 많이 보아 왔다. 말의 목에 고삐를 던지면서 하니는 혐오감을 느끼는 듯 몸을 약간 떨며 말했다. "오래 머물지는 않을 겁니다."

폭풍우에 하얀 속을 드러낸 오리나무들을 배경으로 서 있는 이 집은 유별나게 황량해 보였다. 찬장의 페인트는 거의 벗어졌고, 창유리는 모두 깨져 넝마로 막아 놓았으며, 정원은 쐐기풀이며 우엉이며 습지에 자라는 잡초 같은 독초가 한데·뒤얽힌 위로 커다란 금파리들이 윙윙 소리를 내며 날아다녔다.

마차 바퀴 소리를 듣고 리프 하이엇처럼 삼빛 머리카락에 창백한 눈동자를 한 어린 소년이 울타리 너머로 흘깃 쳐다보더니 변소 뒤로 슬그머니 사라졌다. 하니는 말에서 뛰어내려 채리티가 내리는 것을 도와주었다. 그때 갑자기 비가 퍼붓기 시작했다. 비는 사나운 광풍과 함께 비스듬히 쏟아져 내려 관목과 어린 나무들을 쓰러뜨리고, 가을 폭풍처럼 잎사귀들을 떨구고, 길을 물바다로 만들고, 파인 곳마다 쉿 하는 소리를 내며 웅덩이를 만들어 놓았다. 빗속을 뚫고 천둥이 끊임없이 울렸고, 점점 짙어지는 어둠 속에서 길을 따라 기이한 불빛이 지나갔다.

"드디어 이 집에 도착한 게 천만다행이에요." 하니가 웃으며 말했다. 그는 지붕이 반쯤밖에 남지 않은 오두막 아래에 말을 매고 채리티를 자기 웃옷으로 감싸 준 뒤 함께 집을 향해 달려갔다. 그 소년은 다시 모습을 나타내지 않았고, 문을 두드려도 아무런 대답이 없자 하니가 문고리를 열고 집 안으로 들어갔다.

문과 바로 연결된 부엌에 세 사람이 있었다. 머리에 손수건을 두른 노파가 창가에 앉아 있었다. 무릎 위에는 아파 보이는 새끼 고양이 한 마리를 올려놓고 있었다. 고양이가 뛰어내려 다리를 절며 달아나려 할 때마다 노파는 늙고 무표정한 얼굴을 조금도 바꾸지 않고 고양이를 다시 들어 올렸다. 언젠가 채리티가 마차를 타고 지나가다 본 적이 있는 단정치 못한 또 다른 여자가 창틀에 몸을 기대고 서서 그들을 물끄러미 바라보았다. 난롯가에는 넝마가 된 셔츠를 입고 수염을 깎지 않은 남자가 나무통 위에 앉아 자고 있었다.

집 안은 가구 하나 없이 썰렁했으며, 흙과 퀴퀴한 담배 냄새가 물씬 풍겼다. 채리티는 마음이 울적했다. '산' 사람들을 조롱하는 그 해묵은 이야기가 되살아났고, 그 여자의 빤히 쳐다보는 눈길이 쓸쓸한 데다 잠든 사내의 얼굴은 완전히 술에 절은 짐승 같아서 혐오감에 막연한 공포감까지 더해졌다. 채리티는 자신에 대해서는 두려워하지 않았다. 하이엇 집안 사람들이 자기를 괴롭히지 않을 것이라는 사실을 잘 알기 때문이었다. 그러나 '도시 사람'에 대해 그들이 어떻게 반응할지 확신할 수가 없었다.

루시어스 하니는 분명히 그녀의 공포감을 비웃을 것이다. 하니가 방을 둘러보며 "안녕하세요?" 하고 두루 인사를 했지만 아무도 대꾸하는 사람이 없었다. 이번에는 그가 젊은 여자에게 폭풍우가 지나갈 때까지 몸을 피해도 괜찮을지 물었다.

여자는 그에게서 눈을 돌리더니 채리티를 쳐다보았다.

"로열네 집에서 온 아가씨지, 안 그래?"

채리티는 얼굴을 붉혔다. "채리티 로열이에요." 가장 어울리지 않는 바로 그 장소에서 그 이름에 대한 권리를 주장하듯 채리티가 말했다.

여자는 알아차리지 못한 듯했다. "있어도 좋아." 여자는 이렇게 말할 따름이었다. 그러고 나서 몸을 돌리고는 무엇인가 휘젓고 있던 그릇 위로 몸을 숙였다.

하니와 채리티는 전분 상자 두 개에 널빤지를 올려 만든 벤치에 앉았다. 부서진 돌쩌귀에 매달린 문을 마주 보았고, 문틈으로 삼빛 머리 소년의 눈과 한쪽 뺨에 상처가 난 창백한 소녀의 눈이 보였다. 채리티는 미소를 지으며 아이들에게 들어오라고 손짓했다. 그러나 들킨 것을 알아차리자마자 아이들은 맨발로 어디론가 다시 사라졌다. 채리티는 문득 아이들이 잠든 사내를 깨울까 봐 겁낸다는 생각이 들었다. 마찬가지로 조용히 걷고 난롯가에 얼씬거리지 않는 것으로 보아 아마 여자도 아이들처럼 두려워하는 듯했다.

비는 계속해서 집을 두들겨 댔고, 한두 군데 대충 막아 둔 유리창을 통해 비가 들이쳐 마룻바닥에 웅덩이가 생겼다. 이따금 새끼 고양이가 야옹거리며 간신히 내려올 때마다 노파

는 몸을 숙여 고양이를 붙잡아 뼈가 앙상한 두 손으로 꼭 움켜
쥐었다. 통 위에서 잠든 사내가 한두 번 눈을 반쯤 뜨고 자세
를 바꾼 뒤 털이 많은 가슴에 머리를 떨어뜨리고는 다시 잠에
곯아떨어졌다. 시간이 지나고 비가 여전히 창문에 떨어지는
동안 채리티는 그 집과 그 사람들에 대한 혐오감이 엄습했다.
지능이 떨어지는 노파며, 겁에 질린 아이들, 술기운을 잠으로
쫓는 넝마를 걸친 사내의 모습을 보니 지금 자신이 누리는 삶
이 평화롭고 풍요하다는 생각이 들었다. 채리티는 걸레로 깨
끗이 닦은 마룻바닥이며, 도자기 그릇이 가득한 찬장이며, 이
스트와 커피와 연성 비누의 독특한 냄새를 풍기는 로열 씨네
부엌을 떠올렸다. 이런 냄새를 늘 끔찍이 싫어했지만 지금은
가정의 질서를 보여 주는 상징처럼 느껴졌다. 또 등이 높은 말
총 의자며 빛이 바랜 헝겊 카펫, 책장에 나란히 꽂힌 책들, 난
로 위에 걸린 「버고인의 함락」[14] 판화, 황록색 테두리 장식에
갈색과 흰색 사냥개가 그려진 돗자리가 깔린 로열 씨의 방을
그려 보았다. 그러고 나자 이번에는 모든 게 새롭고 순수하고
향기로운 해처드 부인의 집으로 생각이 이어졌다. 그런 것들
과 비교할 때 붉은 집은 언제나 너무 초라하고 보잘것없어 보
였다.

　'이곳이 바로 내가 속해 있는 곳이야…… 내가 속해 있는 곳
이란 말이야.' 채리티는 자신한테 여러 번 되풀이해 말했다. 그

---

14) 영국의 장군 존 버고인은 1777년 10월 뉴욕주 사라토가에서 미국의 독
립군에게 패했다. 작가는 존 트럼불(1756~1843)이 1824년에 이 전투를
소재로 그린 그림을 언급하는 듯하다.

러나 채리티에게 이 말은 별다른 의미가 없었다. 모든 본능과 습관은 토굴 같은 집에서 벌레처럼 살아가는 이 가련한 습지대 사람들 사이에서 오히려 자신을 이방인처럼 느끼게 만들 뿐이었다. 채리티는 하니의 호기심에 굴복해 그를 이곳에 데려오지 않았더라면 얼마나 좋았을까 하는 마음이 간절했다.

비에 흠뻑 젖은 채리티는 옷을 얇게 입고 몸을 떨기 시작했다. 젊은 여자가 방에서 나가 깨진 찻잔을 들고 와 채리티에게 건네는 것으로 보아 이를 눈치챘음에 틀림없었다. 위스키가 반쯤 담긴 잔이었다. 채리티는 고개를 내저었다. 그러나 하니는 잔을 들어 입술에 갖다 댔다. 채리티는 그가 잔을 내려놓고 호주머니를 뒤져 1달러를 꺼내는 것을 보았다. 그는 잠시 머뭇거리다가 다시 돈을 주머니에 집어넣었다. 채리티가 자기 친척이라고 말한 사람에게 돈을 주는 모습을 보이고 싶지 않아서일 거라고 생각했다.

자고 있던 사내가 몸을 뒤척이더니 고개를 쳐들고 눈을 떴다. 그는 잠시 채리티와 하니를 멍하니 바라보다 다시 눈을 감고는 고개를 떨어뜨렸다. 그러나 여자의 얼굴에 불안한 표정이 감돌았다. 여자는 창밖을 쳐다보다가 하니에게 다가왔다. "이제 그만 가 보는 게 좋겠는데." 여자가 말했다. 젊은이는 그 말을 알아듣고 자리에서 일어났다. "고맙습니다." 그가 손을 내밀며 말했다. 여자는 그의 몸짓을 보지 못한 듯했고, 그들이 문을 열자 돌아섰다.

비가 여전히 내리고 있었지만 그들은 좀처럼 그 사실을 알아차리지 못했다. 깨끗한 공기가 둘의 얼굴에 박하처럼 향기롭게 스쳤다. 구름이 일어나더니 다시 흩어지고 있었으며, 그 가장자리 사이로 머나먼 푸른 골짜기에서 햇살이 쏟아져 내렸다. 하니는 말고삐를 풀고 빗속으로 마차를 몰았다. 빗발이 점점 가늘어지면서 햇볕을 받아 어느새 구슬처럼 방울방울 맺히고 있었다.

잠시 채리티는 말이 없었고, 동행 역시 말을 하지 않았다. 채리티는 수줍은 듯 그의 옆모습을 쳐다보았다. 그도 방금 목격한 광경으로 마음이 무거운지 보통 때보다 더 진지했다. 조금 뒤 채리티가 불쑥 입을 열었다. "저 사람들은 내가 태어난 곳 사람들이에요. 어쩌면 친척인지도 모르고." 채리티는 자기 이야기를 들려준 것을 후회하고 있다고 그가 생각하지 않기를 바랐다.

"불쌍한 사람들이에요." 그가 대꾸했다. "왜 그런 소굴로 내려왔는지 모르겠군요."

채리티는 빈정대듯 웃었다. "좀 더 나은 삶을 살려고요! '산'에서는 더 형편없거든요. 배시 하이엇은 그 갈색 집을 소유하고 있던 농부의 딸과 결혼한 거예요. 난로 옆에 있던 그 사내일 거예요."

하니는 할 말을 찾지 못한 듯했고, 채리티가 계속해서 말했다. "그 가난한 여자에게 주려고 1달러를 꺼내던데요. 왜 도로 집어넣었어요?"

하니는 얼굴을 붉히며 몸을 앞으로 숙여 말의 목에서 쇠파리를 찰싹하고 때려 쫓았다. "확실하게 알 수 없어서요……."

"그 사람들이 내 친척이라는 걸 아니까 그들에게 돈을 주는 걸 보고 내가 부끄러워할 것 같았어요?"

하니는 책망하는 표정이 가득한 두 눈으로 그녀를 돌아보았다. "오, 채리티……." 그가 채리티를 이름으로 부른 것은 처음이었다. 비참한 생각이 그녀의 마음에 흘러넘쳤다.

"난…… 난 부끄럽지 않아요. 내 친척인걸요. 난 그들이 부끄럽지 않다고요." 채리티가 흐느껴 울었다.

"자……." 하니가 한 팔로 채리티를 감싸며 나지막이 속삭였다. 채리티는 그에게 기대어 엉엉 소리 내어 울면서 슬픔을 가라앉혔다.

햄블린까지 들르기에는 시간이 너무 늦었다. 그들이 노스도머 계곡에 도착해 붉은 집에 마차를 멈추었을 때는 맑은 하늘에 별들이 총총했다.

7

해처드 부인의 호의로 도서관에 복직한 뒤에 채리티는 일하는 시간을 감히 일 분도 줄일 수 없었다. 심지어 근무 시간 전에 도서관에 도착했고, 책 먼지를 털고 정리하는 것을 돕기 위해 고용된 타갯네 막내딸이 어슬렁거리며 늦게 오거나 맡은 일을 게을리하고 창문으로 솔러스네 사내애를 훔쳐보기라도 하면 기특하게 화를 내기도 했다. 그렇지만 생기 넘치게 자유를 만끽한 뒤 채리티에게는 '도서관 근무일'이 예전보다 더 따분하게 느껴졌다. 만약 해처드 부인이 떠나기 전에 루시어스 하니에게 지방의 목수와 함께 '기념 도서관'을 환기시킬 가장 좋은 방법을 검토하도록 위임하지 않았다면 채리티는 아랫사람에게 좋은 모범을 보이기 어려웠을 것이다.

하니는 일반인에게 도서관을 개방하는 날에 이 일을 진행하도록 신경을 썼다. 그래서 채리티는 확실히 오후 시간 중 얼마를 그와 함께 보낼 수 있었다. 타깃네 딸이 옆에 있고, 또 갑자기 책을 읽고 싶은 욕망에 사로잡혀 우연히 도서관에 들르는 사람들한테 방해를 받을 위험이 있기 때문에 두 사람은 그들의 관계를 일상적인 말을 주고받는 데만 국한했다. 그러나 공개적인 정중함과 은밀한 친밀감 사이의 뚜렷한 대비에 채리티는 더 큰 황홀감을 맛보았다.

두 사람이 갈색 집을 방문한 이튿날은 '도서관 근무일'이었다. 타깃네 딸이 창문 밖에 한눈을 팔면서 쌓아 놓은 책의 제목을 읊는 동안 채리티는 책상에 앉아 새로 고친 색인 작업을 하고 있었다. 채리티의 생각은 저 멀리 늪지 근처 그 황량한 집과 마차를 몰고 집을 향해 먼 길을 오면서 루시어스 하니가 다정한 말로 위로하던 땅거미 진 하늘 아래에 가 있었다. 로열 씨 집에서 식사를 하게 된 뒤 처음으로 그날 하니는 점심 식사 때 나타나지 않았다. 왜 식사를 하러 오지 못하는지 아무런 전갈이 없었고, 평소보다 더 말없이 뚱한 로열 씨는 놀라는 기색도 보이지 않고 아무런 언급도 하지 않았다. 이런 무심한 태도가 그 자체로 특별히 의미 있는 일은 아니었다. 대부분의 마을 사람과 마찬가지로 로열 씨도 여러 일을 수동적으로 받아들이는 경향이 있기 때문이었다. 그는 오래전부터 노스도머에 살아온 사람이라면 누구든 이런 일에 초연해야 한다는 결론에 이른 듯했다. 그러나 열정적인 환희에 뒤따른 반작용으로 채리티에게는 그의 침묵이 어쩐지 불안한 마음을 감추고 있는 듯했다. 마치 루시어스가 지금껏 그들의 삶과 아무런 관계도 없었던 것만 같았다. 동요하지 않는 로열 씨의 무관심이 실제로 그 사람을 비현실의 세계로 내쫓은 것처럼 보였다.

채리티는 일을 하면서 앉아 있는 동안 하니가 점심 식사에 나타나지 않은 데 대한 실망감을 떨쳐 버리려고 애썼다. 아마 어떤 사소한 사건 때문에 오지 못했을지도 모른다. 그러나 그가 자신을 만나고 싶어 할 것이고, 저녁 식사 때 로열 씨와 베리나가 있는 자리에서 만날 때까지 기다리지 않을 것이라고 확신했다. 채리티는 하니를 만나면 뭐라고 첫말을 꺼낼까 생각하며 그가 오기 전에 타갯네 딸을 내쫓을 방법을 궁리했다. 그때 밖에서 발소리가 들리더니 마일스 목사와 함께 하니가 길을 따라 걸어왔다.

헵번의 이 목사는 우연히 감독교회에 속하게 된 오래된 하얀 교회에서 예배를 집전하기 위해 말을 타고 오는 경우를 제외하고 좀처럼 노스도머를 찾는 법이 없었다. 목사는 기운차고 쾌활한 사람으로 종파심이 강한 이 황무지에 그나마 주축이 되는 '교인' 몇 사람이 아직 남아 있다는 사실을 최대한으로 활용하려고 애썼으며, 마을 반대편 끝에 있는 야단스러운 침례교회의 영향을 흔들어 놓으려고 단단히 마음먹고 있었다. 그러나 종이 공장과 술집이 있는 헵번에서 교구 일로 여간 바쁘지 않아 노스도머를 위해 자주 시간을 낼 수가 없었다.

그 하얀 교회에 나가는 채리티는 (노스도머에 사는 가장 훌륭한 사람들이 모두 그러듯이) 마일스 목사를 존경했고, 심지어 아직 기억에 남아 있는 네틀턴 여행 동안에는 그렇게 오뚝한 코와 그렇게 세련된 말투를 지니고 담쟁이덩굴로 덮인 갈색 돌로 지은 목사관에 살고 있는 남자와 결혼한 모습을 그려 보기도 했다. 그런 특권을 이미 곱슬머리의 부인과 커다란 아기가 차지하고 있다는 사실은 충격이었다. 그러나 루시어스 하니가 나타나면서 마일스 목사는 이미 오래전에 채리티의 꿈속에서 사라졌다. 목사가 하니와 나란히 길을 따라 걸어올 때 채리티는 비로소 목사의 진면목을 알아차렸다. 그는 성직자용 모자 아래로 대머리가 보이고 그리스인 같은 코 위에 안경을 걸친 뚱뚱한 중년 남성에 지나지 않았다. 채리티는 그가 주중에 무슨 일로 노스도머에 왔을까 생각하다 하니가 그를 도서관에 데려온 것에 조금 마음이 상했다.

목사가 도서관에 찾아온 것은 해처드 부인 때문이었다. 친구를 대신해 설교하기 위해 그가 스프링필드에 며칠 머물러 있을 때 해처드 부인이 '기념 도서관'을 환기하려는 하니의 계획에 대해 자문을 구했다. 해처드의 궤[15]에 손을 얹고 축복하는 것은 아주 중요한 일이었으며, 또한 (하니의 표현대로) 늘 양심의 가책에 대해 양심의 가책을 느끼는 해처드 부인은 결정을 내리기 전에 마일스 목사의 의견을 듣고 싶었다.

"난 자네 사촌 누님 말을 듣고선 말일세." 마일스 목사가 설명했다. "자네가 어떻게 고치고 싶어 하는지 통 알 수 없었다네. 다른 임원들도 나처럼 이해를 못 하는 것 같아서 마차를 몰고 와 직접 살펴보는 편이 좋겠다고 생각을 했지……. 비록 말일세." 목사는 안경을 낀 다정한 눈을 젊은이에게 향하며 덧

---

15) 이스라엘 사람이 방랑 중에 모시고 다닌 하나님을 상징하는 궤.(구약성서 「민수기」 10장 35절) 해처드 부인이 증조부 오노리어스 해처드를 기념하기 위해 세운 도서관을 신성한 궤에 빗대었다.

붙여 말했다. "이 일을 더 잘 해낼 사람이 아무도 없다는 것을 확신하고 있지만 말이야……. 하지만 물론 이 도서관은 그 나름대로 각별히 신성한 의미를 지니고 있잖은가!"

"신선한 공기를 조금 통하게 한다고 해서 신성함이 모독당하지는 않을 겁니다." 하니가 웃으면서 대꾸했다. 두 사람이 도서관의 다른 쪽으로 걸어가는 동안 그는 자신의 아이디어를 목사에게 설명했다.

마일스 목사는 평소처럼 다정하게 두 아가씨에게 인사를 했지만 채리티는 그가 다른 일에 정신이 팔린 것을 알 수 있었다. 귀에 들어오는 단편적인 대화 내용으로 미루어 보아 목사가 스프링필드를 방문하고 아직 그곳의 매력에서 벗어나지 못하고 있다는 것을 곧 알아차렸다. 그곳에 머무는 동안 즐거운 일이 많은 듯했다.

"아, 쿠퍼슨 집안 사람들…… 그렇지, 자네도 물론 그 사람들을 알 테지." 채리티의 귓가에 이런 말이 들려왔다. "참으로 멋진 고택이더군! 또 네드 쿠퍼슨은 정말 훌륭한 인상파 회화를 몇 점 수집했단 말씀이야……." 목사가 언급하는 이름들은 채리티로서 전혀 알 수 없는 사람들이었다. "그래. 그렇지. 토요일 저녁에는 셰퍼 사중주단이 리릭 홀에서 연주를 했지. 월요일에는 타워스에서 다시 한 번 그 연주를 들을 수 있는 특권을 누렸고. 멋진 연주였어…… 바흐와 베토벤…… 처음에는 원유회를 열었지……. 그건 그렇고 볼치 양을 여러 번 만났네…… 아주 예뻐 보이던데……."

채리티는 그만 연필을 떨어뜨렸고 타갯네 딸이 단조로운 노랫가락처럼 책 제목을 흥얼거리는 것마저 들리지 않았다. 왜 갑자기 마일스 목사가 애너벨 볼치의 이름을 꺼내는 것일까?

"아, 정말요?" 채리티의 귓가에 하니가 대꾸하는 소리가 들렸다. 막대기를 들어 올리며 그는 계속 말했다. "보십시오, 제 계획은 이 책장들을 옮기고 삼각형 박공벽 아래에 있는 창을 축선으로 이 벽에 둥근 창을 내는 겁니다."

"아마 그 아가씨가 나중에 이 마을에 오면 해처드 부인 댁에 머물겠지?" 마일스 목사는 자기 생각을 좇아 계속 말을 이었다. 그리고 나서 한 바퀴 빙 돌아 서더니 고개를 뒤로 젖혔다. "그래, 그래, 알겠네…… 겉모습을 크게 고치지 않고도 바람을 끌어올 수 있어. 반대할 이유가 없네."

두 사람의 대화는 몇 분 동안 더 계속되었고, 천천히 책상 쪽으로 다시 돌아왔다. 마일스 목사는 걸음을 멈추고 생각에 잠긴 듯 채리티를 쳐다보았다. "얼굴이 좀 창백해 보이는데, 아가씨. 과로하는 건 아니겠지? 하니 군 말로는 아가씨와 마미 양이 도서관을 완전히 총점검하고 있다더군." 목사는 늘 교구 사람들의 세례명을 기억하려 애썼고, 때마침 그 안경을 낀 인자한 눈을 타갯네 집 딸에게 향했다.

그리고 나서 목사는 다시 채리티에게 몸을 돌렸다. "너무 힘들게 일하지 마, 아가씨. 너무 애쓰지 말란 말이지. 언제 한번 헵번으로 우리 집사람이랑 나를 만나러 와." 그가 채리티의 손을 꼭 쥐고 마미 타갯에게도 작별 인사를 하며 말했다. 목사가 도서관을 나가자 하니는 그의 뒤를 따라갔다.

채리티는 루시어스 하니의 두 눈에서 긴장한 듯한 기색을 감지했다. 하니가 자기와 단둘이 있고 싶어 하지 않는다는 생각이 들었다. 지난밤에 그녀에게 했던 부드러운 말을 후회하나 생각하니 갑자기 마음이 저려 왔다. 그의 말은 연인이라기보다 오히려 오빠로서 건넨 말에 가까웠다. 그러나 채리티는 애무하는 듯한 따뜻한 목소리에 그 정확한 의미를 놓쳐 버렸다. 오직 자신이 '산'에서 내려온 고아라는 사실 때문에 그가자신을 꼭 안고 달콤하게 속삭이며 위로해 준 느낌이었다. 마을에 도착해 피곤하고 춥고 격해진 감정으로 아파하며 마차에서 내릴 때 채리티는 마치 땅이 햇살이 비치는 파도요, 자신은 물마루 위에 이는 물보라인 것처럼 느꼈더랬다.

그러다가 왜 갑자기 하니의 태도가 돌변했고, 왜 마일스 목사와 함께 도서관을 떠난 것일까? 채리티의 불안한 상상은 애너벨 볼치라는 이름에서 좀처럼 헤어나지 못했다. 그 이름이처음 언급된 순간부터 하니의 표정이 달라졌다고 생각했다. '아주 예뻐' 보였다는 스프링필드 원유회에서의 애너벨 볼치말이다…… 채리티와 하니가 하이엇의 오두막에서 술주정뱅이와 백치나 다름없는 노파 사이에 앉아 있는 동안 어쩌면 마일스 목사는 그녀를 만났는지 모른다! 채리티는 원유회가 무엇인지 정확히 몰랐지만 가장자리에 꽃을 심은 네틀턴의 잔디밭을 어렴풋이 본 적이 있어 그 장면을 그려 보는 것은 어렵지 않았다. 또 볼치 양이 노스도머에 올 때면 확실히 '빛이 바랬다'는 그 '오래된 것들'을 부러운 감정과 함께 떠올리자 눈부시게 찬란한 그녀의 모습을 그려내기 훨씬 쉬웠다. 채리티는 그 이름이 불러일으킬 함축적 의미들을 잘 알고 있었으며,

하니의 삶을 지배하는 그 보이지 않는 영향력과 맞서 싸우는 것이 얼마나 부질없는지도 잘 알았다.

채리티가 저녁을 먹으려고 방에서 내려왔을 때 로열 씨는 아직 식탁에 앉아 있지 않았다. 현관에서 기다리는 동안 채리티는 전날 두 사람이 집에서 일찍 출발할 때 그의 말투를 떠올렸다. 로열 씨는 의자를 뒤로 기울이고서 옆에 고무를 댄 넓적한 검은색 부츠를 난간 아래쪽 기둥에 기대어 놓고 그녀 옆에 앉았다. 헝클어진 회색 머리카락이 성난 새의 벼슬처럼 이마 위에 쭈뼛 섰고, 정맥이 두드러진 가죽 색깔의 갈색 뺨에는 붉은 반점이 돋아 있었다. 채리티는 이런 반점이 곧 감정이 폭발할 신호라는 것을 알았다.

갑자기 로열 씨가 입을 열었다. "저녁 식사는 어땠어? 베리나 마시가 또 소다비스킷을 밟고 미끄러져 넘어지기라도 한 거야?"

채리티는 놀란 눈길로 그를 쳐다보았다. "하니 씨가 오기를 기다리는 것 같던데요."

"하니 씨를 기다린다고? 그렇다면 그냥 식사를 차리는 게 좋을 거야. 그 사람은 오지 않을 테니까." 그는 자리에서 일어나 문 쪽으로 걸어가서는 노파의 고막이 찢어져라 크게 소리를 질렀다. "베리나, 어서 저녁 차려요."

채리티는 두려움으로 몸을 떨었다. 무슨 일이 일어난 게 틀림없었고 ― 이제는 확신할 수 있었다 ― 로열 씨는 그것이 무엇인지 알고 있었다. 그러나 이 세상을 다 준다고 해도 불안감을 드러내 그를 기쁘게 해 주고 싶지 않았다. 채리티는 늘

앉던 자리에 앉았고, 그는 반대편에 앉아 진한 차 한 잔을 따르고 나서 그녀에게 찻주전자를 건넸다. 베리나가 스크램블드에그를 가져왔고, 그는 그것을 접시에 수북이 담았다. "넌 먹지 않을래?" 그가 물었다. 채리티는 기운을 차리고 밥을 먹기 시작했다.

"그 사람은 오지 않을 테니까."라고 말하는 로열 씨의 말투가 채리티한테는 불길하게도 만족감으로 가득 찬 것처럼 들렸다. 채리티는 그가 갑자기 루시어스 하니를 미워하기 시작했다는 사실을 알아차렸고, 또 자기 때문에 이런 감정의 변화가 나타났다고 짐작했다. 그러나 로열 씨 쪽에서 어떤 적의를 띤 행동으로 그 젊은이를 떠나게 했는지, 아니면 갈색 집에서 돌아온 뒤 하니가 그냥 다시는 그녀를 만나고 싶어 하지 않는지 알아 낼 방법이 없었다. 채리티는 일부러 무관심한 척하며 저녁을 먹었지만 로열 씨가 자신을 쳐다보고 있으며 마음의 동요를 눈치챘다는 사실을 알았다.

저녁을 먹은 뒤 채리티는 자기 방으로 올라갔다. 로열 씨가 복도를 가로질러 걸어가는 소리가 들리더니 곧 창문 아래에서 나는 소리로 보아 다시 현관으로 돌아왔다는 것을 알 수 있었다. 채리티는 침대에 앉아서 당장 아래층으로 내려가 그에게 무슨 일이 있었는지 묻고 싶은 욕망과 싸우기 시작했다. "그러느니 차라리 죽어 버리겠어." 채리티가 혼잣말로 중얼거렸다. 그의 말 한마디면 불안한 마음을 진정시킬 수 있었다. 그러나 절대 그런 부탁으로 그를 흐뭇하게 하고 싶지 않았다.

일어나 창문 밖으로 몸을 내밀었다. 어느덧 황혼이 깊어 밤으로 바뀌었고, 채리티는 초승달의 희미한 곡선이 언덕 가장자리에 떨어지는 것을 지켜보았다. 어둠 속에서 한두 사람이 길을 따라 움직이는 모습이 보였다. 산책하기에는 저녁 날씨가 너무 추웠고, 그래서 산책하던 사람들도 곧 자취를 감추었다. 여기저기 창문에 등불이 하나둘 나타나기 시작했다. 한 가닥 빛줄기가 호스네 앞마당에 심어 놓은 백합 무더기의 흰색을 더욱 돋보이게 했다. 거리 더 아래쪽으로는 캐릭 프라이의 로체스터 램프가 잔디밭 한가운데의 꽃을 심는 투박스러운 둥근 통 위에 밝은 빛을 비추었다.

오랫동안 채리티는 창문에 계속 기대어 있었다. 그러나 불안한 마음에 휩싸여 마침내 아래층으로 내려와 고리에서 모자를 집어 들고 집 밖을 나섰다. 로열 씨가 현관에 앉아 있었고, 그 옆에는 베리나 할머니가 헝겊을 대어 기운 치마 위에 쪼글쪼글한 두 손을 포개고 있었다. 채리티가 계단을 내려가자 로열 씨가 그녀의 뒤에 대고 소리를 질렀다. "어디 가는 거야?" 채리티는 "오머네 집에요."라든가, "저 아래 타갯네 집에요."라고 쉽게 대답해도 되었다. 별다른 목적이 없었기 때문에 그 대답 중 어느 쪽도 맞다고 할 수 있을 것이다. 그러나 그런 질문을 할 그의 권리를 인정하지 않겠다는 단호한 마음으로 채리티는 아무런 대답도 하지 않고 계속 걸었다.

대문에서 채리티는 걸음을 멈추고 거리 위아래를 바라보았다. 어둠이 그녀를 유인하는 듯했고, 그녀는 언덕에 올라가 들판 위쪽 솔송나무 숲 깊숙이 들어갈까 생각했다. 그러고는 마음을 정하지 못하고 거리를 쭉 훑어보았다. 그때 해처드 부인네 정문에 서 있는 전나무 사이로 어슴푸레한 불빛이 나타났다. 그렇다면 루시어스 하니가 그곳에 있다는 말이다. ─ 그는 채리티가 처음 상상한 것처럼 마일스 목사와 함께 헵번에 가지 않았다. 그런데 어디서 저녁을 먹었을까? 그리고 무엇 때문에 로열 씨 집에 오지 않은 것일까? 불빛은 그가 집에 있다는 분명한 증거였다. 해처드 부인의 하인들은 휴일이면 집에 오지 않고, 농장에서 일하는 농부의 아내도 아침에만 잠깐 들러 젊은이의 잠자리를 정돈하고 커피를 준비해 주기 때문이다. 더구나 지금 그는 틀림없이 그 램프 옆에 앉아 있다. 그 사실을 확인하기 위해 채리티는 1킬로미터 조금 안 되게 걸어가 불이 켜진 창문을 두드리기만 하면 되었다. 채리티는 일이 분 정도 더 머뭇거리고 나서야 해처드 부인의 집을 향해 발걸음을 옮겼다.

채리티는 누군가가 길을 따라오지 않나 보려고 두 눈을 부릅뜨고서 빠르게 걸었다. 프라이네 집에 다다르기 전 채리티는 창문에서 새어 나오는 불빛을 피하기 위해 길을 건너갔다. 불행할 때면 언제나 비정한 세계에 맞서 궁지에 몰린 느낌이 들었고, 일종의 동물적인 은밀함에 사로잡히곤 했다. 그러나 거리는 텅 비었고, 그녀는 남의 눈에 띄지 않고 대문으로 들어간 뒤 길을 올라가 집 쪽으로 다가갔다. 하얀 정면이 나무 사이로 어렴풋하게 반짝거렸고 아래층에 길쭉한 불빛만 보였다. 채리티는 램프가 해처드 부인의 거실에 있다고 생각했지만 그 불빛은 집의 귀퉁이에 있는 방에서 새어 나왔다. 채리티는 이 창문이 어느 방에 달렸는지 몰랐고, 그래서 낯선 느낌이 들어 나무 밑에서 발걸음을 멈췄다. 그리고는 짧게 깎은 잔디를 살살 밟으며 움직였다. 집 벽에 바짝 붙어서 걸었기 때문에 방에 누가 있어 설령 인기척에 깨더라도 그녀를 볼 수는 없었을 것이다.

창문은 격자 모양 아치가 있는 좁은 베란다 쪽으로 열려 있었다. 채리티는 격자 시렁에 바짝 기대어 그것을 덮고 있는 클레마티스 가지를 젖히고 방 한쪽 구석을 들여다보았다. 마호가니 침대 다리며 벽에 걸린 판화, 수건을 던져 둔 세면대, 램프를 올려놓은 초록색 테이블 한쪽 끝이 보였다. 등갓의 절반이 시야에 들어왔고, 그 아래 햇볕에 그을린 부드러운 두 손이 한 손은 연필을 쥐고 다른 손은 자를 잡고서 화판 위를 이리저리 움직이고 있었다.

채리티의 가슴이 쿵쿵 뛰다가 가만히 멈췄다. 몇 발짝 떨어진 곳에 루시어스 하니가 있었다. 그녀의 영혼이 슬픔의 바다에서 나뒹구는 동안 그 사람은 조용히 화판 앞에 앉아 있었다. 평소처럼 능란하고 정확하게 움직이고 있는 그의 두 손을 보자 비로소 채리티는 꿈에서 깨어났다. 자신이 느끼는 감정과 그런 마음의 동요를 일으킨 장본인 사이에 상당한 불균형이 있음을 깨달았다. 채리티가 창문으로부터 돌아서자 하니가 갑자기 한 손으로 화판을 밀어 버리고 다른 손에 든 연필을 내팽개쳤다.

채리티는 하니가 자기 그림을 소중히 다루고 그 작업을 하거나 끝낼 때도 꼼꼼하고 정연하게 하는 것을 자주 보았다. 화가 나서 화판을 밀치는 것으로 보아 새로운 감정이 북받치는 듯했다. 그 몸짓은 갑작스러운 좌절이나 자기 작업에 대한 혐오감을 암시했다. 그녀는 하니도 뭔가 알 수 없는 당혹감에 동요를 일으키는 것이 아닌가 하는 생각이 들었다. 도망가려던 충동을 억누르고 채리티는 베란다 위로 올라가 방 안을 들여다보았다.

하니는 테이블에 팔꿈치를 대고서 깍지를 낀 두 손으로 턱을 받치고 있었다. 윗옷과 조끼를 벗고 플란넬 셔츠의 깊이 파인 깃의 단추를 푼 차림이었다. 젊은이다운 목의 강건한 선과 그 선이 가슴과 만나 이루는 근육의 골 부분이 눈에 들어왔다. 그는 생기 없고 자기모멸에 찬 표정으로 정면을 똑바로 바라보고 앉아 있었다. 마치 자신의 이목구비가 왜곡되어 비치는 모습을 보고 있는 듯했다. 잠시 채리티는 낯익은 얼굴에서 낯선 사람의 얼굴을 본 듯 공포감을 느끼며 그를 쳐다보았다. 그러더니 옷이 반쯤 찬 여행 가방이 뚜껑이 열린 채 놓여 있는 방바닥으로 시선을 옮겼다. 하니가 이곳을 떠날 준비를 하고 있었으며 어쩌면 자기를 만나지도 않고 떠나기로 결심한 것 같았다. 어떤 이유에서 그런 결심을 했건 그로 인해 마음이 크게 동요하는 듯 보였다. 채리티는 곧 그가 계획을 바꾼 것은 로열 씨가 몰래 끼어들었기 때문이라고 결론을 내렸다. 그러자 오랜 분노와 반항심이 불꽃처럼 일어나 하니와 가까이 있어 생겨난 그리움과 한데 뒤섞였다. 겨우 몇 시간 전만 하더라도 채리티는 그의 이해와 동정에 안도감을 느꼈다. 지금은 혼자 내동댕이쳐진 상태였으며, 서로 교감을 나눈 뒤라 그 외로움은 두 배로 컸다.

하니는 여전히 채리티의 존재를 눈치채지 못했다. 그는 꼼짝하지 않고 벽지의 똑같은 지점을 바라보며 우울하게 앉아 있었다. 심지어 짐을 꾸리는 일조차 끝낼 힘이 없었던지 그의 옷과 종이가 여행 가방 주변의 마룻바닥에 그대로 놓여 있었다. 이내 그는 두 손을 풀고 자리를 박차고 일어섰다. 채리티는 황급히 물러서며 베란다 계단으로 몸을 낮추었다. 밤이 너무 어두워 창문을 열지 않는 한 그녀를 발견할 가능성은 많지 않았다. 들키기 전에 빠져나와 어두운 나무 그늘 속에 숨을 시간은 충분했다. 하니는 일이 분 동안 서서 자신과 주위에 있는 모든 것을 증오라도 하듯 자기혐오에 찬 똑같은 표정으로 방을 둘러보았다. 그러고 나서 다시 책상에 앉아 몇 번 더 선을 긋더니 연필을 내던졌다. 마침내 그는 방바닥을 가로질러 걷다가 여행 가방이 발에 걸리자 발길로 걷어차고는 침대에 앉아 머리 뒤에 깍지를 끼고 시무룩한 표정으로 천장을 응시했다. 채리티는 그가 바로 그런 모습으로 풀밭이나 솔잎 위에서 자기 옆에 누워 있는 것을 보았다. 그런 때면 그는 하염없이 하늘을 바라보았고, 나뭇가지 사이로 하늘거리는 햇살처럼 얼굴에 행복감이 스쳐 갔다. 그러나 이제 그 얼굴이 너무 달라져 채리티는 거의 알아보기 힘들 정도였다. 그의 슬픔으로 인한 슬픔이 채리티의 목구멍에 고였다가 두 눈으로 올라와 뺨을 타고 흘러내렸다.

채리티는 숨을 죽이고 몸을 꼼짝도 않은 채 계단에 계속 웅크리고 앉아 있었다. 손 하나를 까딱해 유리창을 한 번 두드리기만 하면 그의 표정이 당장에 달라질 거라고 머릿속으로 그려 보았다. 뻣뻣하게 굳은 몸의 맥박 하나하나에서 채리티는 하니가 눈과 입술로 자신을 반기리라는 것을 알았다. 그러나 무엇 때문인지 도무지 몸을 움직일 수 없었다. 인간이 만들었건 하나님이 내렸건 어떤 금기에 대한 공포 때문은 아니었다. 지금까지 살면서 한 번도 두려움을 느낀 적이 없었다. 그 순간 자신이 들어가면 어떤 일이 일어날 것 같은 예감이 들었다. 그 것은 젊은 남녀 사이에 일어나는 일이었고, 이 일을 두고 노스 도머 주민들은 사람들이 있는 자리에서는 모른 체하면서 은 근슬쩍 킬킬거리며 비웃어 댔다. 해처드 부인은 아직 모르는 일이었지만, 채리티 또래의 여자라면 학교를 졸업하기 전에 누구나 알고 있었다. 그것은 앨리 호스의 언니 줄리아한테 일 어난 사건으로 마침내 줄리아는 네틀턴에 가서 살게 되었고, 사람들은 그 이름을 입에 올리지도 않게 되었다.

물론 일이 언제나 그렇게 떠들썩하게 끝나는 것은 아니었 다. 아마 전반적으로 그렇게 비극적으로 끝나는 것 같지도 않 았다. 채리티는 사람들이 피하는 줄리아의 운명이 나름대로 보상을 받은 것인지 모른다고 늘 생각해 왔다. 마을 사람들이 아는, 더 나쁘게 끝난 부끄럽고 비참하고 아직 죄를 고백하지 도 않은 다른 사건들이 있었다. 위선이라는 똑같은 갑갑한 환 경에서 눈에 띄는 별다른 변화도 없이 쓸쓸하게 살아가는 다 른 삶도 있었다. 그러나 지금 채리티를 가로막는 것은 이런 이 유들이 아니었다. 전날부터 채리티는 만약 하니가 두 팔로 안 아 준다면 어떤 느낌이 들지 정확히 알고 있었다. 손바닥과 손 바닥이, 입술과 입술이 하나로 녹아들고 긴 불길이 머리끝부터 발끝까지 그녀를 불꽃처럼 활활 태울 것이다. 다만 이 감정에는 다른 것들이 뒤섞여 있었다. 그가 자기를 좋아한다는 이상야릇한 자부심, 그의 연민이 가슴에 불러일으킨 갑작스러운 부드러움 말이다. 어쩌다 젊음이 몸속에서 활활 불타오를 때면 채리티는 다른 아가씨들처럼 어스름한 황혼 녘 은밀히 사내들의 애무에 굴복하는 모습을 머릿속으로 그려 보았다. 그러나 하니에게 자신의 가치를 그렇게 떨어뜨릴 수는 없었다. 채리티는 왜 그가 이 마을을 떠나려 하는지 그 이유를 알지 못했다. 다만 그가 떠난다면 마음속에 품고 갈 자신의 이미지를 손상시켜서는 안 된다는 느낌이 들었다. 만약 그녀를 원한다면 그가 직접 찾아와야 할 것이다. 줄리아 호스 같은 여자들처럼 허를 찔러 기습적으로 자신을 받아들이도록 해서는 안 되는 게 아닌가…….

모두 잠든 마을에서는 아무런 인기척도 들리지 않았고, 정원의 호젓한 어둠 속에서 채리티의 귓가에는 어떤 밤새가 건드리는 듯 이따금 나뭇가지가 살그머니 흔들리는 소리가 들릴 뿐이었다. 한번은 대문 앞을 지나가는 발소리를 듣고 귀퉁이로 다시 몸을 숨겼다. 그러나 발걸음 소리는 점점 멀어지더니 더 깊은 정적을 남겼다. 채리티의 두 눈은 여전히 고통스러워하는 하니의 얼굴을 바라보았다. 그가 움직이기 전까지는 움직일 수 없을 것만 같았다. 그러나 부자연스러운 자세 때문에 점점 몸에 감각이 사라지기 시작했다. 때로는 그녀의 생각이 너무 불분명해서 오직 막연한 피로의 무게 때문에 그 자리에 붙박여 있는 것 같았다.

이렇게 이상한 불침번을 서는 동안 시간이 꽤 흘렀다. 하니는 꼼짝도 하지 않고 마치 비극적 종말까지 추적하듯 시선을 고정한 채 여전히 침대에 누워 있었다. 마침내 그가 몸을 움직이고 자세를 약간 바꾸자 채리티의 가슴이 떨리기 시작했다. 그러나 그는 두 팔을 벌렸을 뿐 원래의 자세로 다시 돌아갔다. 깊은 한숨을 내쉬며 이마로부터 머리카락을 쓸어 올렸다. 그러더니 그의 온몸이 이완되고 베개 위에 있던 머리가 옆으로 돌아갔다. 잠에 빠진 모습이 보였다. 입술에 부드러운 표정이 다시 돌아왔고, 얼굴에서 초췌한 모습이 사라지며 소년처럼 생기를 되찾았다.

　채리티는 일어나서 살금살금 그곳을 빠져나왔다.

8

채리티는 시간 감각을 잃어버렸고, 그래서 거리로 다시 나올 때까지 밤이 얼마나 깊었는지 몰랐다. 해처드 부인의 집과 로열 변호사의 집 사이에 있는 창문들이 하나같이 캄캄했다.

검은 관 뚜껑 같은 노르웨이 전나무 아래를 빠져나올 때 채리티는 오리 연못 주위의 그늘진 곳에서 얼핏 두 사람의 모습을 보았다는 생각이 들었다. 몸을 뒤로 빼고 주의해서 지켜보았지만 아무것도 움직이지 않았다. 그래서 불이 켜진 방을 너무 오랫동안 쳐다본 탓에 어둠이 그녀를 헷갈리게 만들어 잘 못 보았으려니 여겼다.

채리티는 로열 씨가 아직 현관에 앉아 있을까 생각하면서 계속 걸었다. 의기양양한 기분이 들어 그가 기다리든 말든 별로 신경 쓰지 않았다. 채리티는 불행이라는 커다란 먹구름을 타고 삶 위로 높이 둥둥 떠 있는 것만 같았다. 그 구름 밑에는 일상적인 현실이 우주의 작은 티끌만큼 작아져 있었다. 그러나 현관은 텅 비었고, 로열 씨의 모자는 복도의 고리에 걸려 있었으며, 침실로 올라가는 계단을 밝히는 부엌 램프가 아직 켜져 있었다. 채리티는 등불을 들고 2층으로 올라갔다.

이튿날 아침 시간은 아무 일 없이 느릿느릿 지나갔다. 채리티는 어떻게든 하니가 이미 떠났는지 알 수 있으리라 생각했다. 그런데 베리나는 귀가 멀어 소식을 전해 주지 못했고, 정보를 줄 만한 사람은 누구 하나 집에 찾아오지 않았다.

로열 씨는 일찍 집을 나갔다가 베리나가 점심을 차려 놓았을 때서야 돌아왔다. 집에 돌아오자마자 부엌으로 곧장 들어와 노파에게 큰 소리로 말했다. "점심 준비가 되었겠지요……." 그러고는 채리티가 벌써 자리에 앉아 있는 식당 쪽을 향해 몸을 돌렸다. 하니의 접시가 같은 자리에 그대로 놓여 있었지만 로열 씨는 그가 왜 나타나지 않는지에 대해 아무런 설명을 하지 않았고, 채리티도 그 까닭을 묻지 않았다. 전날 밤의 열에 들뜬 기분은 온데간데없이 사라졌으며, 그녀는 하니가 이제 무심하게, 무정하다 싶게 이 마을을 떠났구나, 이제 자기 삶은 그가 잠시 끌어올려 주었지만 다시 판에 박힌 일상으로 돌아가게 되었구나 하고 혼자 중얼거렸다. 잠시 그를 붙잡을 수도 있었던 계략을 쓰지 않는 데 대해 자신에게 조소를 보내고 싶은 생각이 들었다.

채리티는 자리를 뜨면 로열 씨가 뭐라고 할까 봐 식사가 끝날 때까지 식탁에 앉아 있었다. 그러나 그가 일어서자 기다렸다는 듯이 베리나도 돕지 않고 그대로 자리에서 일어났다. 계단에 막 한 발을 올려놓았을 때 로열 씨가 큰 소리로 다시 오라고 불렀다.

"두통이 났어요. 잠깐 누워 있을래요."

"그 전에 우선 이리 와 봐라. 너한테 할 말이 있으니까."

그의 말투로 미루어 채리티는 온통 신경을 곤두세우고 알고 싶어 했던 것을 곧 알게 되리라고 확신했다. 그러나 돌아서면서 마지막으로 무관심한 것처럼 보이려고 애를 썼다.

로열 씨는 덥수룩한 눈썹을 비죽거리고 아래턱을 약간 떨면서 사무실 한복판에 서 있었다. 처음에 채리티는 그가 술을 마시고 있지 않았나 생각했다. 그러다 술은 마시지 않았지만 보통 때의 일시적인 분노와 아주 다른 깊고 격한 감정으로 흥분해 있다는 사실을 알았다. 불현듯 이때까지 그의 진짜 모습을 제대로 보거나 그에 대해 생각해 본 적이 없다는 것을 깨달았다. 그가 잘못을 범했던 단 한 번을 제외하고 채리티에게 그는 다만 노스도머처럼 피할 수 없지만 흥미롭지 않은 혹독한 현실이거나, 운명이 그녀에게 가져다준 여러 조건들 중 하나로서 언제나 그 자리에 있는 사람에 지나지 않았다. 설령 그렇다 해도 채리티는 오직 자신과의 관계에서만 그를 바라보았다. 두 번 다시 똑같은 방법으로 자신을 괴롭히지 못하리라고 본능적으로 결론을 짓는 것 말고 그의 감정에 대해서는 한 번도 생각해 보지 않았다. 그런데 지금 비로소 그가 정말 어떤 인간인지 궁금해지기 시작했다.

로열 씨는 두 손으로 의자 등받이를 꽉 붙잡고 서서 채리티를 똑바로 쳐다보았다. 마침내 그가 입을 열었다. "채리티, 한

번만이라도 친구처럼 이야기해 보자.”

곧 채리티는 무슨 일이 일어났다는 것을 감지했고, 그가 자신의 손을 잡았다는 사실을 알았다.

“하니 씨는 지금 어디에 있어요? 왜 돌아오지 않는 거죠? 아저씨가 쫓아 보냈나요?” 무슨 말을 지껄이는지도 모르고 채리티가 갑자기 내뱉었다.

로열 씨의 달라진 얼굴 표정을 보고 채리티는 소스라치게 놀랐다. 핏줄이란 핏줄에서 피가 모두 사라진 듯했고, 그의 희끄무레한 얼굴에 파인 깊은 주름이 검게 보였다.

“어젯밤 그 사람이 그 질문 몇 개에 대답해 줄 시간이 없었나? 그럴 만큼 충분히 오래 같이 있었잖아!”

채리티는 할 말을 잃고 가만히 서 있었다. 그 조롱이 지금 그녀의 영혼에서 일어나는 일과는 너무 얼토당토않은 것이라서 말을 거의 알아들을 수 없었다. 그녀의 방어 본능이 안에서 고개를 쳐들었다.

“어젯밤 그와 함께 있었다고 누가 그러던가요?”

“지금쯤이면 마을 전체가 그 이야기를 하고 있을걸.”

“그렇다면 그들에게 그런 거짓말을 한 사람이 아저씨로군요……. 아, 전 언제나 아저씨가 끔찍이도 싫었어요!” 채리티가 소리를 질렀다.

채리티는 그 역시 소리를 지르리라고 예상했다. 그런데 자신이 내지른 소리가 침묵을 뚫고 크게 울려 퍼지는 것을 듣고 소스라치게 놀랐다.

“그래, 알아.” 로열 씨가 천천히 대꾸했다. “하지만 그건 지금 우리 문제에 크게 도움이 될 것 같지가 않구나."

"아저씨가 저에 대해 어떤 거짓말을 했는지 눈곱만큼도 상관하지 않는다는 사실은 제게 도움이 되죠!"

"만약 그게 거짓말이라도 내가 만들어 낸 거짓말은 아니야. 채리티, 성경에 손을 얹고라도 맹세할 수 있어. 네가 어디 있었는지 난 몰랐다. 어젯밤에 난 이 집에서 한 발짝도 나가지 않았으니까."

채리티는 아무런 대답도 하지 않고 그가 계속해서 말했다. "거의 자정이 다 되어 네가 해처드 부인의 집에서 나오는 걸 본 사람이 있다는 것도 거짓말이냐?"

채리티는 웃으면서 몸을 꼿꼿이 펴고 무모할 만큼 오만한 태도를 되찾으며 말했다. "그게 몇 시였는지 시계를 보지 않았거든요."

"이 더러운 계집애…… 너…… 너…… 아, 맙소사, 왜 나한테 그런 말을 하는 거지?" 로열 씨는 갑자기 의자에 털썩 주저앉아 늙은이처럼 고개를 떨어뜨리고 말했다.

위험에 빠졌다는 느낌이 들자 채리티는 냉정을 되찾았다. "제가 아저씨한테 굳이 거짓말을 할 것 같아요? 도대체 아저씨가 뭔데 제가 밤에 외출해 어딜 가는지 물어요?"

로열 씨는 고개를 들고서 채리티를 빤히 쳐다보았다. 그의 얼굴에는 로열 부인이 죽기 전 채리티가 어렸을 때 가끔 본 적이 있는 침착하고 거의 부드러움에 가까운 표정이 감돌았다.

"채리티, 계속 이런 식으로 나가지 말자. 우리 둘 중 누구에게도 도움이 안 돼. 네가 그 친구 집에 들어가는 것을 본 사람이 있고…… 또 그 집에서 나오는 것도 들켰어……. 난 이런 일이 일어나는 걸 지켜보았고, 또 그걸 막으려고 애썼지. 정말 이지 난……."

"아, 그럼 아저씨였군요? 그 사람을 쫓아 보낸 사람이 아저 씨인 줄 알고 있었다고요!"

로열 씨는 당황한 표정으로 쳐다보았다. "그 사람이 네게 말하지 않던? 난 그 사람이 이해한 줄 알았는데." 그는 머뭇거 리며 천천히 말했다. "난 네 이름을 언급하지 않았어. 그랬다 면 내 성을 갈지. 다만 이제 더는 말을 빌려줄 수 없다고 말했 을 뿐이야. 그리고 식사를 차려 주는 것도 베리나에게 큰 부담 이 된다고. 그 친구는 아마 이런 똑같은 말을 전에도 들어 본 적이 있을걸. 어쨌든 아주 조용히 내 말을 받아들였지. 그 친 구 말이 자기 일도 이제 거의 다 끝났다는 거야. 우리 사이에 그 밖에 다른 말은 오간 게 없다……. 만약 그 친구가 다르게 말했다면 그건 그 친구가 네게 거짓말을 한 거야."

채리티는 냉혹한 분노의 최면에 걸린 듯 듣고 있었다. 마을 사람들이 뭐라고 떠드는지는 아무런 의미도 없었다……. 그 러나 이렇게 자기 꿈을 희롱하다니!

"그 사람은 아무 말도 하지 않았다고 말씀드렸죠. 어젯밤 그 사람과 한마디도 나누지 않았단 말이에요."

"그 친구와 한마디도 안 했다고?"

"그래요……. 전 마을 사람들이 뭐라고 떠들든 눈곱만큼도 상관하지 않지만…… 아저씨는 이 점을 알아 두는 게 좋을걸 요. 아저씨나…… 또는 이 마을에 사는 다른 사람들이 생각하는 일 따위는 우리 사이에 없었어요. 그 사람은 제게 친절하게 대해 주었어요. 제 친구예요. 그런데 갑자기 발길을 끊었고, 그렇게 만든 게 아저씨라는 걸 전 알고 있었어요……. 그 장본인이 바로 아저씨라고요!" 응어리진 과거의 모든 기억이 갑자기 그를 향해 폭발했다. "그래서 엊저녁에 아저씨가 그 사람에게 무슨 말을 했나 알아보려고 그곳에 갔어요. 그게 전부라고요."

로열 씨는 거칠게 숨을 몰아쉬었다. "하지만 그렇다면…… 만약 그 사람이 거기에 없었다면 그 시간 내내 넌 거기서 뭘 하고 있었던 거냐? ……채리티, 제발 이디 말 좀 해 봐. 내가 사실을 알아야만 마을 사람들이 떠드는 걸 막는단 말이다."

보기에 딱할 만큼 그가 이렇듯 그녀에 대한 모든 권위를 포기했지만 채리티는 조금도 마음을 누그러뜨리지 않았다. 채리티는 그의 간섭에 화가 날 뿐이었다.

"누가 뭐라든 전 상관하지 않는다는 걸 모르세요? 그 사람을 만나러 거기에 간 것은 사실이에요. 그 사람은 자기 방에 있었고요. 전 그렇게 오랫동안 밖에 서서 그를 지켜보았죠. 하지만 그를 쫓아왔다고 생각할까 봐 차마 집 안에 들어가진 않았어요……." 채리티는 목소리가 갈라지는 듯하자 마지막 반항으로 다시 목청을 가다듬었다. "죽을 때까지 전 아저씨를 용서하지 않겠어요!" 그녀가 버럭 소리를 질렀다.

로열 씨는 아무런 대답을 하지 않았다. 두 손으로 의자 팔걸이를 꽉 쥐고서 고개를 떨어뜨리고 앉아 생각에 잠겼다. 폭풍우가 몰아친 뒤 언덕에 겨울이 들이닥치듯이 그는 갑자기 늙어 버린 것만 같았다.

"채리티, 넌 아무 상관 않는다고 말하지. 그렇지만 넌 내가 아는 아가씨들 중에 가장 자존심이 강하고 너에 대해 사람들이 악담하는 걸 끔찍이 싫어하는 애야. 언제나 사람들의 눈이 너를 감시하고 있다는 걸 너도 잘 알겠지. 넌 다른 애들보다 예쁘고 똑똑하고, 그것만으로도 충분해. 하지만 최근까지 넌 그들에게 한 번도 기회를 주지 않았지. 이제 그들은 그 기회를 얻은 셈이고, 지금 그 기회를 이용하려고 하는 거야. 난 네 말을 믿는다만 그들은 그렇지가 않아……. 네가 그 집에 들어가는 걸 본 건 톰 프라이 부인이었고…… 두세 사람이 네가 다시 그 집에서 나오는 걸 봤다……. 그 친구가 이곳에 온 뒤로 매일같이 하루 종일 함께 있었잖아……. 난 변호사야. 그러니 중상모략이 좀처럼 사라지지 않는다는 걸 잘 알지." 그가 잠시 말을 멈췄지만 채리티는 그의 말에 동조하거나 심지어 관심조차 두지 않은 채 꼼짝도 않고 서 있었다. "그 친구는 말 상대로 좋은 사람이야……. 나도 그 친구가 이곳에 있는 게 좋아. 여기 젊은이들은 그 친구가 누리고 있는 기회를 누리지 못하지. 하지만 한 가지 사실만은 저 언덕배기처럼 아주 오래되었고 대낮처럼 명약관화해. 만약 그 친구가 너를 원했다면 즉시 그렇다고 말했을 거란 사실 말이야."

채리티는 아무 말도 하지 않았다. 그의 입에서 그런 말을 듣는 것보다 더한 치욕은 없을 듯했다.

로열 씨는 자리에서 일어났다. "채리티 로열, 잘 생각해 보거라. 난 단 한 번 수치스러운 생각을 했었고, 넌 내게 그 대가를 톡톡히 치르게 만들었다. 이제는 그 대가를 거의 치르지 않왔나? ……나한테는 내 힘으로 항상 제어할 수 없는 기질 하나가 있다. 하지만 그때 한 번을 빼고는 언제나 네게 부끄럽지 않게 행동해 왔어. 그리고 내가 앞으로도 그러리라는 건 너도 잘 알겠지…… 넌 나를 믿어 왔으니까. 네가 나를 아무리 비웃고 조롱해도 한 사내가 정숙한 여자를 사랑하듯 그렇게 내가 너를 사랑했다는 사실은 너도 언제나 알고 있었을 거다. 내가 너보다 몇십 년 나이가 많지만 이 마을에선 나보다 더 나은 사람이 없지. 그건 마을 사람들 모두, 그리고 너도 잘 알 거야. 한때 실수를 했지만 그렇다고 다시 시작하지 못할 이유가 없어. 만약 네가 원한다면 난 그렇게 하겠어. 네가 나와 결혼해 준다면 우린 이 마을을 떠나 어디 대도시에 나가 자리를 잡을 거야. 그곳에는 사람도 많고 일거리도 있고 뭔가 할 일이 많거든. 내가 다시 일자리를 찾는 것도 그렇게 많이 늦지는 않았어……. 헵번이나 네틀턴에 갔을 때 사람들이 나를 대하는 것을 보면 알 수 있거든…….”

채리티는 아무런 움직임도 없었다. 그가 호소하는 것들이 어느 것 하나 마음에 와닿지 않았고, 오직 그에게 상처를 주고 부끄럽게 할 말만 떠올랐다. 그러나 점점 커지는 피로감이 그녀를 가로막았다. 그가 무슨 말을 하든 무슨 상관이란 말인가? 채리티는 예전 삶이 점점 옥죄어 오는 것을 느끼면서 그가 공상에 잠겨 마음속에 그리는 새로운 삶에는 좀처럼 관심을 두지 않았다.

“채리티…… 채리티…… 그러겠다고 말해 줘.” 채리티는 잃어버린 모든 세월과 사라진 열정이 담긴 목소리로 그가 재촉

하는 소리를 들었다.

"아, 지금 이런 일이 무슨 소용이에요? 제가 이곳을 떠날 때는 아저씨 없이 혼자서 떠날 거예요."

채리티는 이렇게 말하면서 문 쪽을 향해 몸을 움직였고, 그는 그녀와 문지방 사이에 버티고 서 있었다. 마치 극도의 모멸감에 새로운 힘이 솟아난 것처럼 갑자기 그는 키가 크고 강인해 보였다.

"그게 전부야? 그 정도라면 별거 아닌데." 그는 너무 우뚝 힘차게 문에 기대고 있었기 때문에 좁은 방 안을 꽉 채우는 것 같았다. "그렇다면 말이야…… 이 보라고…… 그래, 네 말이 맞아. 난 너를 차지할 권리가 없어……. 왜 네가 나 같은 폐인을 쳐다보겠어? 다른 친구를 원하겠지…… 난 너를 탓하지 않아. 넌 네가 본 것 중에 최상의 것을 택했어…… 하기야 그건 나도 언제나 마찬가지였지만." 로열 씨는 단호한 시선으로 채리티를 바라보았다. 채리티는 그의 마음속에서 갈등이 최고조에 이르렀다는 것을 감지했다. "그 친구가 너와 결혼하기를 바라니?" 그가 물었다.

두 사람은 조금 길다 싶게 한동안 똑같은 배짱으로 상대의 시선을 노려보며 서 있었다. 그런 용기 때문에 채리티는 때로 자기 핏줄 속에 그의 피가 흐르는 게 아닌가 생각할 정도였다.

"넌 그 친구가…… 말해 주기를 원하는 거야? 네가 원한다면 난 한 시간 안에 그 친구를 이리로 불러올 수 있어. 지난 삼십 년 동안 변호사 일을 거저 한 게 아니니까. 그 친구는 헵번에 가려고 캐릭 프라이의 말을 전세 냈지만 아마 한 시간은 더 있어야 출발할걸. 그리고 난 그 친구가 결심하는 데 시간을 오래 끌지 않도록 만들 수도 있어……. 그 친구는 마음이 여리지. 금방 알 수 있거든. 물론 그렇다고 앞으로 네가 후회하지 않을 거라고 말하는 건 아냐……. 하지만 물론 만약 네가 그러고 싶다고 하면 난 네게 그럴 기회를 주겠어."

채리티는 잠자코 그 말을 끝까지 들었다. 그녀의 마음이 그가 느끼고 말하는 것과 너무 동떨어져 있어서 아무리 비웃으며 반격을 해도 누그러지지 않았다. 그의 말을 듣는 동안 리프 하이엇의 진흙 묻은 장화가 하얀 쩔레꽃을 짓밟던 장면이 갑자기 머리를 스쳤다. 지금 똑같은 일이 벌어지고 있었다. 뭔가 속절없고 가냘픈 것이 채리티의 가슴에 피어났고, 그녀는 옆에 서서 그것이 땅에 짓밟히는 광경을 지켜보았다. 그런 생각이 스치는 동안 채리티는 로열 씨가 마치 자신의 침묵이 그가 가장 두려워하는 대답인 듯 풀이 죽고 왜소한 모습으로 여전히 문에 기대어 서 있다는 것을 알았다.

"전 아저씨가 줄 수 있는 어떤 기회도 원치 않아요. 그가 이곳을 떠난다니 기쁘네요." 채리티가 말했다.

로열 씨는 한 손으로 문고리를 잡은 채 잠시 더 자리를 지키고 있었다. "채리티!" 그가 애원하듯 말했다. 채리티가 아무 대답도 않자 그는 문고리를 돌리고 밖으로 나갔다. 앞문의 빗장을 더듬는 소리가 들리더니 계단을 따라 걸어 내려가는 모습이 보였다. 그는 대문을 빠져나가 허리를 구부리고 무거운 발걸음으로 거리 위쪽을 향해 천천히 사라졌다.

잠시 동안 채리티는 로열 씨가 떠난 자리에 우두커니 서 있었다. 그의 마지막 말에 굴욕감을 느끼며 여전히 부르르 몸을 떨었다. 그 말이 귓가에 너무나 쟁쟁해 마치 마을 전체에 메아리쳐 울리면서 자신이 그토록 불결한 제안을 받아들인 사람이라고 널리 알리는 듯했다. 수치심이 물리적 압력처럼 채리티를 짓눌렀다. 지붕과 네 벽이 점점 옥죄는 것 같아 채리티는 밖으로 뛰쳐나가 하늘 아래에서 숨을 들이쉬고 싶은 충동에 사로잡혔다. 막 앞문 쪽으로 나가는데 그때 루시어스 하니가 문을 열었다.

하니는 평소보다 더 진중하고 자신감은 덜해 보였다. 잠깐 동안 두 사람 모두 아무 말도 하지 않았다. 그러고 나서 그가 손을 내밀었다. "지금 나가는 길인가요?" 그가 물었다. "들어가도 될까요?"

가슴이 너무 맹렬하게 뛰어 채리티는 차마 말을 못 하고 눈물로 부어오른 눈으로 그를 쳐다보며 서 있었다. 그러고는 자신의 침묵이 어떤 의미로 받아들여질지 깨닫고 재빨리 대답했다. "네, 들어와요."

채리티는 식당으로 하니를 안내했고, 그들은 양념병 받침과 옻칠한 빵 그릇을 사이에 두고 식탁 양쪽에 마주 보고 앉았다. 하니는 밀짚모자를 식탁 위에 올려놓았다. 편해 보이는 여름옷을 입은 하니가 플란넬 셔츠 칼라 밑에 갈색 매듭을 매고 갈색 머리카락을 이마에서 뒤로 빗어 넘기고서 거기에 앉아 있는 동안 채리티는 지난밤에 보았던 대로 헝클어진 머리카락이 두 눈까지 흘러내리고 셔츠 단추를 채우지 않아서 맨목이 훤히 드러난 채 침대 위에 누워 있던 그의 모습을 떠올렸다. 그 모습이 뇌리를 스치는 순간만큼이나 그가 그토록 낯설게 느껴진 적은 없었다.

"헤어지게 되어 섭섭합니다. 내가 이곳을 떠난다는 것은 알고 있겠죠." 하니가 불쑥 어색하게 말을 꺼냈다. 그가 떠나가는 이유를 채리티가 어느 정도나 알고 있는지 저울질하는 것 같았다.

"예상보다 일이 빨리 끝난 모양이네요." 채리티가 말했다.

"네, 맞아요…… 내 말은요, 아니에요. 하고 싶은 일이야 너무 많죠. 그런데 휴가가 한정되어 있거든요. 로열 씨가 말을 써야 한다고 해서 이 지방을 돌아다닐 방법을 찾기가 좀 어렵게 됐어요."

"이곳에서는 말을 빌릴 만한 곳이 그렇게 많지 않아요." 채리티가 순순히 동의했다. 그리고 다시 침묵이 흘렀다.

"그동안 이곳에서…… 정말 즐거웠어요. 그렇게 즐거운 시간을 보낸 데 대해 고맙다는 말을 하고 싶었어요." 얼굴을 붉히면서 그가 계속 말했다.

채리티는 대답할 어떤 말도 찾아낼 수 없었다. 하니가 다시 말을 이었다. "당신은 내게 너무 친절히 대해 주었어요. 그래서 말하고 싶은 건…… 아가씨가 좀 더 행복하고 좀 덜 외롭다고 생각할 수 있었으면 좋겠어요……. 틀림없이 아가씨도 점점 사정이 나아지겠죠……."

"노스도머에서는 사정이 달라지지 않아요. 그저 익숙해질 따름이죠."

그 대답에 하니가 미리 준비해 온 위로의 말들이 순서를 잃은 것 같았다. 그는 머뭇거리면서 채리티를 바라보고 앉아 있었다. 그러고는 부드러운 미소를 띠며 말했다. "아가씨한테는 예외일 거예요. 그럴 리가 없어요."

그 미소는 채리티의 가슴을 찌르는 비수와 같았다. 몸 안에 있는 모든 것이 떨리고 갈기갈기 떨어져 나가기 시작했다. 눈물이 흐르는 것을 느끼고 자리에서 일어섰다.

"그럼 안녕히 가세요." 채리티가 말했다.

채리티는 그가 자신의 손을 잡고 있는 것을 깨달았고, 그의 손길에 생기가 없는 것을 느꼈다.

"안녕히 계세요." 하니가 돌아서 나가다가 문지방에서 걸음을 멈췄다. "베리나에게 나 대신 인사 전해 줄래요?"

바깥문이 닫히고 그가 길을 따라 빠른 걸음으로 안마당을 걸어가는 소리가 들렸다. 또 그가 나간 뒤 대문 빗장이 딸깍거리는 소리가 들렸다.

이튿날 아침 차가운 새벽녘에 일어나 창문의 덧문을 열었을 때 채리티는 주근깨투성이 소년 하나가 길 반대쪽에 서서 자신을 쳐다보고 있는 것을 보았다. 크레스턴 길 아래쪽으로 몇 킬로미터 떨어진 농가에 사는 소년이었다. 이 시간에 저기서 무엇을 하며, 왜 그렇게 빤히 창문을 쳐다보는 것일까 생각했다. 채리티를 보자 소년은 길을 건너와 아무 일도 아닌 듯 대문에 등을 기댔다. 집 안에는 아직 깨어 움직이는 사람이 없었다. 그녀는 잠옷 위에 숄을 걸치고 달려 내려와 밖으로 나갔다. 대문에 도착할 즈음 소년은 태연하게 휘파람을 불면서 길 아래쪽으로 어슬렁거리며 걸어가고 있었다. 그때 널빤지와 빗장 사이에 편지 한 통이 꽂혀 있는 게 보였다. 채리티는 편지를 가지고 서둘러 방으로 돌아왔다.

편지 봉투에 그녀의 이름이 적혀 있었고, 그 안에는 수첩에서 뜯어낸 종이 한 장이 들어 있었다.

채리티에게

그냥 이대로는 떠날 수가 없어요. 며칠 동안 크레스턴리버에 머물 예정입니다. 크레스턴 연못에서 나를 만나 주겠어요? 저녁때까지 그곳에서 당신을 기다리고 있겠습니다.

9

채리티는 거울 앞에 앉아 앨리 호스가 몰래 그녀를 위해 손
질해 준 모자를 써 보고 있었다. 넓은 챙이 아래로 늘어지고,
거실 벽난로 위에 있는 조가비의 속처럼 그녀의 얼굴을 타오
르듯 빛나게 해 주는 체리색 안감을 댄 하얀 밀짚모자였다.

채리티는 네모난 거울을 로열 씨의 검은색 가죽 성경에 기
대어 놓고 그 앞은 브루클린 브리지 전경이 그려진 흰 돌로 흔
들리지 않게 고정해 두었다. 채리티가 챙을 이쪽저쪽으로 구
부리며 거울에 비친 자기 모습을 바라보고 있는데 어깨 너머
로 비친 앨리 호스의 얼굴이 마치 이 고장을 떠날 기회를 잃어
버린 창백한 유령처럼 보였다.

"볼썽사납지, 안 그래?" 마침내 채리티가 행복한 듯 한숨을
내쉬며 물었다.

앨리는 미소를 지으면서 모자를 다시 받아 들었다. "여기에

다 장미 몇 송이를 달아 줄게. 모자를 한번에 벗기 편하게 말이야."

채리티가 웃더니 손가락으로 거칠고 검은 머리카락을 쓸어내렸다. 그녀의 붉은빛을 띤 머리카락 끝이 이마 주위에 물결치고 목덜미에 작은 고리로 흩어지는 모습을 하니가 바라보기 좋아한다는 것을 잘 알았다. 채리티는 침대에 앉아 앨리가 정성을 쏟느라고 이마를 찡그리며 모자 위에 몸을 숙이고 있는 모습을 지켜보았다.

"하루쯤 네틀턴에 가고 싶다는 생각이 들지 않니?" 채리티가 물었다.

앨리는 올려다보지도 않고 고개를 설레설레 내저었다. "아니. 줄리아하고 같이 그곳에 갔을 때 너무 끔찍했던 기억이 아직도 떠오르는걸……. 그 의사를 찾아갔던 일 말이야."

"어머, 앨리……."

"어쩔 수 없어. 그 집은 윙 스트리트와 레이크 애비뉴가 만나는 모퉁이에 있어. 역에서 오는 전차가 바로 그 옆을 지나가지. 목사님이 우리를 데리고 가서 슬라이드 사진을 보여 주신 날 난 당장 그 집을 알아봤지 뭐야. 그것 말고는 아무것도 보이지 않는 거 같았어. 앞쪽에 금색 글씨를 쓴 큼직한 검은색 간판이 걸려 있었거든…… '개인 상담'이라고 말이야. 언니는 거의 죽을 뻔했다고……."

"불쌍한 줄리아!" 순결과 안전이라는 높은 봉우리에 서서 채리티가 한숨을 내쉬었다. 그녀한테는 자신이 믿고 또 자신을 존중해 주는 친구가 있었다. 내일 ― 7월 4일 독립기념일을 ─ 네틀턴에서 그와 함께 보내기로 되어 있었다. 이날이 그녀의 축제가 아니면 누구의 축제란 말인가? 또한 그렇다고 해서 누구에게 해가 되겠는가? 문제는 줄리아 같은 아가씨들이 남자 친구를 고를 줄 모르고 나쁜 친구들을 멀리할 줄 모른다는 데 있었다…… 채리티는 침대에서 미끄러져 내려와 두 손을 내밀었다.

"다 꿰맨 거야? 그럼 다시 한번 써 볼까." 채리티는 모자를 쓰고 거울에 비친 자기 모습에 미소를 지었다. 줄리아에 대한 생각은 이미 사라지고 없었다…….

다음 날 아침 채리티는 날이 밝기 전에 일어나 언덕 너머로 노란 아침 햇살이 퍼지는 것을 보았다. 날씨가 무더울 조짐을 나타내는 은빛 광채가 잠자듯 고요한 들판을 가로질러 흔들리고 있었다.

채리티는 아주 조심스럽게 계획을 세웠다. 헵번에서 열리는 '소년 금주단'[16] 야유회에 간다고 알렸고, 노스도머에서는 아무도 그렇게 멀리까지 가지 않을 테니 그 모임에 참석하지 않았다고 소문이 날 염려는 거의 없었다. 더군다나 소문이 나더라도 크게 신경 쓰지 않기로 했다. 자신의 독립심을 내세우기로 단단히 마음먹었다. 만약 헵번에서의 야유회에 대해 치사하게 거짓말을 했다면 그것은 무엇보다도 숨기기를 좋아하

16) 1847년 영국 리즈에서 창립된 금주 단체로 소년들이 평생 동안 술을 마시지 않기로 맹세한다.

는 성향 때문이었고, 또 이런 성향 때문에 자신의 행복이 모독당하는 것이 두려웠다. 루시어스 하니와 함께 있을 때면 그녀는 어떤 꿰뚫을 수 없는 산안개가 자신을 감춰 주기를 바랐다.

채리티가 크레스턴 도로의 한 지점까지 걸어가면 하니가 그녀를 마차에 태워 함께 언덕을 가로질러 가 햅번에서 네틀턴행 9시 30분 기차를 타도록 되어 있었다. 처음에 하니는 이 여행에 대해 조금 미온적인 태도를 취했다. 언제라도 그녀를 네틀턴에 데려가겠다고 장담했지만 사람들이 많은 데다 어쩌면 기차가 늦을지 모르고 밤이 되기 전에 돌아오기 어렵다는 이유로 7월 4일에는 가지 말자고 설득했던 것이다. 그런데 채리티가 드러내 놓고 실망하는 표정을 짓자 굴복하고 심지어 이 여행에 대해 미지근하게나마 열성을 보이는 척했다. 채리티는 왜 하니가 몸이 달아 하지 않는지 잘 알았다. 그는 지금까지 많은 것을 구경했을 테고, 그런 구경거리와 비교하면 네틀턴의 독립 기념 행사 따위는 싱거워 보일 터였다. 하지만 그녀는 한 번도 본 적이 없었다. 축제일에 그의 팔에 매달려 나들이옷을 입은 군중에게 떠밀리며 큰 도시의 길거리를 걷고 싶은 생각이 굴뚝같았다. 이런 행복한 계획에 단 한 가지 흠이 있다면 상점들이 문을 닫는다는 점이었다. 그러나 그녀는 상점들이 여는 다른 날에 그가 자신을 또 데려가 주었으면 하고 바랐다.

채리티는 아침 일찍 베리나가 난로 위에 몸을 구부리고 있는 동안 부엌을 살짝 빠져나와 남의 눈에 띄지 않게 집을 나섰다. 시선을 피하기 위해 새 모자를 조심스럽게 싸고 앨리가 능숙한 솜씨로 만들어 준 하얀 모슬린 드레스 위에는 로열 부인의 기다란 회색 베일을 걸쳤다. 이렇게 새롭게 옷치장을 하는데 로열 씨가 준 10달러와 자신이 모아 둔 돈의 일부를 썼다. 하니가 그녀를 맞으려고 마차에서 뛰어내렸을 때 채리티는 그의 두 눈에서 충분히 그럴 만한 가치가 있었음을 읽었다.

이 주일 전 채리티에게 쪽지를 전해 준 주근깨투성이 소년이 그들이 돌아올 때까지 마차를 가지고 헵번에서 기다리기로 되어 있었다. 소년은 마차 바퀴 사이에 두 다리를 길게 늘어뜨린 채 채리티의 발밑에 자리를 잡았고, 그가 옆에 있어 두 사람은 말을 많이 할 수 없었다. 그러나 그들의 과거는 이제 그들만의 은밀한 언어가 생길 만큼 다채로웠기 때문에 크게 문제가 되지 않았다. 게다가 언덕 너머 저 먼 푸른 경치처럼 기나긴 하루가 펼쳐져 있으니 하고 싶은 말을 뒤로 미루는 것이 오히려 이상야릇한 기쁨을 가져다주었다.

쪽지를 받고 하니를 만나러 처음 크레스턴 연못에 갔을 때는 채리티의 가슴이 굴욕감과 분노로 들끓어 있던 상태라 그의 첫마디 말이 그녀를 서먹서먹하게 만들기 십상이었다. 그런데 우연히 하니는 소박한 우정을 보여 줄 수 있는 적절한 말을 찾아냈다. 그의 어조로 보아 채리티가 맞고 그녀의 후견인이 틀렸다는 뜻을 금방 알 수 있었다. 그는 로열 씨와 자기 사이에 일어난 일에 대해 한마디도 언급하지 않고 노스도머에서는 마차를 구하기 어려운 데다 크레스턴리버가 좀 더 일하기 편해서 떠난 것처럼 이야기했다. 하니는 크레스턴레이크에 있는 을씨년스러운 여름 하숙집 한두 채를 상대로 세마업을 하는 주근깨 소년의 아버지에게 일주일 단위로 마차를 빌렸다고, 마차를 타고 돌아다닐 수 있는 거리에 그림을 그릴 만한 집들이 많다고 했다. 그리고 이웃 마을에 있는 동안 되도록 자주 그녀를 만나고 싶다고 밝혔다.

두 사람이 헤어질 때 채리티는 계속 그의 안내를 맡겠다고 약속했다. 그래서 그로부터 두 주 동안 그들은 다정한 친구가 되어 함께 언덕을 돌아다녔다. 마을의 젊은 사내들과 처녀들은 서로 친구가 되면 흔히 부족한 대화를 잠시 상대방을 어루만지며 희롱하는 것으로 보상받으려 했다. 그러나 하니는 하이엇네 집에서 돌아오는 길에 슬픔에 잠긴 채리티를 위로할 때를 제외하고는 팔로 그녀를 감싸거나 갑작스럽게 껴안은 적이 한 번도 없었다. 마치 한 송이 꽃처럼 옆에서 숨 쉬는 것만으로 충분하다고 생각하는 것 같았다. 채리티와 함께 있는 즐거움, 채리티의 젊음과 우아함에 대한 감각으로 두 눈이 빛나고 목소리가 부드러워져 그의 침묵은 차갑다기보다 오히려 자기 신분에 속한 아가씨에 걸맞은 예의를 차리는 것으로 보였다.

늙은 말이 끄는 마차가 너무 힘차게 달려 시원한 산들바람이 일었다. 그러나 두 사람이 헵번에 도착했을 때는 바람 한 점 불지 않는 아침의 후끈한 열기가 쏟아졌다. 기차역 플랫폼에는 더위에 허덕이는 인파가 인산인해를 이루었고, 일부는 대합실 안으로 더위를 피해 보았지만 그곳에도 벌써 더위와 지연된 기차를 기다리는 데 지친 군중이 있었다. 얼굴이 창백해진 어머니들은 안달하는 갓난아이들 때문에 애를 먹거나 좀 더 큰 아이들이 신기한 듯 철로에 끌려 바짝 다가가지 않도록 주의를 주고 있었다. 젊은 여자들과 그녀들의 '애인들'은 킬킬 웃고 서로 밀치면서 끈적끈적한 봉지에 담긴 캔디를 돌리고 있었다. 칼라 없는 옷차림을 하고 땀을 흘리는 더 나이든 축의 사람들은 한쪽 팔에서 다른 쪽 팔로 무거운 아이들을 옮겨 안으며 여기저기 흩어져 있는 식구들을 매서운 눈초리로 살폈다.

마침내 기차가 덜커덩거리며 도착해 기다리고 있던 군중을 삼켜 버렸다. 하니는 첫 번째 차량에 채리티를 밀어 태웠고, 두 사람은 2인용 좌석에 자리를 잡았다. 기차가 흔들리며 큰 소리를 내고 비옥한 들판과 나른한 나무숲을 지나는 동안 그들은 행복한 고립 속에 앉아 있었다. 엷은 아침 안개는 불꽃 주위에 떠도는 무색의 파동처럼 삼라만상 위에서 잔잔한 떨림으로 바뀌었다. 풍요로운 풍경이 그 아래에 고개를 숙이고 있는 듯했다. 그러나 채리티에게 더위는 오히려 자극제였다. 가슴에 불타오르는 것과 똑같은 빛이 온 세상을 감싸고 있었다. 이따금 기차가 기우뚱하는 바람에 하니 쪽으로 몸이 쏠렸고, 그럴 때마다 얇은 모슬린을 통해 그의 소매가 닿는 것이 느껴졌다. 채리티는 하니의 두 눈을 마주 바라보며 몸을 꼿꼿이 폈고, 불꽃같은 대낮의 숨결이 그들을 에워싸는 것 같았다.

기차가 으르렁 소리를 내며 네틀턴역에 들어서자 두 사람은 기차에서 내리는 군중의 물결에 휩쓸려 초라한 전세 마차와 승합 마차들이 길게 늘어선 먼지 자욱한 광장으로 밀려 나왔다. 승합마차를 끄는 말들은 양 어깨뼈 사이에 파리 쫓는 그물을 매단 채 기운 없이 머리를 우울하게 이리저리 흔들고 있었다.

전세 마차와 승합 마차 마부들이 떼를 지어 소리를 질러 댔다. "이글 하우스에 갑니다!" "워싱턴 하우스요!" "레이크에 가요!" "그레이톱으로 출발합니다!" 그들의 외침 사이로 폭죽이 터지는 소리와 딱총 터트리는 소리, 장난감 총이 탁 하는 소리, 소방서 밴드의 「메리 위도」[17] 연주 소리가 들려오는 동안 두 사람은 사람들에 떠밀려 깃발을 늘어뜨린 마차에 올라타고 있었다.

광장 주위에는 금방이라도 무너질 듯한 목조 호텔들마다 깃발과 종이 등이 걸려 있었다. 하니와 채리티가 중심가에 들어서니 두 줄로 늘어선 깃발과 등불이 다른 쪽 끝에 있는 공원으로 다가갈수록 점점 작아졌다. 중심 도로에는 벽돌과 화강암으로 지은 상가 지역이 나지막한 옛날 가게들을 몰아내고, 높은 기둥들에는 더위에 떨면서 윙윙거리는 듯한 무수히 많은 전선들이 늘어져 있었다. 이런 축제 속의 소란과 온갖 색깔들이 네틀턴을 대도시로 바꿔 놓은 것 같았다. 채리티는 스프링필드나 심지어 보스턴에 이보다 더 멋진 볼거리가 있다는 것이 믿기지 않았다. 그녀는 바로 이 순간 애너벨 볼치가 멋진 젊은이의 팔을 잡고 멋진 광경을 지나 이 길을 누비고 있는 것이 아닐까 하는 생각이 머릿속을 스쳤다.

"먼저 어디에 가 볼까?" 하니가 물었다. 그러나 채리티가 행복한 눈길로 그를 쳐다보자 답을 알아차리고 이렇게 말했다.

---

17) 프란츠 레하르(1870~1948)의 희가극에 등장하는 왈츠곡.

"먼저 이 근처를 둘러볼까?"

거리는 그들 같은 여행객들과 다른 지역에서 온 소풍객들, 네틀턴의 주민들, 크레스턴에 있는 공장에서 떼를 지어 온 방직공들로 붐볐다. 상점들이 대부분 문을 닫았지만 거의 그것을 눈치챌 수 없을 정도였다. 술집이며 식당, 소다수 꼭지에서 음료수가 나오는 약국, 과일과 과자를 파는 가게의 유리문들이 활짝 열려 있었는데, 딸기 케이크, 코코넛 사탕, 반들거리는 당밀 사탕, 캐러멜과 껌 상자, 물에 흠뻑 젖은 딸기 바구니, 매달아 놓은 바나나가 산더미였다. 어떤 상점은 문 밖 선반에 귤이며 사과, 반점이 있는 배, 먼지 묻은 나무딸기를 줄지어 늘어놓았다. 공기는 온통 과일 냄새와 오래된 커피와 맥주와 사르사파릴라[18] 음료와 감자튀김 냄새로 가득했다.

심지어 문이 닫힌 상점들에도 널찍한 판유리를 통해 숨겨져 있는 보물이 어렴풋하게 보였다. 어떤 상점에는 비단과 리본이 파도처럼 모조 이끼의 해안에 밀려왔고, 모조 이끼 위에는 보기만 해도 황홀한 모자들이 열대 지방의 난초처럼 솟아 있었다. 다른 상점에서는 축음기의 분홍색 목이 무언의 합창을 하며 커다란 나팔을 내밀고 있었다. 가지런히 늘어선 번쩍거리는 자전거들은 눈에 보이지 않는 신호원의 출발 신호를 기다리는 것만 같았다. 인조 가죽과 인조 보석과 셀룰로이드로 만든 장신구들은 깜빡 속을 만큼 우아한 모습을 선보였다. 사람들이 흥미롭게 들여다보도록 밖으로 튀어나오게 만들어

---

18) 열대 아메리카산 백합과 식물. 그 뿌리로 음료수나 약을 만든다.

진 듯한 큼직한 창에는 대담하게 차려입은 밀랍 귀부인들이 우아한 모습으로 잡담을 나누거나 친밀하면서도 흠 잡을 데 없는 몸짓으로 분홍색 코르셋과 투명한 스타킹을 가리키고 있었다.

이내 하니는 자기 시계가 멈춘 것을 발견하고 우연히 아직 문을 연 작은 보석상에 들어갔다. 시계를 고치는 동안 채리티는 검푸른 벨벳 천을 배경으로 핀이며 반지, 브로치가 달과 별처럼 빛을 내뿜으며 반짝거리고 있는 유리 진열대 위로 몸을 구부렸다. 이렇게 가까이에서 보석을 바라보기는 처음이어서 유리 뚜껑을 들고 그 반짝이는 보석 사이에 손을 밀어 넣고 싶은 생각이 간절했다. 그러나 벌써 하니의 시계 수리가 끝났고, 그는 한 손을 채리티의 팔에 얹으며 꿈속을 헤매고 있는 그녀를 끌어냈다.

"어떤 게 제일 마음에 들어?" 하니가 옆에서 진열대에 몸을 기대며 물었다.

"잘 모르겠어……." 채리티는 금으로 만든 은방울꽃에 흰꽃이 달린 장신구를 가리켰다.

"푸른색 브로치가 더 나은 것 같지 않아?" 그가 자기 생각을 말했다. 곧 그녀는 산정 호수처럼 푸른색을 띠고 그 주위에 작은 빛을 내뿜는 둥글고 작은 돌에 비하면 은방울꽃은 시시한 장난감에 지나지 않다는 생각이 들었다. 보석을 제대로 볼 줄 모른다는 생각에 얼굴이 붉어졌다.

"너무 아름다워서 쳐다보기가 두려울 정도야." 채리티가 말했다.

하니는 웃었고 그들은 보석상에서 나왔다. 그런데 몇 걸음 떼지 않았을 때 그가 소리를 질렀다. "아이고, 맙소사, 깜박 잊은 게 있네." 이렇게 말하고는 뒤돌아서 채리티를 군중 사이에 남겨 둔 채 가 버렸다. 채리티는 마침내 그가 돌아와 팔짱을 낄 때까지 분홍색 축음기의 목이 일렬로 늘어선 모습을 바라보며 서 있었다.

"더는 그 푸른색 브로치를 쳐다보며 두려워할 필요 없어. 이제 아가씨 거니까." 그가 말했다. 채리티는 작은 상자 하나가 손에 쥐어지는 것을 느꼈다. 너무 기뻐서 가슴이 마구 뛰었지만 부끄러운 나머지 말을 못 하고 더듬거릴 뿐이었다. 다른 아가씨들이 남자 친구들에게 선물을 받아 내려고 머리를 짜낸다는 말을 들은 적이 있다. 그래서 문득 혹시 하니가 하나 사 주었으면 하는 마음으로 유리 진열대에 있는 보석을 쳐다보고 있었다고 생각하지 않았을까 하는 두려움에 사로잡혔다…….

거리를 조금 더 내려가 두 사람은 마호가니 계단이 있고 모퉁이에 구리 새장이 놓인 빛나는 홀로 연결된 유리문으로 들어갔다.

"뭔가 먹어야 하지 않을까?" 하니가 말했다. 다음 순간 채리티는 사방이 온통 거울이고 표면에 광택이 나는 파우더 룸 안에 있었다. 화려하게 차려입은 아가씨들이 얼굴에 분을 바르고 커다란 깃이 꽂힌 모자를 고쳐 쓰고 있었다. 그들이 나간 뒤 채리티는 용기를 내어 뜨거운 얼굴을 대리석 세면대에 담갔고 사람들이 든 양산 때문에 돌아간 모자의 챙을 바로잡았다. 상점 안의 옷에 너무 감격한 나머지 채리티는 차마 거울에 비친 자기 모습을 들여다보기가 겁났다. 그러나 분홍색 모자 아래의 얼굴빛과 투명한 모슬린 천 사이로 드러난 싱싱한 두 어깨선이 용기를 북돋아 주었다. 푸른색 브로치를 상자에서 꺼내 가슴에 단 뒤 고개를 높이 들고 마치 플란넬을 입은 젊은이들 옆에서 언제나 바둑판무늬로 장식한 홀을 지나다니던 것처럼 당당하게 식당으로 걸어 나왔다.

검은 옷을 입은 허리가 날씬한 여자 종업원들이 거만하게 생긴 머리 위에 멋들어진 모브캡[19]을 쓰고 깔보듯이 식탁 사이를 돌아다니는 것을 보자 채리티는 조금 의기소침해졌다. "한 시간은 기다려야 해요." 종업원 중 하나가 지나가면서 하니에게 내뱉듯이 말했다. 믿기지 않는 듯 그는 서서 주위를 돌아다보았다.

"이거야 참, 여기서 땀 흘리며 기다릴 순 없잖아." 그는 마음을 정했다. "다른 곳을 알아보자고……." 채리티는 안도감을 느끼며 그를 따라 화려하지만 불친절한 식당에서 나왔다.

그 '다른 곳'은 — 무더운 날씨에 몇 군데 돌아다녔지만 모두 자리를 얻지 못했다 — 프랑스 식당이라고 불리는 뒷골목의 옥외 식당이었다. 식당이래야 옆 마당에 커다란 느릅나무 한 그루가 서 있고 백일초와 페튜니아 사이로 붉은강낭콩나무 아래에 덜커덕거리는 테이블 두세 개가 고작이었다. 이곳

---

19) 귀까지 덮이는 헐렁한 모자로 옛날에는 실내에서 귀부인들이 주로 썼지만 식당 종업원들이 쓰기도 했다.

에서 이상야릇한 맛이 나는 음식으로 점심 식사를 하는 동안 하니는 고장 난 흔들의자에 기대어 앉아 차례로 음식이 나올 때마다 담배를 피우면서 채리티의 잔에 옅은 노란색 포도주를 따라 주었다. 그의 말로는 프랑스에 있는 멋진 식당에서 마시는 것과 똑같은 포도주라고 했다.

채리티는 포도주가 사르사파릴라 음료만큼 맛있다는 생각은 들지 않았지만 그가 마시는 것을 마신다는 기쁨에 한 모금 마셔 보고는 단둘이 먼 이국에 와 있다고 상상의 날개를 폈다. 가슴이 깊게 파인 옷을 입은 부드러운 머릿결의 여자가 반갑게 웃음 지으며 시중을 들자 그런 환상은 더욱 커졌다. 여자는 하니에게 알아들을 수 없는 말로 이야기했고, 같은 말로 하니가 대답하자 놀라며 매우 기뻐하는 표정이었다. 다른 테이블에는 소박하지만 인상 좋게 생긴, 방직공으로 보이는 손님들이 앉아서 똑같이 알아들을 수 없는 말을 서로 목청을 높여 주고받으며 하니와 채리티를 다정한 눈길로 쳐다보았다. 테이블의 다리 사이에서 여기저기 털이 빠진 푸들 한 마리가 음식 부스러기를 찾아 코를 벌렁거리며 우스꽝스럽게 뒷다리를 딛고 일어섰다.

하니는 도무지 움직일 기미를 보이지 않았다. 그들이 앉아 있는 모퉁이는 더웠지만 적어도 그늘이 들고 조용했기 때문이다. 큰길에서 전차가 덜커덕거리는 소리며 끊임없이 터지는 작은 폭죽 소리, 손풍금 소리, 메가폰을 든 사내의 고함 소리, 점점 늘어나는 군중의 시끄러운 웅성거림이 들려왔다. 하니는 뒤로 몸을 기대고 앉아 시가를 피우며 개를 쓰다듬고 이 빠진 컵에 담긴 김이 모락모락 오르는 커피를 휘저었다. "이건 진짜야." 그가 설명했다. 그래서 채리티는 그 음료에 대해 전부터 갖고 있던 생각을 바꾸었다.

두 사람은 그날 나머지 시간을 어떻게 보낼지 계획을 세워 두지 않았다. 하니가 그다음에 무엇을 하고 싶은지 묻자 채리티는 그 많은 가능성 중에서 무엇을 하겠다고 해야 할지 몹시 당혹스러웠다. 마침내 전에 왔을 때 가 보지 못한 호수에 가고 싶다고 고백했다. 그가 "아, 그럴 시간이야 있는데…… 그곳은 나중에 가는 게 더 좋을걸." 하고 대답하자 그녀는 마일스 목사가 데려가서 보여 줬던 것 같은 영화를 보는 것이 어떠냐고 제안했다. 채리티는 하니가 조금 내켜하지 않는 것 같다고 느꼈다. 그러나 그는 이마에 흐르는 땀을 멋진 손수건으로 닦은 뒤 유쾌하게 말했다. "그럼 가자고." 그리고 핑크빛 눈을 가진 개를 마지막으로 쓰다듬어 주며 일어났다.

마일스 목사는 흰 벽과 오르간 하나가 다인 소박하기 짝이 없는 YMCA 홀에서 슬라이드 사진을 보여 주었지만 하니는 지금 채리티를 휘황찬란한 곳으로 데려왔다. — 눈에 보이는 것은 하나같이 번쩍거렸다 — 그곳에서 그들은 금발 미녀들이 야회용 예복을 입은 악한들을 칼로 찌르는 큼직한 그림 사이를 지나 발을 디딜 여유도 없이 관객이 꽉 들어찬 벨벳 커튼을 친 극장 안으로 들어갔다. 그런 뒤 잠시 현기증이 날 정도의 열과 눈부시게 교차하는 빛과 어둠이 둥글게 돌아가는 가운데 모든 것이 채리티의 머릿속에서 하나로 합쳐졌다. 야자나무와 회교 사원의 뾰족탑, 돌진하는 기병대, 으르렁거리는 사자들,

우스꽝스러운 경찰관과 험악한 표정으로 노려보는 살인자들이 뒤엉킨 속에서 이 세상이 보여 줄 수 있는 모든 것이 눈앞에 펼쳐지는 듯했다. 그녀 주위에 있는 군중, 땀에 젖어 사탕을 씹고 있는 수백 명의 누런 얼굴들이 나이를 가리지 않고 너나 할 것 없이 똑같이 흥분에 취해 구경거리의 일부가 되어 사람들과 함께 스크린 위에서 춤을 추었다.

곧이어 호수로 가는 시원한 전차 생각이 간절해진 두 사람은 극장을 빠져나왔다. 하니는 더위로 얼굴이 창백해지고 채리티도 약간 어리둥절한 채 포상도로 위에 서 있을 때 젊은 사내 하나가 무명천에 '호수 한 바퀴 도는 데 10달러!'라고 쓴 띠를 두른 전기 마차를 타고 지나갔다. 채리티가 무슨 일인지 미처 알기도 전에 하니는 손을 흔들었고, 두 사람은 전기 마차에 올라탔다. "어때요, 25달러만 내면 구기 종목을 관람한 뒤 다시 이곳에 데려다 드리겠습니다." 기사가 알랑거리듯 히죽히죽 웃으며 제안했다. 그러나 채리티가 재빨리 말했다. "아, 그보다는 호수에 가서 보트를 타고 싶은데요." 거리에 사람이 너무 많아 마차는 천천히 움직였다. 하지만 작은 전기 마차에 올라앉아 사람들을 가득 실은 승합 마차와 전차 사이를 구불구불 돌아가는 의기양양한 기분 때문에 시간이 너무 빨리 지나가는 듯했다. "다음은 레이크 애비뉴입니다." 젊은이가 어깨 너머로 소리쳤다. '피티아스 기사단'[20]을 가득 태운 커다란 승

---

20) 1864년 미국 워싱턴에서 저스터스 H. 래스본(1839~1889)이 창립한 공제회.

합 마차 뒤에서 잠시 멈춰 선 동안 채리티는 고개를 들어 벽돌 집을 쳐다보았다. 길모퉁이에 집 앞쪽을 가로질러 검은색과 황금색으로 된 간판이 유난히 눈에 띄었다. "머클 의사. 24시간 개인 상담. 여자 간병인 있음." 채리티는 간판을 읽었다. 그러자 갑자기 앨리 호스의 말이 생각났다. "그 집은 윙 스트리트와 레이크 애비뉴가 만나는 모퉁이에 있어……. 집 앞쪽을 가로질러 검은 간판이 큼지막하게 붙어 있지……." 무더운 날씨와 황홀한 기분 속에서 차가운 전율이 그녀의 온몸을 타고 흘렀다.

10

두 사람은 마침내 호수에 도착했다. 호수는 축 늘어진 나무들 옆에 반짝이는 금속판을 나지막이 덮은 모습이었다. 채리티와 하니는 보트를 빌려 선창과 음료수 판매대로부터 떨어져 나와 해안의 그늘을 끼고 한가롭게 떠다녔다. 햇살이 물에 부딪히는 곳에서는 빛줄기가 베일처럼 열기로 뒤덮인 하늘을 향해 눈부시게 반사되었다. 그늘이 가장 적게 든 곳은 오히려 대조를 이루어 검게 보였다. 호수는 너무 잔잔하여 그 가장자리에 비친 나무 그림자가 마치 단단한 평면에 에나멜을 칠해 놓은 것 같았다. 그러나 해가 기울면서 점점 물은 투명해졌고, 채리티는 매혹당한 시선으로 몸을 숙여 물속을 깊이 들여다보았다. 너무나 맑아서 거꾸로 선 나무 꼭대기가 호수 밑바닥의 초록색 식물과 뒤엉켜 있는 듯이 보였다.

두 사람은 호수의 반대편 끝에 있는 한 점을 돌아 작은 만에 들어서면서 삐죽 튀어나온 나무 그루터기에 대고 뱃머리를 밀었다. 버드나무들이 초록색 베일처럼 그 위에 걸려 있었다. 나무들 너머로 밀밭이 햇빛에 반짝이고 지평선을 따라 탁 트인 언덕들이 빛으로 고동쳤다. 채리티는 고물에 기대어 앉았고, 하니는 노를 떼고 아무 말 없이 배 밑바닥에 누워 있었다.

크레스턴 연못에서 만난 뒤로 줄곧 하니는 이렇게 생각에 잠긴 채 말이 없었다. 말이 필요 없어 침묵을 지킬 때와는 사뭇 달랐다. 그럴 때 그의 얼굴에는 어둠 속에서 보았던 표정이 감돌았고, 또다시 그녀로 하여금 두 사람 사이에 설명하기 힘든 거리감을 느끼게 했다. 그러나 평소에 하니는 넋 빠진 듯 멍한 표정이다가도 갑자기 폭발하듯 쾌활한 표정을 지었고, 그러면 그녀의 마음이 오싹해지기 전에 어두운 그늘이 달아났다.

채리티는 아직도 하니가 전기 마차 기사에게 준 10달러를 생각하고 있었다. 그 돈으로 그들은 이십 분 동안 즐거운 시간을 보냈고, 누군가가 그렇게 비싼 돈을 주고 즐거운 시간을 살 수 있으리라고 그녀는 좀체 상상할 수 없었다. 10달러로 그는 약혼반지도 사 줄 수 있었을 것이다. 스프링필드 출신인 톰 프라이 부인이 끼고 있는 반지에 대해 채리티는 잘 알고 있었다. 다이아몬드가 박힌 반지도 겨우 8달러 75센트밖에 안 되었다. 그런데 하필이면 왜 그런 생각이 갑자기 떠올랐는지 알 수 없었다. 하니는 절대 약혼반지를 사 주지 않을 것이다. 그들은 다만 친구요 동료일 뿐이었다. 하니는 채리티를 더할 나위 없이 공정하게 대했다. 지금껏 그녀가 오해할 만한 말을 한마디도 건넨 적이 없었다. 채리티는 과연 어떤 아가씨가 손가락에 그의 반지를 끼게 될까 생각해 보았다…….

호수에 보트들이 붐비기 시작했고, 쉴 새 없이 도착한 전차가 따르릉 소리를 내며 구기장에서 사람들이 돌아왔음을 알렸다. 그림자들이 진줏빛을 띤 희뿌연 물을 가로질러 길게 드리웠고, 태양 옆에 뜬 흰 구름 두 조각이 금빛으로 변하고 있었다. 건너편 호숫가에는 사람들이 들판의 조립식 무대에 서둘러 못질을 하고 있었다. 채리티는 무슨 공연을 위한 무대인지 물었다.

"아, 저 무대에서 불꽃놀이를 할 거야. 엄청난 볼거리가 펼쳐지겠네." 채리티를 쳐다보던 하니의 우울한 두 눈에 미소가 감돌았다. "멋진 불꽃놀이를 본 적이 없을 테지?"

"독립기념일이 되면 해처드 부인이 늘 예쁜 불꽃을 쏘아 올렸어." 그녀가 애매하게 대답했다.

"오……." 그는 가차 없는 경멸을 보내며 말했다. "내 말은 이런 엄청난 공연 말이야. 조명을 밝힌 보트에다 그 밖에 온갖 장치가 있는."

채리티는 그런 모습을 상상하며 얼굴을 붉혔다. "그럼 호수에서도 폭죽을 쏘아 올린단 말이야?"

"물론이지. 아까 우리가 지나친 그 커다란 뗏목을 못 봤어? 폭죽이 궤도를 그리며 발아래로 떨어지는 모습이 정말 굉장하다고." 그녀는 아무 말도 하지 않았고, 그는 노걸이에 노를 꽂았다. "이곳에 좀 더 머물 생각이라면 어서 가서 뭔가 먹어 두는 게 좋을 거야."

"나중에 집엔 어떻게 돌아가지?" 그 불꽃놀이를 보지 못하면 가슴이 아플 것 같아 채리티가 용기를 내어 물었다.

하니는 시간표를 보더니 10시 기차가 있는 것을 확인하고 채리티를 안심시켰다. "달이 꽤 늦게 뜨니까 8시 즈음에도 캄캄할 거야. 우린 한 시간 넘게 여유가 있어."

땅거미가 내리자 호숫가를 따라 불빛이 나타나기 시작했다. 으르렁거리며 네틀턴에서 달려오는 전차들은 마치 나무 사이를 꼬불꼬불 지나며 빛을 내뿜는 커다란 뱀 같았다. 호수 가장자리에 있는 목조 식당에서는 등불이 춤을 추었으며 웃음소리와 외침, 그리고 서툴게 노를 젓는 소리로 황혼이 메아리쳤다.

하니와 채리티는 호수 위에 세운 발코니 귀퉁이에서 테이블을 하나 찾았고 언제 갖다줄지 모르는 차우더²¹⁾를 인내심을 갖고 기다렸다. 그들 바로 밑으로 조그마한 흰색 증기선이 선회하는 바람에 물이 말뚝에 부딪혔다. 울긋불긋한 구체로 격자를 두른 이 증기선은 호수를 오가며 승객을 실어 날랐다. 첫 손님들을 싣고 가는 증기선은 벌써 검은 점으로 보였다.

그때 채리티의 등 뒤에서 여자의 웃음소리가 들렸다. 귀에 익은 소리여서 고개를 돌려 쳐다보았다. 요란하게 차려입은 젊은 여자들과 비밀 결사 조직의 배지를 달고 네모나게 깎은 머리 위에 새 밀짚모자를 뒤로 젖혀 쓴 멋쟁이 사내들이 무리를 지어 발코니에 들어와서는 테이블을 하나 달라고 크게 소

---

21) 조개나 생선에 감자와 양파 등을 넣은 수프.

란을 떨고 있었다.

맨 앞에 선 아가씨가 방금 웃은 여자였다. 기다란 흰 깃털을 꽂은 큼직한 모자를 썼는데, 챙 아래에서 화장을 한 두 눈으로 채리티를 알아보고 재미있다는 듯 쳐다보았다.

"어어! 이건 고향 맞이 주간[22] 행사잖아!" 그녀가 바로 옆에 있는 아가씨에게 말했다. 그들은 낄낄거리며 서로 시선을 주고받았다. 채리티는 흰 깃털 모자를 쓴 여자가 줄리아 호스라는 것을 금방 알아챘다. 줄리아에게서 청순함은 이미 사라졌고, 눈 밑의 화장 때문에 얼굴이 전보다 더 야위어 보였다. 그러나 입술은 여전히 아름다운 곡선을 간직했으며, 차가운 비웃음도 여전했다. 마치 그녀가 지금 바라보는 사람이 어떤 비밀스럽고 어리석은 행동을 숨기고 있지만 줄리아 자신은 그 모든 것을 바로 알아차렸다는 투였다.

채리티는 이마까지 빨개지도록 얼굴을 붉히고 고개를 돌렸다. 줄리아의 비웃음에 굴욕감을 느꼈고, 그런 여자의 조소 때문에 마음이 상했다는 사실에 화가 치밀었다. 시끄럽게 떠들어 대는 무리가 자신을 알아본 것을 하니가 눈치채지는 않을까 몸이 떨렸다. 그러나 그들은 빈 테이블이 없는 것을 알고 소란스럽게 그냥 지나갔다.

그때 공중에서 부드러우면서도 갑작스러운 소리가 들리더니 푸른 저녁 하늘에서 은빛 소나기가 쏟아져 내렸다. 다른 방

---

22) 미국 뉴햄프셔 주지사 프랭크 W. 롤린스(1860~1915)가 처음 공식적으로 제안한 뉴잉글랜드 시골 지방의 행사. 고향을 떠난 사람들이 이 행사 기간에 찾아와 재회를 나누며 소풍, 공연, 연설, 퍼레이드 등을 즐긴다.

향에서는 나무 사이로 희미한 로마 폭죽[23]이 하나씩 솟아올랐고, 머리카락처럼 산발한 불꽃이 불길한 징조처럼 지평선을 휩쓸고 지나갔다. 이런 간헐적인 섬광들 사이사이에 벨벳 장막 같은 어둠이 내렸고, 월식처럼 어둠이 깔리는 동안 군중의 목소리가 삼키는 듯한 속삭임으로 가라앉았다.

새로 온 손님들에게 밀려나 채리티와 하니는 마침내 테이블을 양보하고 선착장 주위에 몰려 있는 군중을 헤치고 나아갔다. 얼마 동안 늦게 도착한 사람들의 물결을 피할 길이 없어 보였다. 그러다 마침내 하니는 좀 더 불꽃놀이를 잘 볼 수 있는 관중석에 두 자리를 얻었다. 줄의 맨 끝 위아래 자리였다. 채리티는 시야를 가리지 않도록 모자를 벗었다. 산만하게 터지는 폭죽의 곡선을 따라가느라 뒤로 몸을 젖힐 때마다 하니의 두 무릎이 닿는 것을 느낄 수 있었다.

얼마 뒤 여기저기 마구잡이로 쏘아 대는 불꽃놀이가 끝났다. 어둠이 좀 더 길게 이어지더니 밤하늘 전체가 꽃이 되어 타올랐다. 지평선의 모든 지점에서 금빛과 은빛 아치가 솟아올라 서로 교차했으며, 하늘이라는 과수원에 불꽃이 활짝 만발하는가 하면 불타는 꽃잎을 떨어뜨리고 가지에 황금 과일을 매달았다. 그러는 동안 커다란 새들이 눈에 보이지 않는 나무 꼭대기에 둥지를 틀듯이 공중에는 부드럽게 윙윙거리는 초자연적인 소리가 가득 찼다.

이따금씩 일시적인 고요가 찾아들면 달빛이 파도처럼 호수

---

23) 원통 속에 화약을 넣고 터뜨리는 폭죽으로 때로 불똥이 튀어나온다.

를 덮쳤다. 불꽃이 번쩍이면 반짝이는 물결을 배경으로 강철처럼 검은 수백 개의 보트가 그 모습을 드러내고는 마치 반투명한 거대한 날개를 접듯이 사라졌다. 채리티의 가슴은 환희로 고동쳤다. 사물의 잠재된 모든 아름다움이 갑자기 그녀에게 모습을 드러내는 것만 같았다. 이 세상에 이보다 더한 아름다움은 상상할 수 없었다. 그러나 주위에서 누군가가 말하는 소리가 들렸다. "특수 장치된 불꽃을 볼 때까지 기다려 봐." 곧 그녀의 희망이 새롭게 날개를 폈다. 마침내 둥근 아치형 하늘 전체가 채리티의 눈부신 눈동자를 짓누르는 거대한 눈까풀처럼 보이기 시작하더니 안구로부터 보석 같은 광선을 계속 뿜어 냈다. 바로 그 순간 벨벳 같은 어둠이 또다시 내려앉으며 기대에 찬 속삭임이 군중 사이에서 흘러나왔다.

"자, 자…… 이제!" 똑같은 목소리가 흥분하여 소리를 질렀다. 채리티는 무릎 위에 놓인 모자를 붙잡고서 황홀한 기분을 억누르려고 그것을 꽉 쥐었다.

한동안 밤은 칠흑같이 캄캄해지는 듯했다. 그때 커다란 그림 한 장이 성좌처럼 하늘을 배경으로 나타났다. '워싱턴이 델라웨어강을 건너다.'라는 문구가 적힌 황금색 두루마리가 그 위에 걸려 있었다. 잔잔한 황금빛 물결을 가로질러 그 '미국의 영웅'이 천천히 움직이는 황금색 보트의 고물에 팔짱을 끼고 서서 몸을 꼿꼿이 편 채 크고 장엄한 모습으로 지나갔다.

관객들로부터 "오…… 오…… 오!" 하는 함성이 길게 터져 나왔다. 관중석이 더없이 황홀한 전율로 삐걱거리며 흔들거렸다. "오…… 오…… 오!" 하고 채리티도 가쁜 숨을 헐떡거렸다. 자신이 지금 어디에 있는지 까맣게 잊었으며, 마침내 하니가 옆에 있다는 사실조차 잊었다. 그녀는 별 속에 갇힌 것 같았다…….

그림은 이제 사라졌고 어둠이 내려앉았다. 어둠 속에서 채리티는 두 손이 자기 머리를 감싸고 있는 것을 느꼈다. 얼굴이 뒤로 젖혀지면서 하니의 입술이 그녀의 입술에 포개졌다. 갑작스러운 격정에 휩싸여 그가 머리를 가슴에 끌어당기고 두 팔로 안았을 때 채리티는 그에게 키스를 퍼부었다. 이제껏 알지 못하던 하니가 모습을 드러냈다. 그녀를 지배하고 있으면서도 오히려 그녀 자신이 그의 새롭고 신비스러운 힘을 소유하고 있는 느낌이 드는 그런 하니 말이다.

군중이 움직이기 시작하자 하니는 그녀를 풀어 주었다. "그만 가지." 그는 당황한 목소리로 말했다. 채리티가 자리에서 일어나자 그는 관중석 옆으로 기어 올라가 팔을 들어 그녀를 잡았다. 서둘러 아래로 내려가는 사람들에게 밀려 휘청이지 않도록 채리티의 허리에 팔을 둘렀다. 채리티는 그들 주위의 군중과 혼란이 마치 공기의 단순한 움직임에 지나지 않는 듯 기뻐 어쩔 줄 몰라 하며 말없이 그에게 매달렸다.

"그만 가자고." 하니가 되풀이해 말했다. "전차를 타야 하니까." 그가 채리티를 끌어당겼고, 그녀는 여전히 꿈을 꾸는 듯 몽롱한 상태에서 그를 따라갔다. 두 사람은 한 사람인 양 걸었다. 황홀감에 빠져 그들을 떠미는 사람들은 아무 실체가 없는 것처럼 보였다. 그러나 터미널에 도착했을 때 조명을 밝힌 전차가 벌써 땡그랑 소리를 내며 움직이고 있었고 승강장은 승객들로 새까맸다. 그 뒤에서 기다리는 차들도 승객들을 가득 싣고 있었다. 터미널 근처에 모인 군중이 너무 많아서 자리를 찾으려 해 봐야 소용없었다.

"호수까지 마지막 여행입니다!" 선창에서 확성기 소리가 부르짖었다. 작은 기선들의 불빛이 어둠을 헤치고 춤추며 나타났다.

"여기서 기다려 봤자 아무 소용 없겠어. 호수 위쪽으로 가 볼까?" 하니가 제안했다.

두 사람이 군중을 헤치고 막 호수 가장자리로 돌아왔을 때 배의 하얀 옆구리에서 건널 판자를 내리고 있었다. 선창 끝에 있는 전깃불이 배에서 내리는 손님들을 환히 비췄다. 채리티는 그들 사이에서 흰 깃털을 비스듬히 꽂고 모자 아래의 얼굴이 천박한 웃음으로 발갛게 상기된 줄리아 호스를 보았다. 건널 판자에서 내려서던 줄리아는 갑자기 걸음을 멈추고 검은 고리 모양을 한 두 눈에서 악의를 뿜어 냈다.

"이거 반가운데, 채리티 로열!" 줄리아가 소리쳤다. 그러고 나서 어깨 뒤를 돌아보며 말했다. "내가 가족 모임이라고 말하지 않았나? 여기 할아버지의 귀여운 딸이 집으로 모셔 가려고 와 있지 뭐야!"

일행으로부터 비웃음이 흘러나왔다. 그러더니 그들 위에 우뚝 선 로열 씨가 난간에 기대어 몸을 곧게 펴려고 안간힘을 쓰며 육지에 뻣뻣하게 발을 내딛었다. 그는 일행인 젊은이들과 마찬가지로 검은 프록코트 단춧구멍에 비밀 결사 조직을 상징하는 배지를 달고 있었다. 머리에 새 파나마모자를 썼고,

좁다란 검은색 넥타이가 반쯤 풀어진 채 구겨진 셔츠 앞자락에 매달려 있었다. 몹시 화가 나서 여기저기 붉은 반점이 돋은 데다 노인처럼 입술이 처지고 검푸른 갈색을 띤 얼굴은 눈부신 불빛 아래 그야말로 보기에도 딱한 폐인의 모습 그대로였다.

로열 씨는 줄리아 호스 바로 뒤에 서서 한 손을 그녀의 팔에 얹고 있었다. 그러나 판자를 건너자 손을 떼고 일행으로부터 한두 걸음 떨어져서 걸었다. 그는 단번에 채리티를 알아보았고, 천천히 그녀에게서 눈을 돌려 여전히 한 팔로 채리티를 안고 있는 하니를 쳐다보았다. 두 사람을 노려보고 선 로열 씨는 나이가 들어 떨리는 입술을 억제하려고 애썼다. 그러고는 취기에 흔들거리면서도 위엄 있게 서서 한 팔을 뻗었다.

"이 갈보 년…… 빌어먹을…… 모자도 쓰지 않은 이 갈보 년!" 로열 씨가 천천히 내뱉었다.

술에 취한 일행이 깔깔대며 웃었다. 채리티는 자기도 모르게 머리에 두 손을 갖다 댔다. 관중석을 떠나려고 벌떡 일어설 때 모자가 무릎에서 떨어진 것이 떠올랐다. 문득 모자도 쓰지 않고 엉클어진 머리로 남자의 팔에 안긴 채 가련한 후견인이 이끄는 술 취한 일행과 맞부딪친 자신의 모습을 그려 보았다. 가슴속에 수치심이 가득 차올랐다. 어려서부터 로열 씨의 '습관'에 대해 익히 알고 있었다. 잠을 자러 올라갈 때면 옆에 술병을 놓고 사무실에 시무룩하게 앉아 있는 그를 보곤 했다. 혹은 변호사 일로 헵번이나 스프링필드에 갔다가 울적해져서 걸핏하면 싸우려 드는 상태로 집에 돌아온 적도 있었다. 그러나 평판 나쁜 아가씨들이나 술집에서 빈둥거리는 패거리들과 남이 보는 앞에서 공공연하게 어울리는 모습은 처음이었다.

"아······." 채리티가 비참한 마음에 숨을 몰아 쉬며 말했다. 그녀는 하니의 팔을 뿌리치고 곧장 로열 씨한테로 갔다.

"저하고 집에 가요······. 지금 당장 집에 가자고요." 채리티는 그가 내뱉은 욕설을 듣지 못한 것처럼 나지막하면서도 단호한 목소리로 말했다. 그러자 아가씨들 중 하나가 소리쳤다. "흥, 도대체 얼마나 많은 사내가 필요한 거람?"

또 한바탕 웃음이 흘러나왔고 잠시 호기심에 찬 침묵이 이어졌다. 그동안 로열 씨는 계속 채리티를 노려보았다. 마침내 그가 실룩거리던 입술을 떼고 내뱉었다. "너······ 이 빌어먹을······ 갈보 년!" 그는 줄리아의 어깨에 몸을 의지한 채 정확하게 아까 내뱉은 말을 되풀이했다.

일행 너머에 있는 사람들로부터 웃음과 야유가 터졌다. 누군가가 출입구 쪽에서 외쳤다. "자, 이제 그만 배에 오르세요······ 모두들 배에 올라타십시오!" 배를 타고 내리는 손님들로 붐비는 탓에 이 소극 배우들은 헤어질 수밖에 없었다. 채리티는 하니의 팔에 매달린 채 소리를 내어 흐느껴 울었다. 로열 씨는 사라졌고, 멀리서 줄리아의 웃음소리만이 점점 희미하게 들릴 뿐이었다.

고물 난간까지 손님을 가득 실은 배가 마지막 여행을 위해 연기를 내뿜으며 사라지고 있었다.

11

새벽 2시에 크레스턴에서 온 주근깨투성이 소년이 붉은 집 문 앞에 졸린 듯한 말을 멈추자 채리티는 마차에서 내렸다. 하니는 크레스턴리버에서 채리티와 작별하면서 소년에게 집까지 데려다주라고 부탁했다. 그녀의 마음은 아직 불행의 안개에 휩싸여 있었다. 네틀턴을 출발한 뒤 그 기나긴 시간 동안 무슨 일이 일어났는지 또는 서로 무슨 말을 주고받았는지 분명히 기억이 나지 않았다. 그러나 고통받는 짐승한테서 볼 수 있는 은밀한 본능이 너무 강렬해 채리티는 하니가 마차에서 내린 뒤 혼자 집에 돌아올 때 오히려 안도했다.

둥그런 달이 노스도머의 하늘에 걸려 있어 언덕 사이 계곡을 가득 채우고 들판 위에 투명하게 떠 있는 안개가 하얗게 보였다. 채리티는 대문 앞에 잠깐 서서 깊어 가는 밤을 바라보며 소년이 앞뒤로 머리를 흔들어 대는 말을 몰고 가는 모습을 지

켜보았다. 그러고는 부엌문으로 돌아가 발판 밑에서 열쇠를
더듬어 찾은 뒤 문을 열고 집 안으로 들어갔다. 부엌은 캄캄했
다. 하지만 성냥을 찾아 촛불을 켜고 위층으로 올라갔다. 그녀
의 방과 마주 보는 로열 씨의 방은 불이 꺼진 채 문이 열려 있
었다. 집에 돌아오지 않은 것이 분명했다. 채리티는 자기 방에
들어가 문을 잠그고는 천천히 허리 리본을 풀고 옷을 벗기 시
작했다. 침대 밑에 미주알고주알 캐묻기 좋아하는 사람들의
눈을 피해 새 모자를 숨겼던 종이 가방이 보였다…….

　채리티는 침대에 누워 오랫동안 잠들지 못하고 나지막한
천장에 비친 달빛을 바라보았다. 새벽이 다 되어서야 잠이 들
었고, 잠에서 깼을 때 햇살이 얼굴에 비쳤다.
　채리티는 옷을 입고 부엌으로 내려갔다. 베리나가 혼자서
부엌을 지키고 있었다. 귀머거리 노인은 조용한 눈길로 채리
티를 바라보았다. 로열 씨가 집에 있다는 표시는 아무것도 없
었고, 그가 다시 모습을 드러내지 않은 채 시간은 흘렀다. 채
리티는 방으로 올라가 무릎 위에 두 손을 얹고 맥없이 앉아 있
었다. 한바탕 뜨거운 공기가 불어와 무명천 커튼을 살랑거리
고 파리들이 푸르스름한 유리창에서 윙윙거려 숨이 막힐 것
같았다.
　오후 1시에 베리나가 다리를 절며 올라오더니 식당에 내려
와 점심을 먹지 않겠느냐고 물었다. 그러나 채리티는 고개를
내저었고, 노파는 "그럼 덮어 둘게." 하면서 내려갔다.
　어느덧 해가 방향을 바꿔 그녀의 방에서 떠나갔고, 채리티

는 창가에 자리를 잡고 앉아 반쯤 열린 덧문을 통해 마을의 거리를 내려다보았다. 아무런 생각도 떠오르지 않았다. 온갖 이미지가 검은 소용돌이처럼 맴돌 뿐이었다. 길거리를 따라 사람들이 지나가는 모습이 보였다. 댄 타갯의 말 두 필이 헵번으로 소나무를 끌고 가고 교회지기의 늙은 흰말이 길 건너 강둑에서 풀을 뜯고 있었다. 채리티는 이토록 친근한 풍경을 마치 무덤 저편에서 바라보는 느낌이었다.

앨리 호스가 프라이네 정문에서 나와 절름거리는 발걸음으로 천천히 붉은 집을 향해 걸어오는 것을 보자 채리티는 무감각한 상태에서 깨어났다. 그 광경에 채리티는 잠시 유리되어 있던 현실을 되찾았다. 앨리가 어제 어떻게 시간을 보냈는지 듣고 싶어서 오고 있다고 짐작했다. 네틀턴에 몰래 다녀온 것을 아는 사람은 없었다. 그 소식을 알게 된 앨리로서는 기분이 우쭐했을 것이다.

앨리를 만나고 두 눈을 마주한 채 질문에 대답하거나 회피해야 한다는 생각에 지난밤 모험에서 느낀 두려움이 다시 채리티를 엄습했다. 열에 들뜬 악몽이 피할 수 없는 냉혹한 현실로 다가왔다. 그 순간 불쌍한 앨리는 비열할 만큼 호기심을 보이고 은근한 악의를 품고 있으며 또 짐짓 악을 의식하지 못하는 척하는 노스도머 주민을 대변하고 있었다. 모두 줄리아와 관계가 끊어진 것으로 생각하지만 마음씨 고운 앨리는 여전히 그녀와 몰래 소식을 주고받는다는 것을 채리티는 알고 있었다. 줄리아는 선창에서 벌어진 수치스러운 사건을 자세히 전할 기회를 얻고 아마 득의만만해하고 있음에 틀림없었다.

부풀리고 왜곡한 그 이야기가 어쩌면 벌써 노스도머에 돌고 있는지도 모른다.

질질 끄는 발걸음이 프라이네 정문을 멀리 벗어나지 않았을 때 앨리는 솔러스 노파에게 붙잡혔다. 솔러스 부인은 말이 많은 수다쟁이로 아직도 헵번에서 새로 맞춘 틀니에 익숙하지 않아 말을 아주 천천히 했다. 그러나 이렇게 방해를 받는다 해도 앨리가 그리 오래 붙들려 있지는 않을 것이다. 아마 십 분이 안 되어 문 앞에 도착할 테고, 그러면 채리티는 앨리가 부엌에 있는 베리나에게 인사하고 난 뒤 계단 아래에서 자신을 부르는 소리를 듣게 될 것이다.

문득 도망치는 것, 그것도 당장 도망치는 것 말고는 달리 뾰족한 방법이 없어 보였다. 채리티는 고통스러운 순간이면 언제나 달아나고 싶었다. 자신이 아는 낯익은 얼굴들로부터, 또 사람들 사이에 자신이 잘 알려진 장소로부터 벗어나고 싶은 생각이 간절했다. 어린아이처럼 채리티는 낯선 장소와 새로운 얼굴이 자기 삶을 바꾸고 쓰라린 기억을 말끔히 씻어 주리라는 기적의 힘을 믿었다. 그러나 지금 그녀를 사로잡은 냉철한 결심과 비교하면 그런 충동은 한낱 스쳐 가는 일시적인 기분에 지나지 않았다. 자신의 명예에 공개적으로 먹칠을 한 사람과 한 지붕 밑에서 잠시도 더 지낼 수 없다는 생각이 들었다. 또 이제 자신의 치욕에 관한 자세한 내용을 두고 고소하게 여길 사람들과 얼굴을 맞대고 살 수도 없는 노릇이었다.

로열 씨에 대한 동정은 증오에 모두 묻혀 버렸다. 술주정뱅이와 창녀 패거리 앞에서 자신에게 욕설을 퍼붓던 술 취한 늙은이의 수치스러운 모습을 떠올리니 치가 떨렸다. 채리티는 로열 씨가 자기 방에 들어오려고 했던 그 끔찍한 순간을 다시 한번 생생하게 되살려 보았다. 전에는 광기 어린 실수라고 생각했던 일이 이제 방탕하고 타락한 그의 삶에서 벌어진 한 가지 천박한 사건으로 보일 따름이었다.

머릿속에 이런 생각이 빠르게 스쳐 가는 동안 채리티는 낡은 캔버스 책가방을 꺼내 옷가지 몇 개와 하니에게서 받은 작은 편지 묶음을 쑤셔 넣었다. 바늘겨레 밑에서 도서관 열쇠를 꺼내 눈에 잘 띄는 곳에 놓아두었다. 채리티는 하니가 사 준 푸른색 브로치를 찾기 위해 서랍 뒤쪽을 더듬었다. 노스도머에서는 감히 공개적으로 달고 다닐 수 없지만 도망가는 동안 자신을 보호해 줄 부적이라도 되는 양 그것을 가슴에 달았다. 이렇게 준비하는 데 겨우 몇 분밖에 걸리지 않았고, 준비가 모두 끝났을 때 앨리 호스는 여전히 프라이네 집 모퉁이에서 솔러스 부인과 이야기를 나누고 있었다…….

채리티는 반항심이 이는 순간에 늘 그러듯이 혼잣말로 중얼거렸다. "난 저 '산'으로 갈 테야……. 내 가족들한테 갈 거란 말이야." 전에는 한 번도 진심으로 말해 본 적이 없었는데 지금 자기 처지를 생각할 때는 이 길밖에 다른 방법이 없어 보였다. 낯선 곳에서 독립할 기술을 배운 적도 없고, 일자리를 구할 수 있는 계곡의 큰 번화가에 아는 사람도 하나 없었다. 해처드 부인은 아직 출타 중이었다. 그러나 해처드 부인이 노스도머에 있다고 해도 채리티는 도움을 청하고 싶은 생각이 눈곱만큼도 없었다. 지금 도망치려는 이유 가운데 하나가 바로 루시어스 하니를 만나고 싶지 않기 때문이다. 밝게 불을 밝힌 만원 기차를 타고 네틀턴에서 돌아오며 두 사람은 마음을 터놓고 말을 주고받을 수 없었다. 그러나 헵번에서 크레스턴 리버까지 마차를 타고 오는 동안 채리티는 하니가 하는 단편적인 위로의 말에서 — 주근깨 소년이 옆에 있어 또다시 방해를 받았다 — 그가 이튿날 자신을 만날 생각이라고 짐작했다. 그때 채리티는 그런 확신 속에서 조금이나마 위안을 찾았다. 그런데 그 후 비참한 마음으로 몇 시간 동안 냉철하게 생각해 본 결과 그를 다시 볼 수 없다는 사실을 깨달았다. 그와 친한 친구가 된다는 꿈은 이제 끝이 났다. 비록 불쾌하고 수치스러웠지만 선창에서의 장면이 결국 광기의 순간에 진실의 빛을 던져 주었다. 후견인이 내뱉은 말은 히죽거리며 웃는 사람들 앞에서 자신을 알몸으로 발가벗기고 이 세상에 양심의 은밀한 경고를 널리 선포한 것과 다름없었다.

채리티는 이런 일을 명료하게 논리적으로 생각하지 않았다. 다만 비참한 마음이 이끄는 대로 맹목적으로 끌려갈 뿐이었다. 자신이 알던 사람은 누구도 두 번 다시 만나고 싶지 않았다. 누구보다 만나고 싶지 않은 사람이 하니였다…….

채리티는 집 뒤에 있는 언덕길을 올라가 숲속을 가로질러 크레스턴 도로에 이르는 지름길로 향했다. 납빛으로 잔뜩 찌푸린 하늘이 음울하게 들판 위에 걸려 있었고, 바람 한 점 불지 않는 숲속 공기는 숨이 막힐 듯 답답했다. 그러나 '산'으로 가는 지름길에 다다르려고 조바심을 내며 계속 걸었다.

그러기 위해서 채리티는 크레스턴 도로를 몇 킬로미터쯤 따라가다가 마을 쪽으로 500미터 정도 걸어가야 했다. 혹시 하니를 만날까 두려워 서둘러 걸었지만 그의 그림자도 보이지 않았다. 거의 갈림길에 도착했을 때 길가에 크고 하얀 천막 옆구리가 나무 사이로 뾰족 나와 있는 것이 보였다. 채리티는 독립기념일을 맞아 찾아온 순회 서커스단이 머물고 있다고 생각했다. 그러나 좀 더 가까이 다가가 보니 뒤로 접어 젖힌 덮개 위에 '복음 천막'이라고 적은 큼직한 표찰이 보였다. 천막 안은 비어 있는 것 같았지만 이내 검은 알파카 코트를 입은 청년이 덮개 아래로 걸어 나와 미소를 띠며 다가왔다.

"자매님, 자매님의 구세주는 모든 것을 알고 계십니다. 들어와서 그분 앞에 죄를 고백하지 않겠습니까?" 채리티의 팔에 손을 얹으면서 그가 넌지시 물었다.

채리티는 깜짝 놀라 뒤로 물러서며 얼굴을 붉혔다. 복음을 전하는 사람이 네틀턴에서의 사건을 들은 게 틀림없다는 생각이 잠깐 들었지만 곧 얼토당토않은 추측이란 것을 알았다.

"고백할 만한 죄가 있으면 좋겠네요!" 격렬하게 번득이는 자기모멸감을 느끼며 그녀가 대꾸했다. 젊은이는 놀라서 입을 벌리고 중얼거렸다. "어허, 자매님, 불경스러운 말을 입에 담지 마세요……."

그러나 채리티는 팔을 잡은 손을 뿌리치고서 아는 사람을 만나지 않을까 두려워 갈림길 위쪽으로 달려갔다. 곧 마을이 보이지 않는 곳에 도착했고, 숲 한가운데로 들어갔다. 그날 오후에 '산'을 향해 25킬로미터를 걷기에는 무리였다. 그렇지만 햄블린 중간쯤 되는 지점에 잠을 잘 수 있고, 또 어느 누구도 그녀를 찾을 생각을 하지 않을 곳을 알고 있었다. 언덕의 외로운 틈바구니에 자리 잡은 작은 폐가였다. 몇 해 전 그 아래 밤나무 숲에 밤을 주우러 갔다가 본 적이 있다. 일행은 갑자기 산에서 폭풍우가 몰아치는 바람에 그리로 몸을 피했는데, 여자애들을 놀래기 좋아하는 벤 솔러스가 그 집에서 귀신이 나온다고 말했던 게 기억났다.

채리티는 아침부터 아무것도 먹지 않은 데다 먼 길을 걷는 데 익숙하지 않아서 점점 기운이 빠지고 피곤해졌다. 현기증이 나 잠시 길가에 앉았다. 앉아 있는 동안 따르릉거리는 자전거 종소리를 듣고는 숲속으로 다시 뛰어 들어가려고 벌떡 일어났다. 그러나 미처 움직이기 전에 자전거가 굽은 길을 돌아오더니 하니가 자전거에서 뛰어내리며 두 팔을 벌리고 그녀를 향해 다가왔다.

"채리티! 도대체 여기서 뭘 하고 있는 거야?"

채리티는 유령이나 되는 것처럼 그를 쳐다보았다. 예상치 않게 정말 갑자기 그가 나타나는 바람에 놀라서 아무 말도 나오지 않았다.

"지금 어디로 가던 중이야? 내가 찾아가겠다고 한 약속을 잊은 거야?" 채리티를 끌어당기며 그가 계속 말을 이었다. 그러나 그녀는 그에게서 몸을 뺐다.

"집에서 도망치고 있었어…… 당신을 만나고 싶지 않았어……. 이제 나를 그냥 내버려 두면 좋겠어." 채리티가 거칠게 내뱉었다.

하니가 그녀를 쳐다보았고, 마치 불길한 예감의 그림자가 스치는 듯 얼굴이 굳어졌다.

"도망치고 있다고…… 나에게서 말이야, 채리티?"

"모든 사람한테서. 날 내버려 뒀으면 좋겠어."

그는 그 자리에 선 채 햇빛으로 얼룩져 먼 곳으로 외롭게 뻗어 있는 숲길을 이리저리 의심스러운 듯이 흘긋거렸다.

"지금 어디로 가는 중이었는데?"

"집으로."

"집이라니…… 이쪽 길로 말이야?"

채리티는 도전이라도 하듯 고개를 뒤로 젖혔다. "내 집으로…… 저기 저쪽, 저 '산' 말이야."

말하는 동안 채리티는 그의 얼굴색이 변하는 것을 알아차렸다. 하니는 더 이상 채리티의 말을 듣고 있지 않았고, 다만 네틀턴의 관중석에서 입을 맞춘 뒤 그의 두 눈에서 보았던 표정으로 그녀를 바라볼 뿐이었다. 그는 또다시 새로운 하니로 변해 있었다. 포옹할 때 갑자기 모습을 드러내던 그 하니, 그녀가 옆에 있다는 기쁨으로 가득 차 지금 무엇을 생각하고 무엇을 느끼는지 전혀 상관하지 않던 그 하니였다.

하니는 웃으면서 채리티의 두 손을 잡았다. "내가 어떻게 채리티를 찾아냈는지 알아?" 그가 쾌활한 목소리로 물었다. 그는 자기가 보낸 편지 꾸러미를 꺼내 채리티의 어리둥절해하는 두 눈 앞에서 흔들었다.

"이걸 떨어뜨렸어, 이 조심성 없는 젊은 아가씨야……. 여기서 얼마 떨어지지 않은 길 한가운데에 떨어뜨렸단 말이야.

내가 막 지나가는데 교회 천막 아래 있던 젊은 친구가 주웠다지 뭐야." 하니는 채리티를 붙잡고 팔 길이만큼 물러서더니 세심하게 살피는 근시안으로 그녀의 근심 띤 얼굴을 자세히 들여다보았다.

"정말 내게서 달아날 수 있다고 생각한 거야? 설마 그럴 생각은 아니었을 테지." 하니가 말했다. 채리티가 미처 대답하기 전에 그는 또다시 키스를 했지만 이번에는 격렬하지 않고 부드럽게, 마치 그녀의 당황스러운 고통을 짐작하고 있으며 그 사실을 그녀가 알아주기 바라는 것처럼 누이에게 하듯 입을 맞추었다. 그는 채리티의 손에 깍지를 끼었다.

"자…… 좀 걷자. 당신한테 할 말이 있거든. 하고 싶은 말이 너무 많아."

두 사람을 부끄럽게 하거나 당황하게 할 아무런 일도 일어나지 않은 듯 하니는 소년처럼 아무렇지 않게 자신감에 차서 말했다. 쓸쓸한 고통에서 벗어났다는 갑작스러운 안도감에서 한순간 채리티는 그의 기분에 굴복하고 있다는 느낌이 들었다. 그러나 하니는 벌써 몸을 돌려 채리티가 방금 온 길을 따라 그녀를 끌어당기고 있었다. 채리티는 몸이 뻣뻣하게 굳더니 갑자기 걸음을 멈추었다.

"난 돌아가지 않을래." 채리티가 말했다.

두 사람은 아무 말 없이 잠시 서로의 얼굴을 쳐다보았다. 그러고 나서 그가 부드럽게 대답했다. "좋아. 그럼 반대 방향으로 가자."

채리티가 꼼짝 않고 서서 말없이 땅을 응시하자 그가 계속

해서 말했다. "이 근처 위쪽 어딘가에 집이 있잖아…… 버려진 조그마한 집 말이야…… 언젠가 나한테 보여 주기로 했잖아?" 여전히 채리티는 아무런 대답을 하지 않았고, 하니는 여전히 부드럽고 안심시키는 어조로 말을 이었다. "지금 거기로 가 조용히 좀 앉아서 이야기를 나누자고." 그는 채리티의 옆구리에 있던 손을 잡고 그 손바닥에 자기 입술을 갖다 댔다. "내가 채리티를 그냥 보낼 것 같아? 내가 당신 마음을 이해 못 한다고 생각하는 거야?"

나무 벽이 햇빛에 음산한 회색으로 바랜 그 작은 폐가는 길 위쪽 과수원에 자리하고 있었다. 정원 울타리에 있던 말뚝은 넘어졌지만 부서진 대문이 기둥 사이에 매달려 있었고, 집에 이르는 길은 제멋대로 자란 온갖 잡초 위에서 작고 창백한 꽃을 피운 들장미 덕분에 겨우 구별이 되었다. 문이 있던 입구에는 가느다란 벽기둥들과 복잡한 채광창이 짜 맞춰져 있었다. 문짝은 잡초 위에서 썩어 가고 그 위에 오래된 사과나무 고목이 한 그루 쓰러져 있었다.

집 내부도 바람과 햇빛으로 하나같이 희끄무레한 은빛으로 바래었다. 집은 오랫동안 비어 있던 조가비의 안쪽처럼 건조하고 깨끗했다. 그러나 작은 방들이 아직 사람이 살기에 적당한 모습을 어느 정도 지닌 것을 보니 예외적으로 아주 잘 지은 집임에 틀림없었다. 산뜻하고 고전적인 장식을 갖춘 목제 벽난로는 그대로였고, 천장의 한 귀퉁이에 석고로된 장식의 얇은 막이 아직 남아 있었다.

하니가 뒷문에서 낡은 벤치 하나를 찾아 집 안으로 끌고 들어왔다. 채리티는 벤치에 앉아 나른한 노곤함을 느끼며 벽에 고개를 기댔다. 그는 채리티가 배고프고 목이 마를 거라 짐작하고는 자전거 가방에서 초콜릿을 몇 개 꺼내 오고 과수원에 있는 샘물을 컵에 담아 왔다. 그리고 이제 그녀의 발아래에 앉아 궐련을 피우며 아무 말 없이 채리티를 올려다보고 있었다. 집 밖에는 풀밭을 가로질러 오후의 그림자가 점점 길어졌고, 그녀와 마주 보는 빈 창틀을 통해 채리티는 '산'이 무더운 석양을 배경으로 검은 형체를 드러내는 모습을 지켜보았다. 그만 돌아가야 할 시간이었다.

채리티가 자리에서 일어나자 하니도 벌떡 일어나 당당하게 그녀의 팔짱을 끼었다. "채리티, 나하고 같이 집으로 돌아가는 거야."

채리티는 그를 쳐다보고 고개를 내저었다. "다시는 돌아가지 않을래. 당신은 몰라."

"내가 뭘 모른다는 거야?" 채리티는 침묵했고, 그가 계속해서 말했다. "선창에서 있었던 일은 끔찍했어……. 채리티가 지금처럼 느끼는 것도 무리는 아니지. 하지만 이런다고 아무것도 달라지는 건 없잖아. 이런 일로 상처받을 순 없지. 잊으려고 노력해 봐. 그리고 이해하려고 노력해야 해. 남자들이란…… 남자들이란 때론……."

"남자들에 대해서는 나도 알 만큼은 알아. 그래서 이러는 거야."

채리티의 대꾸에 하니는 약간 얼굴을 붉혔다. 비록 그녀는 미처 예상하지 못했지만 그 말에 감동을 받은 것처럼.

"그래, 그렇다면 말이야…… 정상을 참작해 줘야 할 때가 있다는 걸 알 텐데……. 그 사람은 술에 취해 있었고……."

"그것도 잘 알아. 전에도 그런 적이 있으니까. 하지만 그 사람이 내게 감히 그런 식으로 말하진 못했을 거야, 만약 그 사람이……."

"만약 뭐가 말이야? 도대체 그게 무슨 뜻이지?"

"만약 그 사람이 내가 그 아가씨들처럼 되기를 원하는 게 아니라면……." 채리티는 목소리를 낮추고 그에게서 고개를 돌렸다. "그래서 굳이 밖에 나가 찾을 필요가 없도록 말이지……."

하니가 채리티를 뚫어지게 쳐다보았다. 처음 얼마 동안 말뜻을 제대로 알아듣지 못한 것 같았다. 그러더니 얼굴이 검게 변했다. "그 빌어먹을 개자식! 악한 같은 개자식이!" 관자놀이까지 새빨개지며 하니는 분노를 터뜨렸다. "난 꿈에도 생각 못했지 뭐야……. 맙소사, 그건 너무 비열한 짓이야." 생각만 해도 끔찍하다는 듯이 그는 갑자기 말을 멈추었다.

"다시는 그 집에 돌아가지 않을래." 채리티가 고집스럽게 되풀이해 말했다.

"그럼 안 되고말고……." 그가 동의했다.

오랫동안 침묵이 흘렀다. 그동안 채리티는 하니가 그녀의 얼굴에서 폭로한 내용에 대해 좀 더 자세한 실마리를 찾으려는 듯 빤히 쳐다보는 것을 느꼈다. 그녀의 얼굴에 수치심이 스쳤다.

"나에 대해 어떻게 느낄지 잘 알아." 채리티가 불쑥 입을 열었다. "……당신에게 그런 말을 다 하다니……."

그러나 말하는 동안 채리티는 하니가 더 이상 귀를 기울이고 있지 않다는 것을 다시 한번 깨달았다. 어떤 임박한 위험으로부터 구출하듯 그가 가까이 다가와 채리티를 왈칵 껴안았다. 그의 격렬한 눈이 그녀의 눈에 들어왔다. 채리티는 하니가 꼭 안았을 때 그의 가슴에서 세찬 심장 박동을 느낄 수 있었다.

"다시 키스해 줘…… 어젯밤처럼." 온 얼굴에 입을 맞추려는 듯 채리티의 머리카락을 뒤로 넘기며 그가 말했다.

12

8월 말이 가까워 오는 어느 날 오후, 젊은 여자들이 무리를 지어 해처드 부인 집의 한 방에 앉아 있었다. 방 안은 깃발들과 선홍색과 청색과 백색의 광이 나는 모슬린이며 곡식 다발, 채색한 두루마리들로 어지러웠다.

노스도머 마을은 '고향 맞이 주간' 행사를 준비하고 있었다. 이 감상적인 향토 행사는 아직 초기 단계라서 그 선례가 거의 없는 데다 본보기가 되려는 욕심이 사람들 사이에 전염되어 해처드 부인네 지붕 아래에서 이 문제를 두고 오랫동안 열띤 토론이 벌어졌다. 이런 축하 행사를 열자고 열의를 보인 쪽은 이 마을에 머무를 수밖에 없는 사람들보다 오히려 노스도머를 떠난 사람들이었다. 마을 사람들이 그런대로 열성을 갖도록 만드는 데는 얼마간 어려움이 따랐다. 그러나 해처드 부인의 깔끔하지만 활기 없는 거실은 헵번이며 네틀턴이며 스프링필드며 심지어 더 멀리 떨어진 도시에서 끊임없이 사람들이 오고 가는 중심 장소가 되었다. 방문객이 도착할 때마다 그들은 복도를 가로질러 안내되었고 행사 준비에 열중하고 있는 아가씨들을 살짝 엿보았다.

"온갖 옛날 이름들…… 모든 낯익은 이름들 말이지요……." 해처드 부인이 목발을 짚고 탕탕 복도를 가로질러 걸으며 말하는 소리가 들렸다. "타갯…… 솔러스…… 프라이. 여기 오머 프라이 양이 오르간석 덮개 위에 별들을 꿰매고 있네요. 아가씨들, 일어날 필요 없어요…… 여긴 앨리 호스 양으로, 바느질 솜씨가 가장 뛰어난 아가씨…… 그리고 상록수 화환을 만들고 있는 건 채리티 로열 양……. 난 이 모든 걸 이곳 사람들이 손수 만든다는 아이디어가 좋단 말이죠, 안 그래요? 그러니 밖에서 재능 있는 사람들을 불러들일 필요가 없지 뭐예요. 제 사촌 동생 루시어스 하니는 건축가인데…… 식민지 시대[24] 주택에 관한 책을 쓰기 위해 지금 이곳에 와 있어요…… 그 녀석이 지금 아주 야무지게 모든 작업을 떠맡고 있지요. 읍사무소에 세울 무대를 그 애가 설계했는데 여러분은 그걸 꼭 봐야 해요."

사실상 고향 맞이 주간 행사 준비가 가져온 첫 번째 성과 중 하나는 루시어스 하니가 마을에 다시 나타났다는 것이다. 마을 사람들은 그가 여기서 멀리 떨어지지 않은 곳에 있다고 애매하게 말했지만, 지난 몇 주일 동안 어느 누구도 노스도머에

---

24) 1783년 미국이 영국 식민지로부터 독립하기 이전까지의 시대.

서 그를 본 사람이 없었다. 최근 하니가 머물고 있다고 전해진 크레스턴리버를 떠나 이제 영원히 이 근처에는 돌아오지 않는다는 소문이 떠돌았다. 그러나 해처드 부인이 돌아오자마자 곧 하니가 그 집에 있는 옛날 방으로 돌아와 축제 기획에서 주도적인 역할을 맡기 시작했다. 하니는 아주 즐거운 마음으로 이 일에 온 힘을 쏟았다. 헤프다 싶을 만큼 밑그림을 많이 준비하고 여러 장치를 고안하는 데도 지칠 줄 몰랐기 때문에 행사 준비에 맥이 빠져 있던 차에 금방 활력을 불어넣어 마을 사람들이 모두 열성을 갖게 만들었다.

"루시어스가 옛날 것이라면 사족을 못 써서 우리 마을 사람들에게 특권 의식을 일깨워 줬지 뭐예요." 해처드 부인은 가장 좋아하는 '특권'이라는 마지막 말에서 머뭇거리곤 했다. 그리고 방문객을 다시 거실로 안내하기 전에 부인은 그렇게 많은 대도시도 엄두를 내지 못하는데 노스도머 같은 작은 마을이 고향 맞이 주간 행사를 시작하는 것은 매우 용기 있는 일이라는 말을 아마 수백 번쯤 되풀이했을 것이다. 하지만 결국 인구가 얼마나 되느냐보다는 '협회들'이 더 중요하지 않던가요? 물론 노스도머에는 '협회들'이 넘쳐나지요…… 역사회니 문학회니(그녀는 이 장면에서 오노리어스를 생각하고 후손으로서 한숨을 쉬었다.) 종교회니……. 백랍으로 만든 낡은 성찬식 세트가 1769년에 영국에서 들여온 것이라는 사실을 방문객들이 알까요? 요즘처럼 부를 자랑하는 물질주의 시대에는 오래된 규범이나 가정, 삶의 터전으로 돌아오는 모범을 보이는 게 아주 중요하거든요. 이렇게 열변을 토할 때쯤이면 해처드 부인은 보통 복도를 반쯤 되돌아왔고, 젊은 여자들은 잠시 중단했던 일을 다시 시작했다.

채리티 로열이 행렬에 사용할 솔송나무 화환을 만들고 있던 날은 축하 행사 바로 전날이었다. 해처드 부인이 노스도머의 아가씨들에게 축제 준비에 협조해 달라고 부탁했을 때 채리티는 처음에 냉담한 반응을 보였다. 그러나 자신이 나타나지 않으면 여러 추측을 불러일으킬 것이 분명하기 때문에 마지못해 다른 아가씨들과 합류했다. 처음에 수줍어하고 당황하며 축제 행사의 성격을 잘 몰라 혼란스러워하던 아가씨들은 세부적인 일들을 도맡자 곧 흥미를 갖게 되었고, 사람들한테 주목을 받고 기분이 우쭐해졌다. 그래서 무슨 일이 있어도 해처드 부인 집에서 보내는 오후 시간에 빠지려 하지 않았다. 가위로 자르고 재봉하고 주름을 잡고 풀로 붙이는 동안 재봉틀 소리에 맞춰 그들의 혀가 너무 잘 돌아갔기 때문에 채리티가 침묵을 지켜도 별로 눈에 띄지 않았다.

마음속에서 채리티는 여전히 주위의 즐거운 분위기를 거의 의식하지 못했다. '산'에 가는 길에 하니가 따라온 날 저녁 붉은 집에 돌아온 뒤로는 마치 허공에 매달린 것처럼 노스도머에서 지내고 있었다. 채리티가 마을로 다시 돌아온 것은 그녀로서는 그러는 게 도저히 불가능하다고 짐짓 맞장구를 친 뒤 결과적으로 돌아오는 것 이외에 다른 방법은 분별없는 짓이라고 하니가 설득했기 때문이었다. 채리티는 더 이상 로열 씨를 두려워할 것이 없었다. 이 점에 대해서는 확신한다고 직접 밝혔다. 비록 로열 씨의 체면을 생각해 그가 두 번이나 자신에게 아내가 되어 달라고 했다는 사실은 덧붙이지 않았지만 말이다. 그 순간 그에 대한 증오심이 너무 커서 하니에게 조금이나마 변명해 줄 어떤 말도 할 수 없었다.

그렇지만 하니는 일단 채리티의 안전을 확신하게 되자 그녀가 마을로 다시 돌아와야 할 많은 이유를 찾아냈다. 반박할 수 없는 첫 번째 이유는 그 집 말고 달리 갈 곳이 없다는 점이었다. 그런데 그가 가장 힘주어 말한 또 다른 이유는 만약 채리티가 달아난다면 자기 잘못을 인정하는 것과 다름없다는 점이었다. 네틀턴에서 있었던 수치스러운 사건이 노스도머에 퍼지게 된다면 — 그것은 피하기 어려웠다 — 채리티가 사라진 사실을 사람들이 달리 어떻게 받아들이겠는가? 후견인이 사람들 앞에서 그녀의 인격에 먹칠을 했고, 그런 뒤 바로 그녀가 그의 집에서 사라졌다. 그 동기를 찾는 사람들은 터무니없는 결론을 이끌어 낼 것이 뻔하다. 그러나 만약 채리티가 곧장 마을에 돌아와 평소와 마찬가지로 생활하는 모습을 본다면 그 사건은 점잖지 못한 일행과 어울리다 들킨 데 대한 술주정뱅이 노인의 갑작스러운 화풀이로 상황에 걸맞게 축소될 것이다. 사람들은 로열 씨가 자신을 정당화하기 위해 피후견인을 모욕했다고 말할 테고, 그 추잡한 이야기는 그의 수상쩍은 방탕한 역사에 한 페이지를 장식하게 될 것이다.

채리티는 이 논리가 설득력이 있다고 생각했다. 하지만 만약 자신이 하니의 말에 따른다면 그것은 그 논리 때문이 아니라 그가 그러기를 원하기 때문이었다. 폐가에서 함께 보낸 그날 저녁 이후로 채리티는 하니가 원하거나 원하지 않는다는 사실을 제외하고는 어떤 행동을 하거나 하지 않을 이유를 상상할 수 없었다. 그녀의 모든 혼란스럽고 모순적인 충동은 차츰 그의 의지를 숙명적으로 수용하게 되었다. 그가 인격적으로 더 훌륭하다고 느껴서가 아니라 — 오히려 그녀 자신이 더 강하다고 생각하는 순간들이 있었다 — 다만 그 나머지 삶이 그들의 열정이라는 중심적인 영광 주위에 감도는 희뿌연 후광에 지나지 않게 되어서였다. 잠시 그것에 대해 생각하지 않을 때면 채리티는 풀밭에 누워 너무 오랫동안 하늘을 올려다본 뒤 이따금 느꼈던 기분을 경험했다. 그녀의 두 눈이 너무나 밝은 빛으로 가득 차 있어 주위의 모든 것이 하나같이 희뿌옇게 보였다.

해처드 부인이 주기적으로 작업실에 들어와 건축가인 나이 어린 사촌에 대해 암시적인 말을 던질 때마다 그 효과는 채리티에게 늘 똑같이 나타났다. 채리티는 짜고 있는 솔송나무 화환을 무릎 위에 떨어뜨리고 일종의 무아지경 상태에서 멍하니 앉아 있었다. 해처드 부인이 하니에 대해 마치 어떤 권리를 갖고 있거나 무엇이라도 아는 것처럼 친근하게 독점하듯 말하는 것이 너무나 터무니없어 보였다. 채리티 로열은 발바닥부터 헝클어진 머리카락 꼭대기까지 그에 대해 정말로 잘 아는 이 지구상에서 유일한 사람이었다. 그의 달라지는 눈빛을 알고, 목소리의 억양을 알고, 그가 무엇을 좋아하고 무엇을 싫어하는지 그에 대해 알 만한 것은 모두 알고 있었다. 어린아이가 매일 아침 잠에서 깨어나는 방 안의 벽에 대해 알고 있듯이 채리티는 그 모든 것을 자세하면서도 무의식적으로 알고 있었다. 어느 누구도 미처 짐작하거나 알지 못하는 이 사실이 채리티의 삶을 특별하고 침범할 수 없는 무엇으로 만들었다. 그녀의 비밀이 안전하게 지켜지는 이상 아무것도 그녀를 상처 주거나 괴롭힐 힘을 갖고 있지 않은 것처럼 말이다.

젊은 여자들이 앉아 있는 방은 하니의 침실이었다. 하니는 고향 맞이 주간 축제를 준비하는 사람들에게 자리를 내주고 지금은 2층을 사용했다. 그러나 가구들을 옮기지 않아 채리티는 그곳에 있는 동안 한밤의 정원에서 들여다보던 장면이 끊임없이 눈앞에 아른거렸다. 하니가 앉았던 테이블이 지금 아가씨들이 모여 있는 테이블이었다. 채리티의 자리는 하니가 누워 있는 것을 보았던 그 침대 옆이었다. 때때로 다른 사람들이 보지 않을 때 채리티는 뭔가를 줍는 것처럼 몸을 숙이고 잠시 베개에 뺨을 올려놓았다.

해가 질 무렵 여자들은 헤어졌다. 하던 일이 끝났고, 이튿날 아침 동틀 녘에 휘장과 화환을 못질해 달고 채색한 두루마리들을 읍사무소에 설치하기로 되어 있었다. 첫 번째 손님들이 해처드 부인의 뜰에 설치한 천막 아래에서 열리는 정오 연회에 늦지 않기 위해 헵번에서 마차를 타고 올 것이다. 그 뒤에 축하식을 시작한다. 해처드 부인은 피로와 흥분으로 창백해진 얼굴을 하고서 젊은 여자들에게 감사 인사를 전하고는 현관에 목발을 짚고 서서 길을 따라 내려가는 사람들에게 손을 흔들어 배웅했다.

채리티는 첫 번째 무리에서 살짝 빠져나왔다. 그런데 대문에서 앨리 호스가 부르는 소리를 듣고 머뭇거리며 뒤를 돌아보았다.

"지금 우리 집에 와서 옷 입어 볼래?" 앨리가 아쉬운 듯 탄식하며 그녀에게 시선을 둔 채 물었다. "소매가 어제처럼 주름이 잡히지 않나 확인하고 싶어서 그래."

채리티는 눈을 반짝이며 쳐다보았다. "아, 그 옷 예뻐." 그녀는 이렇게 말하더니 앨리의 말은 듣지도 않고 가던 길을 서둘러 걸어갔다. 채리티는 자기 옷이 다른 여자애들의 옷처럼 예쁘기를 바랐다. ── 사실은 '의식'에 참가하기로 되어 있기 때문에 다른 애들 것보다 더 예쁘기를 기대했다 ── 다만 지금은 그런 문제에 마음을 쏟을 시간이 없었다…….

목에 열쇠를 매단 채 채리티는 길을 따라 도서관으로 종종걸음을 하며 올라갔다. 뒤쪽 통로에서 자전거를 꺼내 길 가장자리로 끌고 왔다. 다른 여자애들이 다가오고 있는지 주위를 살폈다. 그러나 여자애들은 함께 읍사무소 쪽으로 몰려 갔고, 채리티는 자전거 안장에 올라탄 뒤 크레스턴 도로를 향해 달렸다. 크레스턴까지는 계속 내리막길이다시피 해서 두 다리를 페달에 댄 채 그녀가 가끔 본 대로 매가 날개를 움직이지 않고 하강하듯 고요한 밤공기를 헤치며 떠내려갔다. 해처드 부인의 집을 나선 지 이십 분쯤 지났을 때 채리티는 도망치던 날 하니가 따라왔던 그 숲길을 올라가고 있었다. 그리고 몇 분 뒤 폐가의 문 앞에 이르러 자전거에서 뛰어내렸다.

금가루를 뿌려 놓은 듯한 일몰 속에서 그 집은 오랜 세월에 건조되고 씻긴 부서지기 쉬운 조가비처럼 보였다. 그러나 자전거를 끌고 채리티가 다가가고 있는 뒤쪽에는 최근에 누군가 머문 흔적이 있었다. 널빤지로 만든 조잡한 문짝이 부엌 입구에 걸려 있었고, 채리티는 그 문을 밀고 소박하게 야영장처럼 꾸민 방으로 들어갔다. 창가에는 역시 널빤지로 만든 테이블이 있었고, 그 위에 놓인 질그릇에는 큼직한 야생 과꽃 다발이 꽂혀 있었다. 그 옆에는 캔버스 의자 두 개가 있었으며, 멕시코 담요가 덮인 매트리스가 한쪽 구석을 차지하고 있었다.

방은 비어 있었다. 자전거를 집에 기대어 두고 채리티는 언덕바지로 올라가 오래된 사과나무 아래 바위에 앉았다. 대기는 더할 나위 없이 고요했다. 그때 그녀가 앉아 있는 곳으로부터 길 아래 저 멀리에서 따르릉 하고 자전거 벨 소리가 들려왔다…….

채리티는 하니보다 먼저 이 작은 집에 도착하는 것이 언제나 기뻤다. 그의 첫 입맞춤이 이런 것들을 모두 지워 버리기 전에 은밀한 달콤함을 하나하나 자세히 음미할 시간을 갖고 싶었다. 풀밭 위에서 흔들리는 사과나무 그림자며, 길 아래쪽에서 호두나무가 둥근 꼭대기를 점점 더 둥글게 부풀리는 것이며, 오후 햇살에 서쪽으로 기울어진 들판 말이다. 그 조용한 장소에서 보낸 몇 시간과 관련 없는 것들은 하나같이 어떤 꿈을 기억하려고 애쓸 때처럼 어렴풋하기만 했다. 그녀의 새로운 자아가 신비롭게 펼쳐지는 것, 그녀의 오그라든 덩굴손이 빛을 향해 손을 뻗는 것만이 유일한 현실이었다. 채리티는 지금껏 감수성이 시들어 버린 듯한 사람들 속에서 살아왔다. 처음에 하니의 애정보다 더 신비로운 것은 그 애정의 일부라고 할 언어였다. 늘 사랑이란 혼란스럽고 비밀스러운 무엇이라고 생각해 온 채리티에게 하니는 사랑을 여름 공기처럼 밝고 싱그러운 것으로 만들어 주었다.

채리티가 폐가에 이르는 길을 보여 준 그다음 날 아침 하니는 짐을 꾸려 크레스턴리버를 떠나 보스턴으로 향하고 있었다. 그러나 첫 번째 정거장에서 손가방을 들고 기차에서 뛰어내려 언덕을 기어올랐다. 비 한 방울 내리지 않은 8월의 황금 같은 두 주 동안 하니는 아무도 자신을 알지 못하는 계곡의 외딴 농가에서 달걀과 우유를 사다가 알코올램프로 요리를 해 가며 그 집에서 야영을 했다. 날마다 해가 뜨면 일어나 그가 아는 갈색 연못에서 수영을 했고, 집 위쪽의 향긋한 솔송나무 숲에 누워 있곤 했다. 근처에는 안개 낀 푸른 골짜기가 끝없는 언덕 사이에 동서로 펼쳐져 있었는데, 하니는 그 한참 위쪽 이글리지를 배회하면서 기나긴 시간을 보냈다. 그리고 오후가 되면 채리티가 그를 만나러 왔다.

저축한 돈 가운데 남은 돈으로 채리티는 한 달 동안 자전거를 빌렸고, 매일 점심을 먹은 뒤 후견인이 사무실로 출발하자마자 도서관에 달려가 자전거를 꺼내 크레스턴 도로를 따라 달렸다. 채리티는 노스도머 주민들처럼 로열 씨도 그녀가 자전거를 빌린 사실을 안다는 것을 눈치채고 있었다. 어쩌면 그 역시 마을 사람들과 마찬가지로 자전거를 어떤 용도로 사용하는지 알고 있을 것이다. 채리티는 조금도 신경 쓰지 않았다. 그가 너무 무력했기 때문에 만약 물어봤다면 아마 사실대로 말해 주었을지도 몰랐다. 그러나 두 사람은 네틀턴 선창에서의 밤 이후 서로 한마디도 주고받지 않았다. 로열 씨는 그곳에서 만나고 사흘 뒤에야 노스도머로 돌아왔다. 채리티와 베리나가 막 저녁 식탁에 앉았을 때였다. 로열 씨는 의자를 끌어당기고 찬장 서랍에서 냅킨을 꺼내 고리에서 빼낸 뒤 평소처럼 캐릭 프라이네 가게에서 오후 일을 마치고 집에 돌아온 듯 아무렇지 않게 자리에 앉았다. 집안에 자리잡은 오랜 습관으로 인해 그가 들어왔을 때 채리티가 눈을 들어 쳐다보려고도 않은 것도 거의 자연스러워 보였다. 로열 씨가 아직 식사를 하는 동안 식탁에서 일어나 아무 말 없이 2층 방으로 올라가 방문을 닫음으로써 그에게 자신의 침묵이 우발적인 행동이 아니라는 점을 이해시키려고 했을 뿐이다. 그 뒤 그는 채리티가 방에 있을 때면 습관적으로 베리나에게 큰 소리로 다정하게 말하게 되었다. 그러나 이것 말고는 달리 두 사람의 관계에 눈에 띌 만한 변화는 없었다.

하니를 기다리며 앉아 있는 동안 채리티는 이런 일들을 서로 연관 지어 생각하지 않았다. 다만 그런 일들이 마음속에 음울한 배경으로 남아 있었고, 그것을 배경 삼아 그와 함께 보낸 짧은 시간은 산불처럼 활활 타올랐다. 선이든 악이든, 혹은 그녀가 그를 알기 전에 그렇게 보였을지 모르는 것이든 아무런 문제가 되지 않았다. 하니는 채리티를 잡아채어 새로운 세계로 데려갔다. 그런데 정해진 시간이 되면 그녀의 유령이 다시 돌아와 너무나 어렴풋하고 실체도 없이 습관적인 행동을 반복하기 때문에 채리티는 이따금 자기 모습이 사람들의 눈에 정말 보일지 궁금했다……

해가 거무스레한 '산' 너머 파동 없는 황금빛 속에 떨어졌다. 언덕바지 위쪽 들판에서 딸랑딸랑 울려 대는 암소의 방울 소리가 들려왔다. 계곡의 농가 위로 연기 한 줄기가 모락모락 올라와 깨끗한 대기에 긴 꼬리를 남기며 사라졌다. 잠시 동안 온통 그림자뿐인 밝은 빛 속에서 들판과 숲이 믿어지지 않을 만큼 정확하게 윤곽을 그렸다. 그러고 나서 황혼이 들판과 숲을 모두 지웠고, 작은 폐가는 쪼그라든 사과나무 가지 아래에서 잿빛 유령으로 변해 버렸다.

채리티의 가슴이 철렁 내려앉았다. 찬란한 대낮에 이어 처음 밤이 찾아오면 채리티는 종종 갑작스러운 공포에 휩싸였다. 사랑이 사라졌을 때의 세상을 바라보고 있는 것 같았다. 언젠가 똑같은 장소에 앉아 연인이 오기를 기다리는데 그 사람이 나타나지 않는다면…….

하니의 자전거 벨 소리가 길 아래쪽에서 들려오자 채리티는 곧 출입문 쪽으로 달려갔다. 그의 두 눈이 그녀의 눈 속에서 활짝 웃고 있었다. 두 사람은 길게 자란 풀을 헤치고 돌아와 집 뒤에 있는 문을 열어젖혔다. 처음에 방은 아주 어둡게 보였고, 그들은 손에 손을 잡고 더듬더듬 앞으로 나아갔다. 어둠과 대비를 이루어 창틀을 통해 하늘이 밝게 보였고, 토기 항아리에 담긴 과꽃의 검은 다발 위로 흰 별 하나가 나방처럼 희미하게 빛났다.

"막판에 할 일이 어찌나 많은지." 하니가 늦은 이유를 설명했다. "게다가 사촌 누님 집에 머물며 행사에 참석할 손님 한 명을 크레스턴까지 마중 나가야 했다니까."

하니는 두 팔로 채리티를 껴안았고, 그녀의 머리카락과 입술에 입을 맞추었다. 하니의 입맞춤에 그녀 몸속에 깊이 잠들어 있던 것들이 온 힘을 다해 빛을 향해 꿈틀거리더니 햇빛 속의 꽃처럼 활짝 피어올랐다. 채리티가 그의 손가락에 깍지를 끼었고, 그들은 임시로 만든 소파에 나란히 앉았다. 채리티는 늦게 온 데 대해 변명하는 말이 거의 귀에 들어오지 않았다. 하니가 오지 않는 동안 온갖 의구심이 괴롭혔지만 그가 나타나자마자 어디에서 왔는지, 왜 늦었는지, 누구한테 붙잡혀 있었는지는 더 이상 궁금하지 않았다. 마치 자기 삶이 그가 없는 동안 허공에 매달려 있는 것처럼 그가 있었던 장소, 그와 함께 있었던 사람들도 그가 떠나자 존재하지 않는 것만 같았다.

지금 하니는 채리티에게 늦게 온 것을 안타까워하고, 자기 시간을 너무 뺏는 데 대해 계속 불평을 늘어놓으면서 수다스럽고 쾌활하게 해처드 부인의 자애로운 흥분을 흉내 냈다. "누님은 서둘러 마일스 목사를 보내 내일 로열 씨에게 읍사무소에서 연설을 해 달라고 부탁했어. 일이 성사된 뒤에야 그 사실을 알았지." 채리티가 아무 말도 하지 않자 그가 덧붙여 말했다. "어쩌면 잘된 일인지도 몰라. 그 사람 말고 누가 그 일을 할 수 있겠어."

채리티는 여전히 대답을 하지 않았다. 채리티는 후견인이 내일 축하 행사에서 어떤 역할을 하건 아무 상관이 없었다. 자신의 보잘것없는 세계에 사는 다른 모든 사람들처럼 로열 씨도 그녀에게 더 이상 존재하지 않는 인물이었다. 심지어 그를 증오하는 것조차 그만두었다.

"내일 난 멀리서 당신을 바라보고 있을게." 하니가 계속 말했다. "그런데 저녁에는 읍사무소에서 댄스파티가 열릴 거야. 나한테 다른 아가씨하고 춤추지 말라고 약속을 받아 내고 싶지 않아?"

다른 아가씨라고? 도대체 하니에게 다른 아가씨들이 있단 말인가? 두 사람은 그들만의 은밀한 세계에 완전히 갇혀 있기 때문에 그런 위험이 있다는 것조차 채리티는 까맣게 잊고 있었다. 채리티의 가슴이 놀라서 갑자기 쿵쿵 뛰었다.

"그래, 약속해 줘."

하니는 웃으며 두 팔로 채리티를 꼭 안았다. "숙맥 같은 아가씨…… 그 아가씨들이 끔찍하게 못생겼어도 말이지?"

하니는 언제나 그러듯 채리티의 얼굴을 뒤로 젖히며 이마의 머리카락을 쓸어 넘겼다. 그리고 자신의 머리가 그녀의 두 눈과 그 흰 별이 떠 있는 창백한 하늘 사이에 어렴풋이 검게 나타나도록 허리를 숙였다…….

두 사람은 어두운 숲길을 따라 나란히 마을을 향해 속도를 냈다. 늦게 뜬 달이 동그랗게 타올라 산줄기를 부드러운 잿빛에서 거대한 어둠으로 바꾸었고 위쪽 하늘은 너무 밝아 별들이 물에 비친 듯 희미하게 보였다. 노스도머에서 2킬로미터 넘게 떨어진 숲의 가장자리에서 하니는 자전거에서 뛰어내려 두 팔로 채리티를 안고 마지막 입맞춤을 나누었다. 그러고 나서 채리티가 혼자 걸어가는 것을 지켜보았다.

두 사람은 평소보다 늦었고, 그래서 자전거를 도서관에 갖다 놓는 대신 채리티는 장작 창고 뒤에 기대어 놓고 붉은 집의 부엌으로 들어갔다. 베리나가 혼자 있다 채리티가 들어가자 온화하지만 헤아릴 수 없는 눈길로 쳐다보고는 선반에서 접시와 우유 한 잔을 꺼내 말없이 식탁에 놓았다. 채리티는 고개를 끄덕여 고맙다는 인사를 하고 자리에 앉아 배고픈 듯 파이를 먹고 우유 잔을 비웠다. 밤을 헤치고 서둘러 오는 바람에 얼굴이 뜨겁게 달아올랐고, 부엌의 반짝거리는 불빛 때문에 눈이 부셨다. 채리티는 갑자기 자신이 붙잡혀 새장에 갇힌 밤새처럼 느껴졌다.

"로열 씨는 저녁을 드시고 나가서 아직 돌아오지 않으셨다." 베리나가 말했다. "읍사무소에 가 계시지."

채리티는 그 말에 아무런 관심을 두지 않았다. 채리티의 영혼은 여전히 숲속을 날고 있었다. 그녀는 접시와 잔을 씻은 뒤 어두운 층계를 더듬으며 2층으로 올라갔다. 방을 나서기 전에 오후의 열기를 막으려고 덧문을 닫았다. 그런데 덧문이 조금 열리자 막대기처럼 길쭉한 달빛이 방을 가로질러 침대 위에 떨어졌고 그 위에 펼쳐 놓은 순백색의 차이나 실크 드레스를 비추었다. 주머니 사정이 허락하는 이상으로 돈을 쓴 덕에 다른 아가씨들의 옷보다 예뻤다. 채리티는 노스도머 사람들에게 자신이 하니의 흠모를 받을 가치가 있다는 것을 보여 주고 싶었다. 드레스 위쪽에는 행사에 참가하는 젊은 처녀들이 과꽃 화환 아래에 쓸 하얀 베일이 베개 위에 접힌 채 놓여 있었다. 그리고 베일 옆에는 앨리가 정체 모를 보물들을 보관해 두는 낡은 트렁크에서 꺼내 준 갸름한 흰 공단 구두 한 켤레가 있었다.

채리티는 펼쳐 놓은 하얀 물건들을 물끄러미 바라보며 서 있었다. 하니를 처음 만난 날 밤 자신에게 찾아왔던 환상이 떠올랐다. 채리티는 더 이상 그런 환상을 품지 않았다……. 대신 더 따뜻한 찬란함이 그 자리를 차지했다……. 그러나 앨리가 이 흰옷들을 죄다 침대에 늘어놓은 것은 바보 같은 짓이었다. 마치 해티 타갯이 톰 프라이와 결혼할 때 스프링필드에서 주문해 온 웨딩드레스를 이웃 사람들이 보도록 펼쳐 놓은 것과 마찬가지로…….

채리티는 공단 구두를 호기심 어린 눈으로 쳐다보았다. 대낮에는 분명히 조금 낡아 보일 테지만 달빛 아래에서 보니 상아로 깎아 만든 것 같았다. 채리티는 마룻바닥에 앉아 구두를 신어 보았다. 굽이 높아 일어서면서 조금 비틀거렸지만 썩 잘 맞았다. 채리티는 발을 내려다보았다. 우아한 구두 덕분에 두 발은 멋지게 아치 모양을 그렸고 발 폭은 좁아져 있었다. 심지어 네틀턴의 쇼윈도에서도 이런 구두는 본 적이 없다…… 단 한 번도 말이다. 다만…… 그렇다, 딱 한 번 애너벨 볼치의 발에서 똑같은 모양의 구두를 보았다.

채리티의 얼굴이 갑자기 굴욕감으로 뜨겁게 달아올랐다. 앨리는 볼치 양이 노스도머에 오면 종종 바느질을 해 주었고, 분명히 볼치 양이 버리는 옷가지를 선물받았을 것이다. 트렁크 속의 정체 모를 보물들은 하나같이 앨리가 일해 준 사람들이 선물한 것이었다. 그렇다면 이 흰 구두도 애너벨 볼치의 것이 틀림없다…….

채리티가 그대로 서서 우울한 모습으로 발을 내려다보고

있을 때 창문 밑에서 딸랑딸랑하는 자전거 벨 소리가 들려왔다. 하니가 집으로 가면서 몰래 신호를 보내는 소리였다. 하이힐을 신은 채 채리티는 창가로 비틀거리며 걸어가 덧문을 활짝 열고 밖으로 몸을 내밀었다. 그는 손을 흔들고 쏜살같이 지나갔고, 달빛이 비치는 텅 빈 길을 따라 그의 검은 그림자가 즐겁게 춤을 추었다. 채리티는 창가에 몸을 기대 서서 해처드 부인네 전나무 아래로 사라질 때까지 그를 지켜보았다.

13

읍사무소 강당은 사람들로 가득 찼고 몹시 무더웠다. 채리
티는 앞장선 오머 프라이에 이어 흰 모슬린 드레스가 늘어선
줄에서 세 번째로 행진하고 있었다. 그러면서 화환을 두른 기
둥들이 초록색 양탄자가 깔린 무대를 액자처럼 감싸며 멋진
효과를 내는 것을 바라봤다. 지금 그 무대를 향해 나아가는 중
이었다. 앞줄에서는 행렬을 보기 위해 낯선 얼굴들이 고개를
돌렸다.

그러나 채리티가 커다란 과꽃과 미역취꽃 다발을 앞에 들
고 마일스 목사의 교회에서 온 오르간 연주자 램버트 솔러스
의 불안한 시선에 답하며 무대 뒤에 설 때까지 낯선 얼굴들은
한낱 눈동자와 색깔이 혼란스럽게 어우러진 흐릿한 형체에
지나지 않았다. 리드 오르간을 연주하기 위해 네틀턴에서 온
램버트 솔러스는 그 뒤에 앉아 지휘자의 눈길로 마음을 졸이

는 젊은 여자들을 훑어보고 있었다.

잠시 뒤 얼굴이 불그스레한 마일스 목사가 눈을 반짝거리며 마치 넓은 흰 가운 위로 떠받들어진 것처럼 뒤쪽에서 모습을 드러내더니 앞줄에서 고개를 숙이고 있는 머리들 위에 기세 좋게 우뚝 섰다. 그는 기운찬 목소리로 짤막하게 기도하고 물러났고, 연주자는 고개를 세게 끄덕여 젊은 여자들에게 지체 없이 「즐거운 나의 집」을 따라 부르라고 신호를 보냈다. 채리티는 노래를 부르는 것이 기뻤다. 처음으로 은밀한 황홀감이 몸속에서 터져 나와 이 세상을 향해 도전의 빛을 내뿜는 것 같았다. 핏속의 모든 빛이며 여름날 대지의 숨결, 숲의 살랑거리는 소리, 해가 뜰 무렵 새들의 싱그러운 노랫소리, 사색에 잠긴 듯한 한낮의 나른함이 우렁찬 합창에 이끌려 그녀의 미숙한 목소리로 바뀌는 것 같았다.

그러고 나서 갑자기 노래가 끝나고 잠시 어정쩡한 시간이 이어졌다. 그때 홀 아래쪽에서 진줏빛 회색 장갑을 낀 해처드 부인이 눈에 띄지 않게 신호를 보내자 로열 씨가 등장해 무대 계단을 올라가 꽃으로 장식한 설교단에 모습을 드러냈다. 그는 채리티 옆으로 가까이 지나갔고, 그녀는 그 근엄한 얼굴에서 자신이 어렸을 때 경외심과 매력을 느끼게 하던 위엄 서린 표정을 감지했다. 프록코트는 정성껏 솔질하고 다리미질을 했으며, 폭이 좁은 검은색 넥타이의 끄트머리가 비슷한 것으로 보아 매느라고 시간깨나 걸렸음에 틀림없었다. 네틀턴에서의 밤 이후 얼굴을 정면으로 쳐다본 것은 처음이라 그의 등장이 더욱 채리티의 시선을 끌었다. 로열 씨의 엄격하고 인상적인 태도에서는 선창에서의 그 수치스러운 모습을 흔적조차 찾아볼 수 없었다.

로열 씨는 강연대에 손가락 끝을 대고 청중을 향해 약간 몸을 숙인 채 잠깐 동안 서 있었다. 그러고 나서 몸을 꼿꼿이 펴고 말하기 시작했다.

처음에 채리티는 로열 씨의 연설에 조금도 주의를 기울이지 않았다. 단편적인 문장, 낭랑하게 울려 퍼지는 인용구, 오노리어스 해처드를 포함한 유명 인사에 대한 암시만이 무관심하게 귓가에 맴돌 뿐이었다. 채리티는 앞줄에 앉은 유명 인사들 사이에서 하니를 찾으려 애쓰고 있었다. 그러나 장갑과 어울리는 진줏빛 모자를 쓰고 마일스 목사 부인과 거드름 피우는 낯선 부인의 부축을 받으며 설교단 바로 밑에 앉아 있는 해처드 부인 근처 어디에서도 그는 보이지 않았다. 채리티는 무대 한쪽 끝에 서 있었고, 그 자리에서는 오르간을 가린 나뭇잎 칸막이 때문에 첫 줄의 다른 쪽 좌석은 보이지 않았다. 칸막이 귀퉁이나 그 사이에서 하니를 찾으려고 신경을 쓰느라 다른 것은 의식하지 못했다. 그런데 아무리 애써도 찾을 수 없자 점차 그 후견인의 연설에 주의를 기울였다.

채리티는 지금껏 로열 씨가 공적인 자리에서 하는 연설을 한 번도 들어 본 적이 없었다. 다만 그가 큰 소리로 책을 읽을 때나 캐릭 프라이네 가게에서 행정 위원들에게 자기 의견을 피력할 때 음악처럼 울려 퍼지던 목소리는 익히 알고 있었다. 오늘 그의 억양은 일찍이 들어 본 것보다 좀 더 낭랑하고 근엄했다. 청중에게 자신의 생각을 말없이 따르라고 초대하듯 잠시 말을 멈춰 가며 천천히 연설을 해 나갔다. 채리티는 청중의 얼굴에서 그의 말에 한 가닥 빛처럼 반응하는 모습을 읽을 수 있었다.

로열 씨는 연설의 마지막 부분에 다다르고 있었다……. "여러분 대부분은……." 그가 말했다. "오늘 짧은 시간이나마 이 조그마한 마을을 보려고 이곳에 돌아온 여러분은 경건한 순례를 떠나온 셈이고, 그러다 좀 더 중요한 일들로 가득한 바쁜 도시의 일상으로 돌아가게 될 겁니다. 하지만 노스도머에 돌아오는 방법은 이것만이 아닙니다. 젊은 시절 이곳을 떠나…… 여러분처럼 바쁜 도시와 좀 더 중요한 일을 찾아 떠나간…… 우리 중 몇 명은 또 다른 의미에서 이곳에 다시 돌아왔습니다…… 바로 영원히 돌아온 것이지요. 많은 분들이 알고 계시다시피 저도 그런 사람들 중 하나입니다……." 그가 말을 멈추자 그의 말에 귀를 기울이고 있는 강당 안의 청중 사이에 긴장이 감돌았다. "제 개인적인 역사는 그다지 흥미롭지가 않습니다만 그 나름대로 교훈을 지니고 있지요. 이미 다른 곳에서 삶의 터전을 마련한 여러분보다는 오히려 지금 이 순간에도 이 조용한 언덕을 떠나 치열한 생존 경쟁 속으로 들어가려는 젊은이들에게 주는 교훈 말입니다. 하지만 예상할 수 없는 일로 그들 중 몇 명은 언젠가 다시 이 작은 마을과 옛날 집으로 돌아올지도 모릅니다. 영원히 돌아오는 것이지요……." 로열 씨는 주위를 둘러보면서 근엄한 표정으로 되풀이해 말했다. "영원히 말입니다. 제가 말씀드리려는 요점이 여기에 있습니다……. 노스도머는 광대한 경관에 거의 파묻히다시피 한 보잘것없는 작은 마을입니다. 혹 지금쯤이라면 좀 더 큰 도시 경관에 좀 더 걸맞은 장소가 되었을는지 모르지요. 만약 이곳에 다시 돌아오는 사람들이 마음속에 이런 감정을 품고 돌아온다면 말입니다…… 좋은 일로 고향에 돌아오고 싶어 하는 마음 말이지요…… 사정이 나빠서가 아니라…… 아니면 그저 도시에서 냉대를 받아서가 아니라……[25]

신사 여러분, 사실을 있는 그대로 직시해 봅시다. 우리 중 몇 사람은 다른 곳에서 성공하지 못했기 때문에 고향으로 돌아옵니다. 이런저런 이유로 일이 잘 풀리지 않은 겁니다…… 우리가 꾸던 꿈이 실현되지 않은 것이지요. 하지만 우리가 외지에서 실패했다고 이곳에서도 실패해야 할 이유는 없습니다. 비록 성공은 못했을망정 대도시에서 살아 본 경험으로 노스도머를 좀 더 살기 좋은 마을로 만드는 데 도움을 줄 수 있음에 틀림없습니다……. 지금 이 순간에도 야망의 부름에 따라 옛 고향을 등지려고 준비하는 젊은이들은…… 여러분에게는 이 점을 말하고 싶습니다. 만약 다시 고향에 돌아온다면 고향에 도움이 되기 위해 돌아오는 것도 가치가 있다고 말입니다……. 그러기 위해서 여러분은 고향을 떠나 있는 동안에도 고향을 계속 사랑해야 합니다. 설령 여러분의 의지에 반하여 돌아온다 하더라도 ── 운명의 장난이나 신의 섭리라고 생각하면서 말이지요 ── 여러분은 그것을 최대한으로 이용하

---

25) 여기에서 로열 씨는 'for good'이라는 관용어로 언어유희를 하고 있다. 이 말은 '영원히'라는 뜻과 함께 '좋아서'나 '이익이 되도록'이라는 뜻을 지닌다.

고, 여러분의 고향을 최대한으로 이용해야 합니다. 잠시 뒤에…… 신사 숙녀 여러분, 무엇이 가장 가치 있는 일인지 제가 생각하는 바를 말씀드리겠습니다. 얼마 동안은 제가 오늘 이 자리에서 말씀드리는 것처럼 '고향에 돌아오니 참 좋구나.' 하고 말할 수 있으리라 믿습니다. 여러분, 제 말을 믿으십시오. 우리가 살고 있는 곳에 도움을 주는 가장 좋은 방법은 바로 우리가 여기에 살고 있다는 사실을 기쁘게 생각하는 겁니다."

로열 씨는 말을 멈추었고, 그러자 감동과 놀라움의 속삭임이 청중 사이에서 흘러나왔다. 연설은 그들이 기대했던 것과 아주 거리가 멀었지만 감동을 주리라고 기대했던 것보다 훨씬 더 감동적이었다. "귀 기울여 들읍시다! 귀 기울여 듣자고요!" 강당의 한가운데에서 누군가가 크게 소리를 질렀다. 박수갈채가 터져 나왔다. 환호성이 가라앉자 마일스 목사가 옆에 있는 누군가에게 말하는 소리가 채리티의 귀에 들렸다. "제대로 말을 할 줄 아는 사람이란 말씀이야……." 그러고는 안경을 닦았다.

로열 씨는 강단에서 뒤로 물러나 오르간 앞쪽에 쭉 늘어선 의자에 앉았다. 미역취꽃 뒤에 앉은 그에 이어 단정하게 옷을 차려입은 백발의 신사가 — 해처드 집안의 먼 친척이었다 — 오래된 참나무 양동이[26]며 인내심 많은 백발의 어머니들, 사내아이들이 어디로 밤을 따러 갔는지에 얽힌 그리운 이

───────────────

26) 미국 시인 새뮤얼 우드워스(1784~1842)는 1817년에 어린 시절의 추억을 노래한 작품 「오래된 참나무 양동이」를 썼고, 이 시는 대중가요로 만들어져 널리 불렸다.

야기들을 늘어놓기 시작했다…… 채리티는 또다시 하니를 찾기 시작했다…….

그때 갑자기 로열 씨가 의자를 뒤로 미는 바람에 오르간 앞쪽의 단풍나무 가지 하나가 쾅 소리를 내며 내려앉았다. 그러자 첫 줄 끝까지 보이면서 하니가 그곳 좌석들 중 하나에 앉아 있고 그 옆자리에 한 아가씨가 그를 향해 고개를 돌리고 있는 것이 눈에 들어왔다. 아가씨는 축 늘어진 챙에 가려 얼굴은 보이지 않았다. 채리티는 그 얼굴을 볼 필요가 없었다. 가냘픈 몸매며 모자챙 밑에 말아 올린 금발 머리, 주름 잡힌 옅은 색의 긴 장갑과 그 위에 늘어뜨린 팔찌를 한눈에 알아보았으니 말이다. 단풍나무 가지가 떨어지자 볼치 양은 무대를 향해 고개를 돌렸고, 얇은 입술에 맺힌 예쁜 미소에는 무언가 옆 사람이 속삭인 내용을 곰곰이 생각하는 표정이 감돌았다…….

누군가 내려앉은 나뭇가지를 바로잡기 위해 앞쪽으로 나왔고, 볼치 양과 하니는 다시 시야에서 가려졌다. 그러나 두 사람의 얼굴을 본 뒤로 채리티에게 다른 것은 아무것도 눈에 들어오지 않았다. 순식간에 그들은 채리티가 놓여 있는 현실을 적나라하게 보여 주었다. 연인의 포옹이라는 부서지기 쉬운 은막 뒤에는 도저히 알 수 없는 그의 삶이 수수께끼처럼 숨어 있었다. 다른 사람들과의 관계며—다른 여자들과의 관계며—그의 의견, 그의 편견, 그의 원칙, 모든 사람의 삶이 그물처럼 뒤얽혀 있기 마련인 영향과 이해관계 그리고 야심 말이다. 이 모든 것들 중 건축가로서의 야심에 대해 말해 준 것을 빼놓고 채리티가 아는 것이라고는 아무것도 없었다. 그가 중요한 사람들과 만나고 복잡한 관계에 연루되어 있다고 언제나 어렴풋하게 추측할 뿐이었다. 그러나 채리티로서는 이것들이 다 이해 가능한 범위 저 멀리에 있었고 그 모든 주제가 빛나는 안개처럼 그녀 생각의 가장 먼 변방으로 밀려나 있었다. 다른 모든 것을 뒤로한 채 맨 앞쪽에는 반짝이는 그의 존재, 얼굴의 빛과 그림자, 그녀가 가까이 다가가면 그 근시안이 마치 그녀를 빨아들일 듯 커지고 깊어지는 그런 모습이 자리하고 있었다. 무엇보다 발랄하게 빛을 내뿜는 젊음과 부드러운 애정이 있었으며, 그 세계에서는 그의 밀어가 그녀를 에워쌌다.

지금 채리티는 하니가 자신에게서 분리되어 미지의 세계에서 다른 아가씨와 속삭이고 있는 모습을 보았다. 그 속삭임은 채리티의 입술에 그토록 자주 떠오르게 했던 것과 똑같은 짓궂은 공모의 미소를 자아냈다. 지금 채리티가 사로잡힌 감정은 질투가 아니었다. 채리티는 그의 사랑을 확신했다. 오히려 그것은 미지에 대한 공포였고, 이 순간에도 그를 그녀로부터 멀어지게 하고 있음에 틀림없는 불가사의한 마력에 대한 공포였으며, 자신이 그에 맞서 싸울 힘이 없다는 무력감에 대한 공포였다.

채리티는 자신이 가진 모든 것을 하니에게 주었다. 그러나 삶이 그에게 줄 수 있는 다른 선물과 비교한다면 도대체 그것이 무슨 가치가 있단 말인가? 채리티는 이런 일을 겪은 다른 젊은 여자들의 경우를 알고 있었다. 그들은 갖고 있던 것을 모두 주었지만 그것으로는 충분하지 않았다. 그것 가지고는 짧은 순간밖에 살 수 없었다.

강당 안은 더워서 숨이 막힐 지경이었다. ── 채리티는 질식할 듯한 파도처럼 열기가 쏟아져 오는 것을 느꼈고, 사람들로 꽉 찬 강당 안의 얼굴들이 네틀턴의 영화관에서 반짝이던 영상처럼 춤을 추기 시작했다. 한순간 로열 씨의 얼굴이 몽롱하고 흐릿한 상태로부터 떨어져 나왔다. 그는 다시 오르간 앞에 자리를 잡고 앉아 있었다. 채리티에게 가까이 앉아 그녀의 얼굴을 빤히 쳐다보았다. 그 시선이 채리티의 혼란스러운 감각 한중간을 꿰뚫어 보는 것만 같았다……. 그때 갑자기 육체적인 통증이 채리티를 엄습했다. 그다음에는 치명적인 공포감이 밀려들었다. 작은 집에서 보낸 불같은 시간의 빛이 공포의 섬광을 받으며 다시 덮쳐 왔다…….

채리티는 애써 후견인한테서 눈을 돌렸다. 그리고 해처드 집안의 연설이 끝났으며, 마일스 목사가 또다시 날개 같은 옷을 펄럭거리는 것을 알아차렸다. 긴 연설의 결론이 단편적으로 그녀의 혼란스러운 머리에 떠돌았다……. "성스러운 기억의 풍작이…… 시련의 순간에도 여러분의 기도 가운데 다시 돌아오는 거룩한 시간이…… 그리고 이제, 오, 주여 이렇게 멀리서 고향에 돌아와 다시 만난 행복한 날에 대해 겸손하게 열렬히 감사를 드리도록 해 주소서. 오, 하나님, 앞으로도 귀향의 기쁨 가운데…… 노인들의 친절과 지혜 가운데, 젊은이들의 용기와 근면 가운데, 여기에 모인 순결한 아가씨들의 경건함과 순수 가운데 이런 날을 계속 누리도록 해 주소서……."
목사가 그들이 있는 방향으로 흰 날개를 펄럭거리자 그와 동시에 램버트 솔러스가 고개를 세차게 끄덕이며 「올드 랭 사인」[27)의 첫 소절을 연주했다. 채리티는 앞을 똑바로 바라보다가 들고 있던 꽃을 떨어뜨리며 로열 씨의 발 앞에 얼굴이 바닥을 향한 채로 쓰러졌다.

27) 「석별」이라는 제목으로 알려진 스코틀랜드의 가곡.

14

노스도머의 축하 행사는 같은 군(郡)에 속한 여러 마을들은
물론이고 도머와 두 크레스턴, '산'의 북쪽 언덕바지에 위치해
언제나 첫눈이 가장 먼저 내리는 외로운 마을 햄블린까지 확
대되었다. 사흘째 되는 날에는 크레스턴과 크레스턴리버에서
연설과 축하 행사가 있었고, 나흘째 되는 날에는 주요 공연의
출연자들이 마차를 타고 도머와 햄블린까지 들어갔다.

채리티가 그 작은 폐가에 처음으로 돌아온 것은 나흘째 되
는 날이었다. 채리티는 축하 행사가 시작되기 전날 밤 숲 언저
리에서 헤어진 뒤로 하니를 단둘이 만나지 못했다. 그사이 온
갖 감정의 기복을 겪었지만 읍사무소에서 채리티를 사로잡았
던 공포는 잠시 의식의 가장자리로 물러나 있었다. 채리티가
기절한 것은 강당이 질식할 만큼 몹시 무더운 데다 연사들이
계속해서 연설을 해 댔기 때문이었다……. 다른 몇 사람도 더

위에 고생을 해서 행사가 끝나기 전에 자리를 떠야 했다. 오후 내내 하늘에서 천둥소리가 들렸고, 그 뒤 모든 사람들이 강당을 환기시키기 위해 무슨 수를 써야겠다고 말했다…….

그날 저녁 단지 혼자 떨어져 있기가 두려워 마지못해 참석한 댄스파티에서 채리티는 순식간에 자신감을 되찾았다. 파티장에 들어가자마자 하니가 기다리고 있는 것을 보았고, 다정하고 쾌활한 눈빛을 하고 다가와서 채리티와 왈츠를 추었다. 그녀의 두 발은 음악으로 가득 찬 듯했고, 마을 젊은이들과 함께 배운 춤에 지나지 않았지만 하니와 스텝을 맞추는 데 아무런 어려움이 없었다. 마룻바닥을 빙빙 돌아가며 춤을 추자 근거 없는 공포가 모두 사라졌고, 심지어 지금 어쩌면 애너벨 볼치의 구두를 신고 춤을 추는지도 모른다는 사실마저 까맣게 잊었다.

왈츠가 끝나자 하니는 막 파티장에 들어오고 있는 해처드 부인과 볼치 양을 맞이하기 위해 마지막 악수를 나누고 그녀 곁을 떠났다. 볼치 양이 나타났을 때 채리티는 한순간 고통스러웠지만 그런 기분이 오래가지는 않았다. 자신이 더 예쁘고 하니도 그 사실을 안다는 의기양양한 사실이 두려움을 사라지게 했다. 어울리지 않는 드레스를 입은 볼치 양은 얼굴이 창백하고 야위어 보였다. 채리티는 옅은 눈썹을 한 볼치의 두 눈에 근심이 깃들었다고 생각했다. 그녀는 해처드 부인 옆에 자리를 잡았고, 춤을 출 생각이 없는 것이 곧 분명해졌다. 채리티도 춤을 자주 추지는 않았다. 하니는 해처드 부인이 다른 아가씨들과 돌아가면서 춤을 추라고 부탁했노라고 설명했다.

그러나 다른 아가씨들과 춤출 때마다 채리티에게 허락을 구하는 형식을 취했고, 그런 행동이 그와 함께 방 안을 빙빙 돌며 춤을 출 때보다 더 완벽하고 은밀한 승리감을 안겨 주었다…….

채리티는 폐가에서 그를 기다리는 동안 이 모든 것을 떠올리고 있었다. 늦은 오후 날씨는 몹시 무더웠고, 그래서 모자를 벗어 던지고 멕시코 담요 위에 큰대자로 벌렁 드러누웠다. 나무 아래보다는 집 안이 시원했다. 머리 아래로 팔짱을 끼고 누워서 관목이 우거진 '산'의 어깨 부분을 멍하니 바라보았다. 그 뒤쪽 하늘은 뉘엿뉘엿 떨어지는 파편처럼 부서진 빛으로 가득 차 있었고, 채리티는 머지않아 하니의 자전거 벨 소리가 길에서 들려올 거라고 기대했다. 그는 사촌 누님과 그 친구들과 함께 마차를 타는 대신 자전거를 타고 햄블린까지 갔다. 좀 더 일찍 빠져나와 돌아오면서 햄블린으로 가는 도로에 있는 폐가에 들르기 위해서였다. 두 사람은 길 위쪽 은신처에 가까이 누워 있는 동안 사람들을 가득 태운 마차가 집으로 굴러가는 소리를 듣게 될 거라고 농담하며 함께 미소를 지었다. 그런 어린아이 같은 유치한 승리감이 여전히 채리티에게 무모한 안도감을 주었다.

그렇지만 채리티는 읍사무소에서 눈앞에 펼쳐졌던 공포스러운 장면을 완전히 잊지는 못했다. 하니와의 관계가 영원히 계속되리라는 생각은 사라져 버렸고, 이제 하니와 보내는 순간순간이 의심에 휩싸였다.

'산'은 불타는 저녁노을을 배경으로 자줏빛으로 변하고 있었고 떨리는 빛의 칼날에 석양과 나누어진 것 같았다. 이 불꽃이 에워싼 벽 위쪽으로 하늘 전체가 그림자 속의 차가운 산정 호수처럼 깨끗하고 옅은 초록빛을 띠었다. 채리티는 누워서 하늘을 올려다보며 첫 번째 흰 별을 찾고 있었다……

두 눈이 여전히 하늘 위에 고정되어 있을 때 채리티는 그림자 하나가 이 눈부신 방을 가로질러 휙 지나가는 것을 느꼈다. 황혼을 등지고 하니가 창가를 지나간 게 틀림없었다……. 채리티는 몸을 반쯤 일으켰다가 깍지를 낀 팔 위에 다시 머리를 눕혔다. 머리핀이 머리카락에서 미끄러지며 부스스한 검은 머리카락 타래가 가슴을 가로질러 흘러내렸다. 채리티는 입술에 졸린 미소를 띠고 나른한 눈까풀을 반쯤 감은 채 여전히 가만히 누워 있었다. 맹꽁이자물쇠를 만지작거리는 소리가 들렸고 누군가가 소리쳤다. "쇠사슬을 벗긴 거야?" 문이 열리자 로열 씨가 방 안으로 걸어 들어왔다.

채리티는 벌떡 몸을 일으키며 쿠션에 기대어 앉았다. 두 사람은 말없이 서로를 쳐다보았다. 그러고 나서 로열 씨가 문에 빗장을 걸고 앞으로 몇 발자국 내딛었다. 채리티는 서둘러 일어섰다. "무, 무슨 일로 오셨어요?" 그녀가 더듬거리며 물었다.

석양의 눈부신 마지막 빛이 후견인의 얼굴에 비쳤고, 그 얼굴은 노란빛을 받아 잿빛으로 보였다.

"네가 여기 있는 걸 아니까 왔지." 그가 짤막하게 대답했다.

채리티는 머리카락이 가슴 위에 아무렇게나 늘어져 있는 것을 의식했고, 매무새를 가다듬기 전에는 그에게 말을 할 수 없을 것 같았다. 그녀는 머리핀을 더듬어 찾고는 돌돌 감은 머리를 고정하려 애썼다. 로열 씨는 잠자코 바라보았다.

"채리티, 그가 곧 오겠지." 그가 말했다. "그러니 내가 먼저 말해야겠구나."

"아저씨는 제게 말할 권리가 없어요. 전 제가 하고 싶은 대로 할 수 있어요."

"그래, 좋아. 네가 하고 싶은 게 뭔데?"

"그 질문에 대답하고 싶지 않아요. 다른 질문도 마찬가지이고요."

로열 씨는 흘긋 시선을 돌리고는 밝은 방 안을 호기심을 갖고 바라보며 서 있었다. 자줏빛 과꽃과 붉은 단풍잎이 식탁의 질그릇 화병을 가득 채우고 있었다. 벽의 선반에는 램프, 주전자, 컵과 접시받침들이 놓였고, 테이블 주위에 캔버스 의자들이 무리 지어 있었다.

"그래 이곳이 너희가 만나는 장소로구나." 그가 말했다.

로열 씨의 어조는 조용하면서 차분했고, 그 사실이 채리티를 불안하게 만들었다. 채리티는 난폭한 말에 난폭한 말로 맞설 각오가 되어 있었지만, 그가 사태를 차분하게 받아들이자 오히려 무기를 빼앗긴 느낌이었다.

"생각 좀 해 봐라, 채리티…… 넌 늘 내게 너에 대해 아무런 권리가 없다고 말해 왔지. 그 문제를 바라보는 두 가지 방법이 있을 텐데…… 난 지금 그 문제로 너와 토론하고 싶지는 않다. 다만 내가 아는 사실은 난 힘닿는 데까지 너를 키웠고, 언제나 네게 호의를 베풀어 왔다는 점이야……. 딱 한 번 그 삼십 분 동안의 일을 제외하면 말이지. 그 삼십 분으로 나머지 모든 시간을 평가하는 건 부당하잖아. 그건 너도 잘 알겠지. 그러지 않고는 네가 내 집에서 계속 지내지 않았을 테니까. 네가 계속 내 집에 살고 있다는 사실은 내게도 뭔가 권리를 주는 것 같은데. 너를 곤경에서 지켜 줄 그런 권리 말이다. 난 지금 네게 다른 어떤 것을 고려해 보라고 부탁하는 게 아니야."

채리티는 잠자코 듣다가 약간 웃었다. "제가 곤경에 처할 때까지 기다리시는 게 좋겠는데요." 그녀가 대꾸했다.

그는 그 말뜻을 헤아리듯 잠시 말을 멈추었다. "네가 할 수 있는 대답이 그게 전부냐?"

"그래요, 그게 전부예요."

"그렇다면…… 기다리지."

로열 씨가 천천히 돌아섰다. 그런데 그때 그녀가 기다리던 일이 일어났다. 문이 다시 열리며 하니가 들어왔다.

하니는 놀란 표정으로 걸음을 멈췄다. 그러더니 재빨리 감정을 억제하며 거리낌 없는 표정으로 로열 씨에게 다가갔다.

"저를 만나러 오셨나요?" 마치 집주인 같은 태도로 모자를 벗어 식탁 위에 던지면서 그가 담담하게 물었다.

로열 씨는 다시 한번 천천히 방을 둘러보았다. 그러고 나서 젊은이를 향해 시선을 돌렸다.

"여기가 자네 집인가?" 그가 물었다.

하니가 웃었다. "글쎄요…… 누구의 집도 아니죠. 가끔 스케치하러 이곳에 옵니다."

"로열 양의 방문도 받고 말이지?"

"고맙게도 로열 양이 제게……."

"이 집이 결혼해서 로열 양을 데리고 올 집인가?"

엄청나고 숨이 막힐 듯한 침묵이 흘렀다. 채리티는 분노로 부르르 몸을 떨면서 앞으로 나섰지만 너무 초라한 생각이 들어 아무 말도 못 하고 가만히 서 있었다. 노인의 시선에 하니는 두 눈을 내리깔았다. 그러나 곧 눈을 들고 로열 씨를 단호하게 쳐다보며 입을 열었다. "로열 양은 어린아이가 아닙니다. 마치 어린아이인 양 말하는 건 좀 우스꽝스럽지 않습니까? 어느 누구에게도 묻지 않고 그녀 마음대로 오고 가고 할 자유가 있다고 생각이 되는데요." 그가 잠시 말을 멈췄다가 다시 덧붙였다. "로열 양이 제게 묻고 싶은 말이 있다면 뭐든 대답할 준비가 되어 있습니다."

로열 씨는 채리티를 돌아보았다. "그렇다면 언제 결혼해 줄는지 물어봐라……." 또다시 침묵이 흘렀고, 이번에는 로열 씨가 웃었다. 긁는 소리가 나는 단속적인 웃음이었다. "그렇게 못하잖아!" 그가 갑자기 감정을 폭발시키며 소리를 질렀다. 채리티에게 가까이 다가가더니 위협하기 위해서가 아니라 애처롭게 타이르기 위해 오른팔을 들었다.

"넌 그렇게 못 하잖니, 넌 그걸 잘 알고 있지…… 왜 못 하는지도 말이야." 로열 씨는 다시 젊은이를 향해 재빨리 몸을 돌렸다. "그리고 자넨 왜 저 애한테 결혼하자고 하지 않는지 그 이유를 잘 알아. 왜 그럴 생각이 없는지 말이지. 그럴 필요가 없기 때문이지, 다른 남자들도 마찬가지겠지만 말이야. 바보처럼 그걸 모른 건 나 혼자뿐이야. 모르긴 몰라도 아마 어느 누구도 내 실수를 되풀이하지는 않을걸……. 어쨌든 이 이글군에서는 말이지. 사람들은 저애가 누구인지, 어디서 왔는지 모두 알고 있거든. 저 애 어머니가 네틀턴 출신의 소도시 여자인데, 저 '산'에 사는 녀석 하나를 따라가서는 이교도처럼 그자와 거기서 산 거지. 지금으로부터 십육 년 전 내가 저 애를 데리러 갔을 때 그 여자를 보았거든. 저 애를 그 어머니가 살고 있는 그런 종류의 삶에서 구하려고 그곳에 갔었지……. 하지만 그냥 짐승 소굴에 내버려 두는 편이 더 좋았을걸……."

로열 씨는 말을 멈추고 어두운 표정으로 두 젊은이를 바라보더니 그들 너머로 가장자리가 불처럼 빛나는 위협적인 '산'을 쳐다보았다. 그러고 나서 그들이 그렇게 자주 소박한 저녁 식사를 차렸던 식탁 옆에 앉아 두 손으로 얼굴을 감쌌다. 하니는 얼굴을 찡그리며 창문에 몸을 기댔다. 끈으로 된 고리에 매달린 작은 꾸러미를 손가락 사이에 끼고 만지작거리고 있었다……. 채리티는 로열 씨가 한두 번 거칠게 숨을 내쉬는 소리를 들었다. 로열 씨의 두 어깨가 조금 흔들렸다. 곧 그는 자리에서 일어나 방을 가로질러 걸어갔다. 두 번 다시 젊은이들을 쳐다보지 않았다. 그가 문 쪽으로 가서 빗장을 더듬어 찾는 모습이 보였다. 그러고는 어둠 속으로 걸어 나갔다.

로열 씨가 방에서 나간 뒤 오랫동안 침묵이 흘렀다. 채리티는 하니가 먼저 말을 꺼내기를 기다렸지만 뭐라고 입을 열어야 할지 할 말을 찾지 못하는 것 같았다. 마침내 엉뚱하게 불쑥 말을 꺼냈다. "도대체 그 사람이 어떻게 알아낸 거람?"

채리티는 아무 대답도 하지 않았고, 그는 쥐고 있던 꾸러미를 내던지고서 그녀에게 다가왔다.

"채리티, 미안해…… 이런 일이 일어난 것에 대해……."

채리티는 오만하게 고개를 뒤로 젖혔다. "난 전혀 미안하다고 생각해 본 적이 없어…… 조금도."

"그래."

채리티는 하니가 두 팔로 안아 주기를 기다렸지만 그는 우유부단하게 몸을 돌렸다. 마지막 빛이 '산' 너머에서 사라졌다. 방 안의 모든 물건이 회색으로 변해 형체를 알아보기 힘들었고, 가을의 냉기가 과수원 아래 골짜기에서 올라와 두 사람의 상기된 얼굴을 차갑게 어루만졌다. 하니는 방 끝까지 걸어갔다가 걸어와서는 식탁에 앉았다.

"자, 이리 와 봐." 그가 고압적인 어조로 말했다.

채리티가 그 옆에 앉았고, 하니는 꾸러미의 줄을 풀어 샌드위치 더미를 펼쳐 놓았다.

"햄블린의 애찬회[28]에서 훔쳐 온 거야." 하니가 웃으며 샌드위치를 채리티 쪽으로 밀었다. 채리티는 따라 웃으며 하나를 집어 먹기 시작했다.

"차를 끓이지 않았어?"

"응." 그녀가 대답했다. "그만 깜박 잊어버리고……."

"아, 괜찮아…… 지금 물을 끓이기엔 너무 늦었네." 그는 더이상 아무 말도 하지 않았고, 두 사람은 서로 마주 앉아 말없이 계속 샌드위치를 먹었다. 어둠이 작은 방 안에 깔렸고, 하

---

28) 초기 기독교도들이 우애의 표시로 베푼 음식. 지금은 친목을 위한 술잔치나 종교적 회식을 가리키는 말로 쓴다.

니의 얼굴은 채리티에게 어둠침침하고 흐릿하게 보였다. 갑자기 그가 식탁을 가로질러 몸을 구부리고 한 손을 그녀의 손에 얹었다.

"잠시 이곳을 떠나 있어야겠어…… 어쩌면 한 달이나 두 달 정도…… 일을 정리하려고. 그러고 나서 다시 돌아올게…… 그러면 결혼하자."

하니의 목소리는 마치 낯선 사람처럼 들렸다. 그 목소리에는 채리티가 아는 떨림이 남아 있지 않았다. 그녀의 손이 무기력하게 그의 손 밑에 놓여 있었다. 채리티는 손을 그 자리에 그냥 놓아둔 채 고개를 들고 그 말에 대답하려고 애썼다. 그러나 말은 목구멍에서 사라졌다. 어떤 이상한 죽음이 그들을 기습이라도 한 듯 두 사람은 애정을 확신하는 태도로 꼼짝하지 않고 앉아 있었다. 마침내 하니가 약간 몸을 떨며 벌떡 자리에서 일어났다. "맙소사! 이렇게 축축해서야 어디…… 이제 더 이상 이곳에 올 수도 없겠는걸." 하니는 선반으로 가서 양철 촛대를 내려 초에 불을 붙였다. 그러고는 돌쩌귀가 없는 덧문을 텅 빈 유리창에 받쳐 두고 탁자 위에 촛불을 올려놓았다. 촛불 때문에 그의 찡그린 이마 위에 이상야릇한 그림자가 드리웠고 입술의 미소도 일그러졌다.

"하지만 그동안 참 좋았어, 안 그래, 채리티? ……왜 그러는 거야? ……왜 거기에 서서 나를 쳐다보고 있는 거야? 이곳에서 보낸 날들이 즐겁지 않았어?" 그는 다가가서 채리티를 가슴에 끌어안았다. "그리고 앞으로도 좋은 날이 있을 거야…… 엄청나게 많은 날들이…… 훨씬 행복한…… 이보다 더 행복한…… 채리티, 안 그래?"

하니는 채리티의 고개를 뒤로 젖히고 귀밑으로 목줄기의 곡선을 더듬으며 여기저기 머리카락과 눈과 입술에 입을 맞추었다. 채리티는 절망적으로 하니에게 매달렸다. 그가 소파에 무릎을 꿇고 끌어당겼을 때 그녀는 마치 그와 함께 어떤 심연 속으로 빨려 들어가는 것 같은 느낌이었다.

15

그날 밤 두 사람은 평소처럼 숲 가장자리에서 작별 인사를 하고 헤어졌다.

하니는 이튿날 아침 일찍 떠나기로 되어 있었다. 그는 자기가 돌아올 때까지 그들의 계획에 대해 아무것도 말하지 말아 달라고 부탁했다. 이상하게 스스로 생각하기에도 채리티는 그렇게 일을 미루는 것이 기뻤다. 수치심이 그 밖의 다른 모든 감정을 마비시키며 납덩어리처럼 무겁게 그녀를 짓눌렀다. 채리티는 거의 감정의 동요를 느끼지 않고 하니에게 작별 인사를 했다. 다시 돌아오겠다는 그의 거듭되는 약속이 오히려 상처를 주는 듯했다. 채리티는 그가 돌아올 것을 조금도 의심하지 않았다. 그녀의 의구심은 훨씬 더 깊었으며 뭐라고 딱 꼬집어 말하기 어려웠다.

두 사람이 처음 만났을 때 머릿속에 한순간 미래에 대한 공상이 스쳐 간 이후로 단 한 번도 하니와 결혼을 생각해 본 적이 없었다. 채리티는 마음속에서 그런 생각을 없애 버릴 필요가 없었다. 그런 생각이 아예 처음부터 없었으니까. 만약 미래를 생각했다면 두 사람 사이에 놓인 강이 너무 깊고, 두 사람의 열정이 그 강에 가로질러 놓은 다리는 무지개만큼이나 실체가 없다는 사실을 채리티는 본능적으로 알고 있었다. 그러나 좀처럼 앞일을 내다보지 않았다. 너무 풍요로운 하루하루가 그녀를 사로잡았다……. 지금 그녀는 처음으로 모든 게 달라질 것이며 자신도 하니에게 다른 존재가 될 것이라는 느낌을 받았다. 독립적이고 절대적인 존재로 남아 있는 대신 그녀는 다른 사람들과 비교될 테고, 그는 그녀가 모르는 일들을 기대하게 될 것이다. 채리티는 너무 자만하여 두렵지는 않았지만 그녀의 자유로운 영혼은 한풀 꺾였다…….

하니는 언제 돌아온다고 날짜를 못 박지 않았다. 먼저 주위를 둘러보고 일을 정리해야 한다고 말했을 뿐이다. 뭔가 말할 수 있을 만큼 일이 분명해지면 곧 편지를 보내겠다고 약속하며 주소를 남겼고, 채리티에게도 편지를 보내 달라고 부탁했다. 그런데 그 주소를 보고 채리티는 겁에 질렸다. 뉴욕 5번가에 있는 긴 이름의 클럽이었다. 두 사람 사이에 넘을 수 없는 장벽을 쌓아 놓은 것 같았다. 처음 며칠은 한두 번 종이를 꺼내 바라보고 앉아서 무슨 말을 할까 생각해 보았다. 그러나 자기 편지가 목적지까지 절대로 도착하지 않을 것 같은 느낌이 들었다. 채리티는 이제까지 헵번보다 먼 곳에 있는 누군가에게 편지를 보낸 적이 없었다.

하니가 마을을 떠난 지 열흘쯤 지나 첫 번째 편지가 왔다. 다정하면서도 엄숙한 편지로 크레스턴리버의 주근깨투성이 소년을 통해 보냈던 재미있는 쪽지와 비슷한 점이라곤 조금도 찾아볼 수 없었다. 다시 돌아오겠다는 의지에 대해서는 긍정적으로 말하면서도 언제 돌아온다는 날짜는 언급하지 않았다. 그가 '일을 해결할' 때까지 그들의 계획을 다른 사람에게 절대 알리지 않기로 한 약속을 채리티에게 상기시켰다. 그게 언제인지는 아직 예측하기 힘들었다. 그러나 채리티는 일이 해결되자마자 그가 돌아오리라고 믿었다.

채리티는 이상하게도 그 편지가 헤아릴 수 없이 아주 먼 거리에서 왔으며 도중에 대부분의 내용이 유실된 듯한 느낌을 받으면서 그것을 읽었다. 크레스턴폴스가 그려진 컬러 그림엽서에 쓴 답장에다 그녀는 "당신을 사랑하는 채리티로부터"라고 써 보냈다. 안타깝게도 채리티는 이 문구가 왠지 어색하게 느껴졌고, 자기 생각을 제대로 표현하지 못한 탓에 하니한테 차갑고 마지못해 편지를 썼다는 인상을 줄 게 틀림없다고 생각하니 절망감이 들었다. 그러나 어쩔 도리가 없었다. 로열 씨가 억지로 말하게 할 때까지 하니가 결혼이라는 말을 단 한 번도 한 적이 없다는 사실이 잊히지 않았다. 비록 그에게 자신을 묶어 놓는 마법을 떨칠 힘은 없었지만 그녀는 자연스러운 감정을 모두 잃어버렸으며 피할 수 없는 어떤 운명을 수동적으로 기다리고 있는 것 같았다.

채리티가 붉은 집에 돌아왔을 때 로열 씨의 모습은 보이지 않았다. 하니와 헤어진 이튿날 방에서 내려왔을 때 베리나는 그녀의 후견인이 우스터와 포틀랜드에 갔다고 전해 주었다. 일 년 중 지금이 그가 대리로 일하는 보험 회사에 업무를 보고하는 시기였고, 따라서 갑작스럽다는 것을 제외하면 떠난 것이 조금도 이상하지 않았다. 채리티는 그가 집에 없어 다행이라는 것 말고는 그에 관해 거의 생각하지 않았다……

노스도머가 잠깐 동안의 주목에서 깨어나는 동안 채리티는 처음 며칠을 혼자 지냈다. 이렇게 소요가 가라앉는 바람에 그녀는 마을 사람들의 이목을 끌지 않았다. 그러나 충성스러운 앨리는 오랫동안 피할 길이 없었다. 고향 맞이 주간 행사가 끝나고 처음 며칠 동안 채리티는 도서관에 앉아 있지 않을 때면 하루 종일 언덕을 배회하며 앨리를 만나지 않으려고 애썼다. 그런데 그 뒤 장마철에 접어들었고, 비가 몹시 퍼붓던 어느 날 오후 앨리는 친구가 집에 있을 것이라고 확신하며 바느질감을 들고 붉은 집에 찾아왔다.

두 아가씨는 2층 채리티의 방에 앉아 있었다. 채리티는 놀고 있는 두 손을 무릎 위에 얹고 일종의 음울한 몽상에 잠긴 채 앨리를 반쯤밖에는 의식하지 못했다. 한편 앨리는 골풀로 바닥을 댄 나지막한 의자에 채리티를 마주 보고 앉아 무릎에 바느질감을 바짝 갖다 대고서 얇은 입술을 오므린 채 몸을 구부리고 있었다.

"게이징에 리본을 달자는 게 내 아이디어였지." 앨리가 몸을 뒤로 젖히고는 손질 중인 블라우스를 바라보며 자랑스럽게 말했다. "볼치 양의 옷이야. 엄청 좋아하더라." 앨리는 말을 멈추고 날카로운 목소리를 이상야릇하게 떨면서 덧붙였다.

"볼치 양에게 줄리아의 옷을 보고 힌트를 얻었다고 말할 수는 없었지 뭐야."

채리티는 힘없이 두 눈을 들었다. "아직도 가끔 줄리아를 만나는 거야?"

그 말이 자신도 모르게 새어 나온 것처럼 앨리는 얼굴을 붉혔다. "아, 그런 게이징 달린 옷을 입고 있는 걸 본 것은 오래전이었어……."

또다시 침묵이 흘렀고, 앨리는 곧 말을 이었다. "볼치 양이 이번엔 엄청나게 많은 옷을 맡겼다니까."

"어머…… 그 여자가 떠났단 말이야?" 채리티가 속으로 깜짝 놀라며 물었다.

"몰랐어? 햄블린에서 축하 행사가 열린 이튿날 아침에 떠났어. 아침 일찍 하니 씨와 마차를 타고 가는 걸 보았거든."

빗방울이 줄기차게 창문을 두드리는 소리와 이따금 앨리가 가위질하느라 짤각거리는 소리 사이사이에 또 다른 침묵이 흘렀다.

앨리는 의미심장하게 웃음을 지었다. "볼치 양이 떠나기 전에 나보고 뭐랬는지 알아? 스프링필드로 나를 불러다 결혼식에 입을 옷을 만들어 달라고 하겠다지 뭐야."

채리티는 다시 무거운 눈까풀을 들고 앨리의 뾰족하고 창백한 얼굴을 쳐다보았다. 얼굴이 손가락의 움직임에 따라 위아래로 오르내리고 있었다.

"결혼한대?"

앨리는 블라우스를 무릎에 내려놓고 앉아 그것을 멍하니

쳐다보았다. 말라붙은 입술에 혀로 침을 적셨다.

"글쎄, 내 생각엔 그래…… 볼치 양이 한 말을 미뤄 보면 말이지……. 넌 아직 모르고 있었던 거야?"

"내가 왜 알아야 하는데?"

앨리는 아무 대답도 않은 채 블라우스 위에 몸을 숙이고 가위 끝으로 시침질한 실을 뜯기 시작했다.

"내가 그걸 왜 알아야 하느냐고?" 채리티가 귀에 거슬리게 되풀이해서 말했다.

"난 몰랐는데…… 여기 사람들 말로는 볼치 양이 하니 씨와 약혼했다고 하던데."

채리티는 웃으면서 벌떡 일어나 나른한 듯 머리 위로 두 팔을 뻗었다.

"사람들이 말하는 대로 모두 결혼하면 넌 웨딩드레스를 만드느라고 정신이 없겠구나." 그녀가 빈정거리며 말했다.

"어머…… 넌 그 말을 믿지 않는 거야?" 앨리가 대담하게 물었다.

"내가 믿는다고 그게 사실이 되는 건 아니잖아…… 내가 믿지 않는다고 아니게 되는 것도 아니고."

"그야 그렇지……. 내가 분명히 아는 건 파티가 열린 밤에 옷이 잘 맞지 않아 볼치 양이 우는 걸 보았다는 거야. 그래서 춤을 추지 않으려 한 거였고……."

채리티는 멍하니 서서 앨리의 무릎 위에 놓인 레이스 달린 옷을 쳐다보았다. 그러더니 불쑥 허리를 굽혀 옷을 낚아챘다.

"그럼 이 옷을 입고도 춤을 출 것 같지 않은데." 갑자기 난폭해지며 채리티가 내뱉었다. 채리티는 힘센 두 손으로 블라우스를 움켜쥐고는 둘로 찢어 넝마 같은 조각을 바닥에 내동댕이쳤다.

"어머, 채리티!" 앨리가 비명을 지르며 벌떡 일어섰다. 오랫동안 두 아가씨는 찢어진 옷을 사이에 두고 서로를 마주 보았다. 앨리가 왈칵 눈물을 터뜨렸다.

"아, 어쩌면 좋아, 볼치 양에게 뭐라고 한담? 어떻게 하면 좋냐 말이야? 진짜 레이스였는데!" 앨리는 흐느끼는 사이사이에 날카로운 소리로 울부짖으며 말했다.

채리티는 조금도 화를 누그러뜨리지 않고 빤히 바라보았다. "그걸 이곳에 갖고 오지 말았어야지." 채리티는 빠르게 숨을 몰아쉬며 말했다. "난 다른 사람들의 옷은 질색이야…… 꼭 그 옷 임자를 보는 것만 같단 말이야." 이 말에 두 사람은 또다시 서로의 얼굴을 응시했고, 마침내 채리티가 화가 나서 헐떡거리며 소리를 질렀다. "아, 가…… 가…… 가란 말이야…… 안 가면 너도 미워할 거야……."

앨리가 방에서 나가자 채리티는 흐느껴 울면서 침대 위에 털썩 쓰러졌다.

긴 폭풍우에 이어 북서풍이 몰아쳤고, 폭풍이 끝나자 언덕은 처음으로 황갈색을 띠었으며 하늘이 점점 짙은 푸른색으로 변해 가는 동안 큼직한 뭉게구름이 눈 더미처럼 언덕에 드리웠다. 파삭파삭 소리를 내는 첫 단풍잎들이 해처드 부인네 잔디밭을 가로질러 나뒹굴기 시작했고, 해처드 기념 도서관의 담쟁이덩굴이 하얀 현관을 온통 자줏빛으로 수놓았다. 그야말로 황금빛의 찬란한 9월이었다. 활활 불타는 듯한 담쟁이 덩굴이 조금씩 언덕 비탈을 진홍색과 심홍색으로 물들였고, 낙엽송들은 불꽃 주위의 엷고 노란 후광처럼 빛났으며, 솔송 나무들은 백열광을 내뿜는 숲을 배경으로 쪽빛으로 바뀌었다.

물기 없이 반짝이는 별들이 하늘 높이 떠 있어 더 작고 더 생생하게 보이는 밤이 되면 날씨가 쌀쌀해졌다. 이따금 오랫동안 잠을 못 이루고 침대에 누웠을 때 채리티는 마치 바퀴 달린 불덩어리에 묶여 그것들과 함께 커다란 검은 하늘을 돌고 있는 느낌이었다. 밤에 채리티는 여러 가지 계획을 세웠다…… 하니에게 편지를 쓴 것은 그때였다. 그러나 하고 싶은 말을 어떻게 표현할지 몰라서 편지를 종이에 옮겨 적지는 않았다. 그래서 그녀는 기다렸다. 앨리와 이야기를 나눈 뒤로 하니가 애너벨 볼치와 약혼했으며, '일을 정리하는' 과정에는 이 약혼을 파기하는 것도 포함되어 있으리라는 확신이 들었다. 처음에 느낀 질투의 분노가 사라지자 채리티는 이 문제에 관해 더 이상 두려움을 느끼지 않았다. 하니가 자기한테 돌아오리라고 여전히 확신하기 때문이었다. 또한 비록 짧은 순간이지만 그가 사랑하는 사람은 볼치 양이 아니라 자신이라고 믿었다. 그런데도 그 아가씨는 채리티가 좀처럼 이해할 수도, 따라갈 수도 없다고 느끼는 모든 것을 대변한다는 이유로 여전히 경쟁 상대로 남아 있었다. 애너벨 볼치는 하니가 결혼해야 할 아가씨는 아니더라도 적어도 결혼하기에 적합한 부류의 아가씨였다. 채리티는 결코 자신을 그의 아내로 상상해 볼 수 없었다. 한 번도 그런 환상을 붙잡아 현실이 되도록 좇을 수가 없었다. 그러나 애너벨 볼치는 그런 관계로 완벽하게 상상에 들어맞았다.

이런 생각을 하면 할수록 숙명적인 체념이 점점 더 채리티를 짓눌렀다. 상황에 맞서 싸우는 것이 아무 쓸모 없는 일처럼 여겨졌다. 채리티는 지금껏 적응하는 방법을 알지 못했다. 다만 부러지고 찢기고 파괴될 따름이었다. 그녀는 앨리와 한바탕 싸우면서 어린아이처럼 야만적으로 행동했다는 수치심에 휩싸였다. 만약 하니가 보았더라면 어떻게 생각했을까? 그러나 혼란스러운 와중에 그 사건을 곰곰이 생각해 보면 아무리 교양 있는 사람이라도 자기 같은 상황에 놓였을 때 다르게 행동할 것 같지 않았다. 채리티는 알 수 없는 어떤 힘에 부당하게 맞서고 있는 느낌이 들었다…….

마침내 이런 감정 때문에 채리티는 갑작스러운 행동을 취했다. 어느 날 저녁 베리나가 잠자러 간 뒤 로열 씨의 사무실에서 편지지 한 장을 꺼내 부엌 램프 옆에 앉아 하니에게 첫 번째 편지를 쓰기 시작했다. 아주 짧은 편지였다.

만약 당신이 애너벨 볼치와 결혼을 약속했다면 그녀와 결혼했으면 해. 당신은 그 일로 내가 몹시 가슴 아파할 거라고 걱정할지도 모른다는 생각이 들어. 오히려 나는 당신이 옳게 행동했으면 하는 마음이야.

당신을 사랑하는 채리티

채리티는 이튿날 아침 일찍 편지를 부쳤고, 며칠 동안 마음이 이상하게 가뿐해진 느낌이었다. 그러더니 왜 답장이 오지 않는지 궁금해하기 시작했다.

어느 날 채리티가 도서관에 혼자 앉아 이런 일들을 생각하고 있을 때 책이 꽂힌 벽들이 그녀를 중심으로 빙빙 돌아가고 장미목 책상이 팔꿈치 아래에서 흔들거리기 시작했다. 현기증에 이어 행사 날 읍사무소에서 느낀 것 같은 메스꺼움이 파도처럼 덮쳐 왔다. 그러나 읍사무소는 사람들로 꽉 차고 질식할 듯이 더웠지만 도서관은 텅 빈 데다 너무 추워서 계속 재킷을 걸치고 있는 상태였다. 겨우 오 분 전만 하더라도 완전히 정상이었다. 그런데 지금은 갑자기 죽을 것만 같은 생각이 들었다. 여전히 나른한 상태에서 짜고 있던 레이스 조각을 손가락에서 놓쳤고, 코바늘이 딸깍하는 소리를 내며 마룻바닥에 떨어졌다. 통증이 파도처럼 밀려오는 동안 책상에 몸을 의지한 채 채리티는 축축한 두 손으로 관자놀이를 세게 눌렀다. 조금씩 통증이 가라앉았고, 몇 분 후 그녀는 몸을 떨면서 겁에 질려 자리에서 일어나 모자를 더듬어 찾은 뒤 비틀거리며 바깥으로 걸어 나왔다. 몸을 질질 끌어 집을 향해 끝없이 먼 길을 걸어가는 동안 햇살이 가득한 가을이 그녀 주위를 빙글빙글 돌고 으르렁거리며 울부짖었다.

붉은 집에 가까이 다가가자 마차 한 대가 문가에 서 있는 것이 보였다. 채리티의 가슴이 마구 뛰었다. 그러나 마차에서 내리는 사람은 여행용 가방을 손에 든 로열 씨였다. 그는 채리티가 오는 것을 보고 현관에서 기다렸다. 채리티는 자신의 외모에 뭔가 이상한 변화라도 있는 듯이 그가 유심히 쳐다보고 있다는 것을 알았다. 그래서 침착한 표정을 지으려고 안간힘을 쓰며 고개를 뒤로 젖혔다. 서로 눈이 마주치자 채리티는 아무 일 없던 것처럼 말했다. "지금 돌아오시는 길이에요?" 그는 "그래, 지금 돌아오는 길이야." 하고는 그녀를 앞서서 집에 들어가 사무실 문을 열었다. 그녀는 자기 방으로 올라갔는데 계단을 디딜 때마다 마치 두 발을 아교로 단단히 붙여 놓은 것처럼 걸음을 뗄 수 없었다.

이틀 뒤 채리티는 네틀턴 역에서 내려 먼지투성이인 광장으로 걸어갔다. 짧은 한파가 끝난 이날은 지난 7월 4일 독립기념일에 하니와 함께 왔을 때처럼 날씨가 덥고 포근했다. 광장에는 전세 마차와 덮개를 씌운 마차들이 을씨년스럽게 줄지어 서 있었고, 어깨뼈 사이에 파리 쫓는 망을 덮은 깡마른 말들이 우울하게 이리저리 고개를 흔들어 댔다. 채리티는 식당과 당구장 위에 걸린 요란한 간판을 알아보았다. 높은 전봇대 위의 긴 전선들이 중심가를 따라 반대편 공원 쪽으로 갈수록 점점 가늘어졌다. 전선이 향하는 길을 따라 채리티는 고개를 숙이고 빠른 걸음으로 걸어 마침내 모퉁이에 벽돌 건물이 자리한 넓은 횡단 도로에 도착했다. 이 길을 건너가서 벽돌 건물의 앞쪽을 훔쳐보았다. 그러고는 다시 되돌아와 놋쇠 테를 두른 가파른 계단 위의 열려 있는 문으로 들어갔다. 2층 층계참에서 초인종을 누르자 더부룩한 머리에 주름 장식을 한 앞치마를 두른 흑인 혼혈 여자아이가 채리티를 홀로 안내했다. 홀에는 박제된 여우가 뒷발로 서서 방문객들에게 놋쇠 명함 접시를 내밀고 있었다. 홀 뒤쪽에는 판유리를 끼운 문에 '진료실'이라고 쓰여 있었다. 우아하게 가구를 갖춘 방에는 플러시 천으로 만든 소파와 황금빛 커다란 액자가 있었고 그 안에는 젊고 화려한 여자들의 모습이 걸려 있었다. 채리티는 이 방에서 몇 분 기다린 뒤 진료실로 안내되었다.

채리티가 유리문에서 나오자 머클 의사가 뒤따라와 그녀를 플러시 천 소파와 더 많은 황금빛 액자들이 있는 좀 더 작은 다른 방으로 안내했다. 머클 의사는 반짝이는 작은 눈을 가진 통통한 여자로 풍성한 검은 머리카락이 이마 위에 낮게 드리웠고 치아가 부자연스러울 만큼 희고 가지런했다. 검은 드레스를 입었는데 가슴에는 금줄과 장식물을 늘어뜨린 채였다. 그녀는 크고 부드러운 두 손을 재빠르게 움직였으며 사향과 석탄산 냄새를 풍겼다.

머클 의사는 흠잡을 데 없는 이를 드러내며 채리티에게 미소를 지었다. "아가씨, 의자에 앉아. 기운을 차리게 뭘 좀 한 모금 마시지 않겠어? ……아니지…… 자, 그럼, 그냥 잠깐 누워 있어……. 아직은 아무것도 할 수 없지만 한 달쯤 지나서 다시 들르면……. 난 아가씨를 이삼일 동안 우리 집에 묵게 할 수 있어. 그러면 조금도 걱정할 필요 없을 거야. 맙소사! 다음번엔 지금처럼 초조해하지 않을 거지……."

채리티는 눈을 동그랗게 뜨고 빤히 쳐다보았다. 가발과 의치에다 잔인한 거짓 미소를 띤 이 여자 — 그녀는 지금 자신에게 어떤 상상도 못 할 범죄로부터의 면책 외에 과연 무엇을 제안하고 있는 것인가? 그때까지 채리티는 막연한 자기혐오와 무서운 육체적 고통만을 의식하고 있었다. 그런데 지금, 갑자기, 그녀는 모성을 느꼈다. 채리티가 이 무시무시한 장소에 찾아온 것은 자기 상태에 대해 잘못 생각하고 있지 않은지 달리 확인할 방법이 없었기 때문이었다. 그런데 이 여자는 자신을 줄리아 같은 비참한 처지로 여기는 게 아닌가……. 너무 끔찍한 나머지 채리티는 얼굴이 새파랗게 질리고 몸을 떨면서 벌떡 일어섰다. 엄청난 분노가 파도처럼 엄습해 왔다.

머클 의사도 여전히 미소를 지으며 자리에서 일어났다. "왜 그렇게 급히 달아나는 거지? 여기 내 소파에 몸을 쭉 펴고 누워 있어도 괜찮은데……." 그녀가 말을 멈추었다. 좀 더 어머니 같은 자상한 미소를 띠었다. "나중에…… 만약 집에서 뭐라고 말이 있고 잠시 집을 떠나 있고 싶으면…… 보스턴에 친구를 구하는 여자가 한 사람 있는데…… 아가씨야말로 그 친구에게 아주 잘 어울려……."

채리티는 문 쪽으로 다가갔다. "전 이곳에 머물고 싶지 않아요. 다시 오고 싶지도 않고요." 문고리에 한 손을 얹고 채리티가 더듬거리며 말했다. 그런데 머클 의사가 빠른 동작으로 채리티를 문지방에서 밀쳤다.

"그래, 좋아. 진료비는 5달러야."

절망감을 느끼며 채리티는 의사의 꼭 다문 입술과 굳은 얼굴을 쳐다보았다. 저축해 둔 마지막 돈은 볼치 양의 찢어진 블라우스값으로 앨리에게 주었고, 기차표를 사고 진료비를 마련하기 위해 친구에게 4달러를 빌려야 했다. 진찰비가 2달러를 넘으리라고는 미처 생각하지 못했다.

"전 몰랐어요……. 그렇게 많이는 없어요……." 채리티가 눈물을 터뜨리며 더듬더듬 말했다.

머클 의사는 이를 드러내지 않고 짧게 웃으며 채리티에게 자신이 재미 삼아 병원을 운영한다고 생각하는지 짤막하게 물었다. 그렇게 말하면서 마치 교도관이 감옥에 갇힌 사람과 협상하듯 건장한 두 어깨를 문에 기대고 섰다.

"나중에 와서 갚겠다고 하겠지? 그런 얘기는 귀가 따갑도록 들어 왔거든. 내게 주소를 알려 줘. 만약 갚지 않으면 아가씨 가족들에게 청구서를 보낼 테니……. 뭐라고? 무슨 말인지 잘 알아듣지 못하겠는데……. 이런, 진료비도 제대로 내지 못하는 아가씨치고 꽤나 까다롭게 구네……." 의사는 말을 멈추더니 채리티가 블라우스에 꽂은 푸른색 보석이 달린 브로치를 빤히 쳐다보았다.

"그런 보석을 달고 돌아다니면서 밥벌이를 해야 하는 여자에게 그런 식으로 말하다니 부끄럽지도 않아? ……이건 내 방침은 아니지만 다만 호의로 그러는 거야……. 만약 그 브로치를 담보로 잡힐 마음이 있다면 나중에 돈을 갖고 와서 찾아가도 돼……."

집으로 돌아오는 길에 채리티는 의외로 마음이 아주 편안해졌다. 하니의 선물을 그 여자의 손에 맡긴 것은 끔찍스러운 일이었지만, 그녀가 가지고 가는 소식은 큰 값을 치르더라도 살 만한 가치가 있었다. 기차가 낯익은 풍경을 지나 달려가는 동안 채리티는 반쯤 눈을 감고 앉아 있었다. 지난번 여행에 얽힌 추억이 눈앞을 낙엽처럼 스쳐 갔고 그녀의 핏속에서 잠자는 씨앗처럼 자라고 있었다. 그녀는 혼자라는 게 어떤 느낌인지 다시는 알 수 없을 것이다. 모든 것이 갑자기 분명해지고 단순해지는 듯했다. 그녀가 몸속에서 자라고 있는 아이의 어머니인 이상 자신을 하니의 아내로 그려 보는 데 이제 아무런 어려움이 없었다. 그녀가 가진 최상의 권리와 비교하면 애너벨 볼치의 주장은 소녀의 감상적인 공상에 지나지 않아 보였다.

그날 저녁 붉은 집의 대문 앞에서 채리티는 어스름 속에 기다리고 있는 앨리를 발견했다. "우체국에 갔더니 막 문을 닫으려고 하더라. 월 타갯이 네게 온 편지가 있다고 하기에 가져왔어."

앨리는 마음을 꿰뚫는 듯한 연민으로 채리티를 쳐다보며 편지를 내밀었다. 블라우스를 찢은 사건 이후로 친구를 바라보는 앨리의 시선에는 전에 보지 못한 경외감이 감돌았다.

채리티는 웃으면서 편지를 잡아챘다. "아, 고마워…… 잘 가." 채리티는 어깨 너머로 소리를 지르고 집 쪽으로 달려갔다. 만약 조금이라도 머뭇거리면 앨리가 따라오리라는 것을 잘 알기 때문이었다.

채리티는 서둘러 위층으로 올라가 컴컴한 자기 방을 더듬어 찾았다. 성냥을 찾아 촛불을 켜는 동안 두 손이 떨렸다. 봉투가 너무 단단히 붙어 있어 가위를 찾아 뜯어야 했다. 마침내 편지를 읽었다.

사랑하는 채리티에게

당신의 편지를 받고 말로 표현 못 할 만큼 큰 감동을 받았어.
그 답례로 최선을 다하겠다는 내 말을 믿어 주지 않겠어? 이 세
상에는 설명하기 힘들고 정당성을 증명하기는 더더욱 힘든 일
들이 있지. 하지만 당신의 너그러운 마음이 모든 일을 훨씬 쉽
게 만들어 주었어. 지금 내가 할 수 있는 말은 나를 이해해 줘서
진심으로 고맙다는 말뿐이야. 내가 옳게 행동하기를 바란다는
당신의 말이 형언할 수 없을 만큼 나에게 큰 도움이 되었어. 만
약 우리가 꿈꾼 것을 실현할 희망이 있다면 당신은 당장이라도
나를 다시 보게 될 거야. 그리고 아직 나는 그런 희망을 잃지 않
았어.

채리티는 편지를 서둘러 읽었다. 그러고 나서 읽고 또 읽었
고, 매번 점점 천천히 정성을 들여 읽었다. 너무나 아름다운
표현들로 쓰여 있어 네틀턴에서 성서 그림을 설명해 주던 신
사의 말만큼이나 좀처럼 이해하기가 어려웠다. 그러나 차츰
그 의미의 요점이 마지막 구절에 들어 있다는 사실을 깨달았
다. "만약 우리가 꿈꾼 것을 실현할 희망이 있다면……."

그렇다고 하더라도 하니는 그에 대해 확신을 갖고 있지 않
다는 말인가? 이제 채리티는 그의 말 한 마디 한 마디와 침묵
하나하나가 애너벨 볼치의 우선권을 인정하는 것임을 알았
다. 하니는 애너벨 볼치와 약혼했으며 아직 파혼할 방법을 찾
지 못한 것이 분명했다.

채리티는 편지를 읽고 또 읽으면서 그런 편지를 쓰기 위

해 무척 고심했을 거라고 생각했다. 하니는 당면한 주장을 회피하려 들지 않았다. 정직하게 뉘우치며 서로 상반되는 의무감 사이에서 고심했다. 자유롭지 못하다는 사실을 숨긴 데 대해 채리티는 그를 마음속으로 나무라지 않았다. 비난받을 행동으로 말하자면 자신도 그 못지않았다. 처음부터 하니가 원했던 것보다 자신이 더 그를 필요로 했으며, 두 사람을 동시에 사로잡은 힘은 숲의 나뭇잎을 떨어뜨리는 거센 강풍만큼이나 저항할 수 없었다……. 다만 이런 와중에 애너벨 볼치라는 무찌를 수 없는 상대가 두 사람 사이에 딱 버티고 있을 따름이었다…….

채리티는 사실을 인정하는 하니와 직면한 채 편지를 물끄러미 바라보며 앉아 있었다. 차가운 전율이 몸을 타고 흘렀고, 격한 흐느낌이 목구멍까지 치밀어 올라와 머리부터 발끝까지 그녀를 흔들었다. 한동안 채리티는 고통의 큰 파도에 휩싸여 나뒹굴며 그 공격에 맞서는 맹목적인 투쟁 외에는 거의 아무것도 의식할 수 없었다. 그러고는 무서운 고통을 느끼며 자신의 가련한 사랑을 조금씩 한 단계 한 단계 되돌아보기 시작했다. 자신이 했던 어리석은 말들이며, 하니가 했던 쾌활한 대답들이며, 불꽃놀이에서 잠깐 어두워졌을 때 나눈 첫 입맞춤이며, 함께 푸른색 브로치를 고르던 일이며, 복음을 전하는 사람한테서 도망치다가 떨어뜨린 편지에 대해 그가 놀리던 일들. 이런 모든 추억과 수천 가지 다른 추억들이 뇌리를 스쳤다. 그리하여 마침내 그 친밀감이 너무 생생해 머리카락을 만지작거리는 그의 손가락을 느꼈고 마치 꽃처럼 그녀의 고개를 뒤로 젖힐 때 그 따뜻한 숨결이 뺨에 닿는 듯했다. 이런 추억은 이제 그녀의 것이었고, 핏속에 들어와 그녀의 일부가 되었으며, 지금 그녀의 자궁에서 아이를 키우고 있었다. 그토록 얽힌 삶의 가닥을 뿔뿔이 찢는 것은 도저히 불가능한 일이었다.

이런 확신이 들자 채리티는 점점 힘이 났고, 그래서 하니에게 쓸 편지의 첫 구절을 마음속에 떠올리기 시작했다. 당장에 편지를 쓰고 싶어서 초조한 손으로 서랍을 뒤져 편지지를 찾기 시작했다. 그런데 한 장도 남아 있지 않았다. 편지지를 가지러 아래층으로 내려가야 했다. 지금 곧장 편지를 쓰지 않으면 안 되고, 자신의 비밀을 말로 적어야만 안심이 되고 무사하리라는 미신적인 느낌마저 들었다. 그래서 촛불을 들고 로열 씨의 사무실로 내려갔다.

그런 시간에 사무실에서 로열 씨를 발견하리라고는 꿈에도 생각하지 않았다. 아마 그는 저녁을 먹고 캐릭 프라이네 가게에 갔을 테니까. 채리티는 불을 켜지 않은 방문을 열어젖혔다. 그러자 촛불이 어둠 속에서 등 높은 의자에 앉아 있는 그의 얼굴을 비추었다. 두 팔을 팔걸이에 얹고 머리를 약간 숙인 채였다. 그러나 채리티가 들어가자 그도 재빨리 고개를 들었다. 서로 눈이 마주쳤을 때 그녀는 울어서 눈이 발갛게 충혈되었으며 여행의 피로와 감정의 동요로 얼굴이 검푸른색을 띠었다는 것을 떠올리고 흠칫 놀라 뒤로 물러섰다. 다만 도망치기에는 너무 늦었기 때문에 잠자코 서서 그를 바라보았다.

로열 씨는 의자에서 벌떡 일어나 두 팔을 벌리고 채리티에게 다가갔다. 그 몸짓이 너무나 갑작스러워 채리티는 그가 두 손을 잡도록 그냥 내버려 두었다. 두 사람은 그렇게 말없이 서 있었다. 마침내 로열 씨가 진지하게 입을 열었다. "채리티……나를 찾고 있었던 거냐?"

채리티는 불쑥 몸을 빼며 뒤로 물러섰다. "제가요? 아아뇨……." 채리티는 그의 책상 위에 촛불을 내려놓았다. "편지지가 필요해서요, 그뿐이에요."

로열 씨가 얼굴을 찡그리자 덥수룩한 눈썹이 눈 위를 덮었다. 그는 아무 대답 없이 책상 서랍을 열더니 편지지 한 장과 봉투 하나를 꺼내 그녀 쪽으로 밀었다. "우표도 필요하니?" 그가 물었다.

채리티가 고개를 끄덕이자 그는 우표를 건넸다. 채리티는 로열 씨가 그러면서도 자기를 자세히 살피고 있다는 느낌이 들었다. 그리고 자신의 창백한 얼굴 위에 나불대는 촛불이 부어오른 얼굴 생김새를 일그러뜨리고 거무스름해진 눈가를 과장해서 보여 주리라는 것도 알고 있었다. 그녀는 편지지를 휙 낚아챘다. 무자비한 그의 시선을 받으며 자신감이 점차 사라졌다. 채리티는 그 시선 속에서 자신이 놓인 준엄한 상태를 깨달았고, 그 방에서 그가 하니한테 그녀와 결혼하도록 강요했던 그날을 얄궂게 되살렸다. 로열 씨의 표정은 그가 일찍이 경고한 대로 그녀가 연인에게 편지를 쓸 종이를 가지러 온 것을 잘 알고 있다고 말하는 것만 같았다. 그날 경멸감을 느끼며 그에게서 고개를 돌렸던 일을 채리티는 기억했다. 만약 그가 진실을 헤아리고 있다면 과거에 잃은 점수를 모두 만회했음에 틀림없다는 것도 그녀는 알고 있었다. 채리티는 몸을 돌려 위

층으로 뛰어갔다. 그러나 방에 다시 돌아왔을 때는 하니에게
하려던 말들이 모두 사라져 버리고 말았다…….

만약 채리티가 하니에게 달려갈 수만 있다면 사정은 다를
지도 모른다. 그의 추억이 그녀를 대변하게 만들기 위해서라
면 그저 자신의 모습을 보여 주는 것만으로 충분하다. 그러나
돈이 한 푼도 남지 않았고, 그런 여행을 하기에 충분한 돈을
빌릴 사람도 없었다. 편지를 써 보내고 그의 답장을 기다리는
수밖에 별다른 도리가 없었다. 오랫동안 채리티는 하얀 편지
지 위에 고개를 숙이고 있었지만 지금 심정을 사실대로 표현
할 말을 한마디도 발견하지 못했다…….

하니는 편지에서 채리티가 문제를 쉽게 만들어 주었다고
썼고, 그녀는 그러게 되어 기뻤다. 채리티는 일을 어렵게 만들
고 싶지 않았다. 자기한테 그럴 만한 힘이 있다는 것을 잘 알
았다. 채리티는 그의 운명을 손에 들고 있었다. 해야 할 일은
이제 사실을 알리는 것뿐이다. 그러나 바로 그 때문에 망설여
졌다…….. 로열 씨와 얼굴을 맞댄 오 분 동안 마지막 환상은
모조리 사라지고 다시 노스도머의 관점으로 되돌아왔다. '사
태를 무마하기 위해' 결혼한 젊은 여자의 운명이 채리티의 눈
앞에 분명하게 그리고 가차 없이 떠올랐다. 채리티는 그런 식
으로 끝나는 마을의 연애 이야기를 너무 많이 보아 왔다. 가련
한 로즈 콜스의 비참한 결혼도 그중 하나였다. 로즈한테나 홀
스턴 스케프한테나 그런 결혼이 과연 무슨 이득이 되었단 말
인가? 목사가 결혼시킨 그날부터 그들은 서로 증오하며 살았
다. 며느리에게 창피를 줄 생각이 들 때 나이 많은 스케프 부

인은 이 말만 하면 되었다. "누가 저 어린아이를 두 살밖에 되지 않는다고 생각한담? 일곱 달 된 사내애치고…… 등치가 저렇게 큰 게 놀랍지 않아?" 노스도머 사람들은 위태로운 지경에서 고통을 겪는 사람들에 대해서는 아주 너그럽게 대했지만, 위태로운 지경에서 구출된 사람들에게는 조롱을 퍼부었다. 채리티는 언제나 줄리아 호스가 구출되기를 거부하고 있다는 사실을 잘 알았다…….

오직 한 가지…… 줄리아의 운명 말고 다른 대안이 없단 말인가? 플러시 천 소파와 황금빛 액자들 사이에 있던 그 창백한 여자를 떠올리자 영혼이 움찔했다. 채리티가 아는 세상의 질서 속에는 그녀가 모험을 걸어 볼 만한 여지가 조금도 없었다…….

채리티는 희끄무레한 회색빛이 덧문의 검은 널조각을 갈라놓기 시작할 때까지 옷을 벗지 않은 채 의자에 앉아 있었다. 그러고는 자리에서 일어나 덧문을 활짝 열어젖히고 빛이 안으로 들어오게 했다. 새로운 하루가 밝아 오자 피할 수 없는 현실을 좀 더 뚜렷하게 인식했고 더불어 어떻게든 행동을 취해야 할 필요성을 느꼈다. 채리티는 거울을 들여다보았다. 거울 속에 가을 새벽처럼 하얀 얼굴이 드러났다. 수척해진 두 뺨이며 다크서클이 앉은 두 눈, 스스로는 눈치채지 못했지만 머클 의사의 진단으로 분명해진 상태를 보여 주는 모든 조짐이 나타났다. 채리티는 마을 사람들의 예리한 눈을 비켜 가기만 바랄 수 없었다. 몸에 변화가 시작되기 전에 얼굴이 먼저 그 사실을 드러낼 터였다.

창가에 기대어 서서 채리티는 어둡고 을씨년스러운 풍경을 바라보았다. 창의 덧문을 내린 희끄무레한 집들이며, 언덕바지를 기어 올라가 공동묘지 위쪽 솔송나무 숲으로 나 있는 회색 길, 비 내리는 하늘을 등진 검은 '산'의 육중한 덩어리가 보였다. 동쪽으로 숲 위쪽에 빛의 공간이 넓게 펼쳐졌지만 거기에도 구름이 걸려 있었다. 천천히 그녀의 시선은 들판을 가로질러 울퉁불퉁한 언덕의 만곡부로 옮겨 갔다. 지금껏 그 활기 없는 둥근 모습을 그토록 자주 바라보면서 그 안에 갇힌 누군가에게 어떤 일이 일어날 수 있을까 생각했다…….

거의 아무런 자각 없이 채리티는 결심에 다다랐다. 두 눈이 둥근 언덕을 따라가는 동안 채리티의 마음도 그 옛날로 돌아갔다. 핏속에 있는 무엇 때문에 저 '산'이야말로 지금 그녀가 찾는 질문에 대한 유일한 답이며, 점점 옥죄어 오는 모든 것에서 벗어날 어쩔 수 없는 도피처라는 생각이 들었다. 어쨌든 그곳은 비 내리는 새벽을 배경으로 어렴풋이 모습을 드러내기 시작했다. 오래 바라볼수록 지금 마침내 정말 그곳에 가야 한다는 사실을 좀 더 분명히 이해하게 되었다.

16

비가 그쳤고, 한 시간 뒤 채리티가 출발할 때는 햇살이 들판을 가로질러 눈부시게 내리쬐고 있었다.

하니가 떠나고 나서 자전거를 크레스턴의 주인에게 돌려주었기 때문에 '산'까지 계속 걸어갈 수 있을지 확신이 들지 않았다. 가는 도중에 폐가가 있었지만 그곳에서 밤을 지새우는 것은 생각만 해도 끔찍했다. 그래서 햄블린까지 강행군을 하고, 기운이 떨어지면 그곳 장작 창고에서 잠을 잘 생각이었다. 조용히 앞일을 예상하며 떠날 준비를 했다. 출발하기에 앞서 채리티는 억지로 우유 한 잔을 마시고 빵 한 조각을 먹었다. 캔버스 가방에는 하니가 늘 자전거 가방에 갖고 다니던 작은 초콜릿 꾸러미를 집어넣었다. 무엇보다도 기운을 차려 남의 이목을 끌지 않고 목적지까지 도착하고 싶었다…….

연인한테로 그렇게 자주 달려갔던 길을 채리티는 계속 되짚어갔다. 숲길이 크레스턴 대로와 갈라지는 지점에 도착하자 그 교회 천막과 — 이미 오래전에 천막을 접고 다른 곳으로 옮겨 갔다 — 뚱뚱한 청년이 "자매님의 구세주는 모든 것을 알고 계십니다. 들어와서 그분 앞에 죄를 고백하십시오." 하고 말했을 때 자기도 모르게 겁에 질렸던 일이 떠올랐다. 지금 채리티에게는 죄의식이 없었지만 무례한 시선으로부터 비밀을 보호하고, 마을의 준엄한 규범을 알지 못하는 사람들 속에서 새로운 삶을 시작하고 싶은 욕망이 간절했다. 그런 충동은 구체적인 생각으로 모습을 드러내지 않았다. 다만 아기를 구하고, 어느 누구도 그들을 괴롭히려고 찾아오지 않을 어딘가에 아이와 함께 숨어야 한다는 사실을 알 뿐이었다.

채리티는 날이 저물면서 점점 무거워지는 발걸음으로 계속 걸었다. 잔인한 운명이 폐가를 향해 다시 한 걸음 한 걸음 옮겨 놓도록 강요하는 것만 같았다. 과수원이 보이는 곳에 다다라 과일로 축 늘어진 나뭇가지 사이로 비스듬한 은회색 지붕이 나타났을 때 채리티는 기운이 빠져 길가에 주저앉았다. 오랫동안 그곳에 앉아서 고장 난 대문과 자주색 열매가 매달린 손질하지 않은 장미 덤불을 지나 걸어갈 힘을 그러모았다. 빗방울이 조금씩 떨어지고 있었다. 채리티는 하니와 어두컴컴한 방에서 포옹하고 앉아 있던 따뜻한 저녁을, 입을 맞추는 동안 여름 소나기가 지나가며 지붕을 두드리던 소리를 떠올렸다. 만약 더 지체했다가는 비 때문에 이 집에서 밤을 보내야 할지 모른다는 생각이 들었다. 그래서 일어나 계속 걸으며 흰 대문과 잡초가 뒤엉킨 정원을 지날 때는 다른 쪽으로 시선을 돌렸다.

시간이 흐르면서 걸음이 점점 더뎌졌다. 채리티는 이따금 걸음을 멈추고 쉬면서 빵을 조금 먹고, 길가에서 주운 사과 하나를 먹었다. 한 발 한 발 옮길 때마다 몸은 더 무거워지는 것 같았다. 아이가 벌써 이처럼 무겁게 느껴지면 앞으로 어떻게 그 무게를 견딜 수 있을지 의문이 들었다……. 싱그러운 바람이 불어와 비를 흩뿌리고 산 쪽에서 매서운 공기를 몰고 내려왔다. 곧이어 구름이 낮아지면서 하얀 화살 같은 것이 얼굴을 때렸다. 햄블린에 첫눈이 내리고 있었다. 을씨년스러운 마을의 지붕들이 겨우 1킬로미터 정도밖에 떨어져 있지 않았고, 채리티는 그곳을 지나 그날 밤 안으로 '산'에 도착하려고 마음 먹었다. 일단 개척지에 도착하면 리프 하이엇을 찾아가 어머니한테 데려다 달라고 부탁하겠다는 생각 이외에 막상 어떻게 해야 할지 아무런 계획이 없었다. 그녀의 아이가 태어나듯이 그녀도 그렇게 태어났다. 그 뒤 삶이 어떻게 되었든 어머니는 과거를 기억하고 자신이 겪었던 고통을 겪고 있는 딸을 받아들일 수밖에 없을 것이다.

갑자기 다시 한번 무서운 현기증이 엄습해 채리티는 둑에 주저앉아 나무 그루터기에 머리를 기댔다. 기나긴 도로와 구름에 덮인 경치가 눈앞에서 사라지고 한동안 어떤 끔찍한 어둠 속에서 빙글빙글 도는 것만 같았다. 그리고 나서는 그런 느낌마저 희미해졌다.

두 눈을 뜨니 마차 한 대가 옆에 서 있는 것이 보였고, 한 남자가 마차에서 뛰어내려 황당한 표정으로 빤히 쳐다보았다.

천천히 의식을 되찾자 그 사내가 리프 하이엇이라는 것을 알아보았다.

채리티는 그가 뭔가를 묻고 있는 것을 어렴풋이 알고 말할 힘을 내기 위해 애쓰면서 잠자코 그를 바라보았다. 마침내 그녀의 목소리가 목구멍에서 맴돌았고, "지금 '산'에 올라가고 있는 중이야." 하고 속삭이듯 말했다.

"'산'에 올라가고 있다고?" 그가 옆으로 조금 물러나면서 그녀의 말을 되풀이하며 물었다. 그가 움직이자 그 뒤로 그리스인 같은 콧등에 금테 안경을 쓰고 분홍빛 얼굴을 한 낯익은 남자가 두꺼운 코트를 입고 마차에 올라타 있는 모습이 보였다.

"채리티! 도대체 여기서 뭘 하는 거냐?" 마일스 목사가 말 등에 고삐를 던지고 마차에서 허둥지둥 내려오며 소리쳤다.

채리티는 무거운 눈을 들어 올려다보았다. "지금 어머니한테 가는 중이에요."

두 남자는 서로의 얼굴을 응시하며 잠시 동안 말을 하지 못했다.

그러더니 마일스 목사가 말했다. "얘야, 몸이 아파 보이는구나. 그리고 그곳까지는 먼 거리야. 그게 현명한 일이라고 생각하는 거냐?"

채리티는 일어섰다. "전 어머니에게 가야만 해요."

멋쩍고 모호한 웃음을 지으며 리프 하이엇의 얼굴이 일그러졌다. 마일스 목사가 다시 자신 없게 말했다. "그렇다면 너도 알고 있었던 거로구나…… 그 얘기를 들었니?"

채리티는 목사를 빤히 쳐다보았다. "무슨 말씀인지 잘 모르겠어요. 전 어머니한테 가고 싶어요."

마일스 목사는 생각에 잠긴 표정으로 채리티를 찬찬히 살펴보았다. 채리티는 그의 표정에서 어떤 변화를 알아차렸다. 그러자 피가 이마로 솟구쳐 올라왔다. "전 어머니한테 가고 싶을 뿐이에요." 그녀가 되풀이해 말했다.

마일스 목사는 한 팔로 채리티의 팔을 붙잡았다. "얘야, 네 어머니가 지금 돌아가시려고 한단다. 리프 하이엇이 나를 데리러 내려왔지……. 마차를 타고 우리와 함께 가자."

목사가 채리티를 부축해 옆에 앉히자 리프 하이엇은 뒷자리로 올라갔다. 그들은 햄블린을 향해 마차를 몰았다. 처음에 채리티는 마일스 목사가 무슨 말을 하는지 잘 이해하지 못했다. 마차에 앉아 있다는 육체적인 안도감에다 무사히 '산'까지 갈 수 있다는 생각 때문에 그 말뜻이 들어오지 않았다. 그러나 머리가 맑아지면서 이해가 되기 시작했다. 채리티는 '산'이 계곡 마을과 거의 교류가 없다시피 하다는 것을 잘 알고 있었다. 누군가가 임종을 맞이할 경우에 목사가 올라가는 것을 제외하고 어느 누구도 그곳에 가지 않는다는 말을 꽤 자주 들었다. 지금 임종을 앞둔 사람은 다름 아닌 자신의 어머니였다……. 그렇다면 '산'에 올라가서도 이 세상의 다른 어떤 곳과 마찬가지로 외로울 수밖에 없을 것이다. 이 순간 채리티가 느끼는 유일한 감정은 피할 수 없는 고독감뿐이었다. 그러고 나서는 이상하게도 이런 섬뜩한 임무를 수행하는 사람이 바로 마일스 목사라는 사실을 의아하게 생각하기 시작했다. 목사는 '산'에 올라가는 것을 조금도 좋아할 사람처럼 보이지 않았다. 그런데 지금 옆자리에 앉아 굳건한 팔로 말을 몰면서 마치 이런 상황에서 두 사람이 함께 있는 것이 조금도 이상하지 않다는 듯 다정하게 안경을 반짝거리며 그녀를 굽어보고 있었다.

얼마 동안 채리티는 도저히 말을 할 수 없었고, 목사는 이를 알아챈 듯 아무것도 물어보려 들지 않았다. 그런데 머지않아 채리티는 눈이 글썽글썽해지더니 일그러진 두 뺨을 타고 눈물이 줄줄 흘러내리는 것을 느꼈다. 한 손으로 채리티의 두 손을 잡고 나지막한 목소리로 "뭣 때문에 그렇게 괴로워하는지 나한테 말해 줄 수 없겠니?" 하는 것으로 보아 목사도 그 눈물을 보았음에 틀림없었다.

채리티는 고개를 내저었고, 목사는 더 이상 대답을 강요하지 않았다. 그러나 잠시 뒤 그는 다른 사람이 듣지 못하도록 똑같이 나지막한 목소리로 물었다. "채리티, 노스도머 마을에 내려오기 전 네 어린 시절에 관해 뭐 아는 게 있니?"

채리티는 감정을 억누르며 대답했다. "언제가 로열 씨가 하는 말을 들은 것 말고는 아무것도 없어요. 아버지가 감옥에 갔기 때문에 저를 데려왔다고 했어요."

"그 뒤로는 한 번도 올라가 본 적이 없고?"

"전혀요."

마일스 목사는 다시 잠자코 있다가 입을 열었다. "지금 네가 나하고 같이 가게 되어서 천만다행이구나. 어쩌면 네 어머니가 아직 살아 계실지도 모르지. 네가 온 것을 알지도 몰라."

그들이 햄블린에 도착했을 때는 눈발이 길가의 거친 풀밭과 북쪽을 향한 지붕 모서리에 흰 자국을 남겨 놓았다. '산'의 화강암 측면 아래에 자리한 마을은 초라하고 황량했다. 그대로 그곳을 떠나 그들은 산을 오르기 시작했다. 길은 가파르고 온통 바퀴 자국이었으며, 그들이 계속 올라가는 동안 말은 보통 걸음으로 걸었다. 세상은 그들 아래 저 멀리 커다란 점처럼 보이는 숲과 들판, 폭풍우가 이는 검푸른 풍경으로 점점 멀어져 갔다.

채리티는 가끔 '산'을 올라가는 꿈을 꾸었지만 이렇게 넓은 땅을 내려다보게 될 줄은 미처 몰랐다. 사방으로 펼쳐진 낯선 땅을 보자 새삼스럽게 하니가 멀리 있다는 느낌이 들었다. 그녀는 그가 세상의 맨 끝자락처럼 보이는 마지막 언덕 등성이 너머 수백 수천 킬로미터 떨어진 곳에 있다는 것을 잘 알았다. 그래서 어떻게 자신이 그를 찾으러 뉴욕에 갈 꿈을 꾸었었는지 의아한 생각이 들었다…….

길을 올라갈수록 땅이 점점 더 황량해졌고, 그들은 눈 밑에 몇 달 동안이나 파묻혀 빛이 바래고 시든 거대한 풀밭을 가로질러 마차를 몰았다. 골짜기에는 흰 자작나무 몇 그루가 추위에 몸을 떨고 있거나, 혹은 마가목이 자주색 다발들에 불을 밝히고 있었다. 그런데 빈약하게 자란 소나무들만 화강암 암벽에 어두운 그림자를 드리웠다. 탁 트인 언덕을 가로질러 바람이 세차게 불었다. 말은 머리를 숙이고 옆구리를 팽팽하게 잡아당기고서 바람을 맞았고, 이따금 마차가 흔들려 채리티는 마차 옆구리를 꼭 붙잡아야 했다.

마일스 목사는 다시 입을 열지 않았다. 채리티가 혼자 있고 싶어 한다는 것을 아는 듯했다. 얼마 뒤 그들이 따라가던 길이

둘로 갈라져 그는 길을 잘 모르는 것처럼 말을 세웠다. 리프 하이엇이 마차 뒤쪽에서 고개를 길게 빼고는 바람에 대고 외쳤다. "왼쪽이요……." 그리고 그들은 성장이 멎은 소나무 숲으로 들어가 '산'의 반대쪽으로 마차를 몰고 내려가기 시작했다.

몇 킬로미터 더 가서 그들은 나지막한 집 두세 채가 돌밭에 누워 마치 바람을 막으려는 듯 바위 사이에 웅크리고 있는 빈터에 이르렀다. 통나무와 거친 널빤지로 지은 데다 지붕 밖으로 양철 난로의 연통이 튀어나온 집들은 오두막이나 다름없었다. 해가 막 떨어지고 있어 낮은 지대에서는 땅거미가 이미 졌지만, 쓸쓸한 언덕과 웅크린 집들 위에는 여전히 노란 빛이 남아 있었다. 다음 순간 그 빛도 희미해지고 풍경은 어두운 가을 황혼 속에 남았다.

"저기 저 집이지요." 리프가 마일스 목사의 어깨 위로 기다란 팔을 뻗으며 소리쳤다. 목사는 소리쟁이와 쐐기풀이 뒤덮인 황량한 땅을 가로질러 왼쪽으로 돌더니 오두막들 중에서 가장 초라한 집 앞에 마차를 세웠다. 창문 하나에서 난로 연통이 구부러진 팔을 내밀었고, 유리가 깨진 다른 창은 넝마와 종이로 막아 놓았다. 이 집과 비교하면 늪지대의 갈색 집은 풍요로워 보였다.

마차가 다가가자 잡종 개 두세 마리가 큰 소리로 짖으며 황혼 속을 달려 나왔고, 젊은 사람 하나가 문가에 구부정하게 있다가 일어서서 쳐다보았다. 어스름 속에서 채리티는 그 얼굴이 난롯가에서 자던 배시 하이엇처럼 술에 취한 모습인 것을 알 수 있었다. 그는 개를 조용히 시키려고도 않은 채 취중의 무기력 상태에서 깨어난 듯 문에 몸을 기댔고, 그사이 마일스 목사가 마차에서 내렸다.

"이곳이 맞나?" 목사가 나지막한 소리로 묻자 리프는 고개를 끄덕였다.

마일스 목사는 채리티에게 몸을 돌렸다. "잠깐 말을 붙잡고 있거라. 내가 먼저 들어가 볼 테니." 채리티의 두 손에 고삐를 들려 주며 그가 말했다. 채리티가 마지못해 받아 들고서 바로 앞에 어둠이 내려앉는 풍경을 바라보며 앉아 있는 동안 마일스 목사와 리프 하이엇은 집으로 올라갔다. 두 사람은 문가에 있는 사람과 몇 분 동안 서서 이야기를 나누더니 마일스 목사가 되돌아왔다. 그가 가까이 다가올 때 채리티는 그 매끄러운 분홍색 얼굴에 겁에 질린 엄숙한 표정이 감도는 것을 보았다.

"네 어머니가 돌아가셨단다, 채리티. 나랑 같이 들어가는 게 좋겠구나." 그가 말했다.

채리티가 마차에서 내려 목사의 뒤를 따라가는 동안 리프는 말을 끌고 갔다. 문 쪽으로 다가가면서 채리티는 혼잣말을 중얼거렸다. "여기가 내가 태어난 곳이야……. 내가 속한 곳은 여기란 말이야……." 채리티는 햇빛이 비치는 계곡을 가로질러 '산'을 바라보면서 이 말을 그렇게도 자주 중얼거렸었다. 다만 그때는 별다른 의미가 없었는데 이제는 현실로 느껴졌다. 마일스 목사가 채리티의 팔을 부드럽게 잡았고, 그들은 그 집에 하나뿐인 방처럼 보이는 곳으로 들어갔다. 방이 너무 어두워서 나무통 두 개에 널빤지를 올려 만든 식탁 주위에 앉거나 팔다리를 쭉 펴고 누운 십여 명의 사람들을 겨우 분간할 수 있었다. 그들은 마일스 목사와 채리티가 들어가자 힘없이 고개를 들어 쳐다보았고, 한 여자가 굵직한 목소리로 이렇게 말했다. "목사님이 오셨네." 그러나 누구 하나 움직이는 사람이 없었다.

마일스 목사는 잠시 걸음을 멈추고 주위를 돌아보았다. 그러고는 문가에서 만난 젊은이를 향했다.

"시신이 이 방에 있나?" 목사가 물었다.

젊은이는 대답 대신에 사람들이 모여 있는 쪽으로 고개를 돌렸다. "초가 어디 있는가? 초를 가져오라지 않았어." 그가 갑자기 식탁에 축 늘어져 앉아 있는 처녀에게 무뚝뚝하게 말했다. 그녀가 대답이 없자 다른 사람이 일어나 방 귀퉁이에서 병에 꽂힌 초를 끄집어냈다.

"어떻게 불을 붙인담. 난롯불이 꺼져 버렸는데." 처녀가 불평하듯이 말했다.

마일스 목사는 무거운 외투 속을 더듬어 성냥갑을 하나 꺼냈다. 초에 성냥불을 붙이자 곧 희미하고 둥그런 불빛이 학질에 걸린 듯 창백한 얼굴들 위에 떨어졌다. 어둠 속에서 갑작스레 나타난 야행성 동물의 머리 같았다.

"메리는 저기에 있지요." 누군가가 말했다. 그러자 마일스 목사는 초가 꽂힌 병을 손에 들고 식탁 뒤로 돌아갔다. 채리티가 그를 따라갔고, 두 사람은 한구석에 있는 매트리스 앞에 섰다. 그 위에 한 여자가 누워 있었지만 죽은 것 같지 않았다. 술에 취해 누추한 침대 위에 넘어진 것처럼 보였고, 누더기를 아무렇게나 입고서 넘어진 자리에 그냥 내버려 둔 것 같았다. 한쪽 팔을 머리 위로 뻗었고, 다리 한쪽이 찢어진 치마 아래로 들어 올려져 있어 다른 쪽 다리가 무릎까지 훤히 드러났다. 부어오르고 번들거리는 다리에는 다 해진 스타킹이 발목까지 흘러내린 채였다. 여자는 등을 바닥에 대고 누워 마일스 목사의 손에 들린 깜박거리는 촛불을 눈 한 번 깜짝이지 않고 똑바로 쳐다보고 있었다.

"그냥 툭 하고 쓰러졌어요." 누군가의 어깨 너머로 한 여자가 말했다. 그러자 그 젊은이가 덧붙였다. "방에 들어와 보니 죽어 있었지요."

머리카락이 길고 부드러운 노인이 살짝 웃으며 그들 사이로 밀치고 들어왔다. "사정은 이렇지요. 바로 전날 밤 내가 이이에게 말해 주었지요. 이렇게 말했다니까, 만약 그만두지 않으면……."

누군가 뒤로 잡아당겨 노인은 벽을 따라 놓인 의자에 기대어 비틀거리다가 그 자리에 쓰러진 채 아무도 귀담아듣지 않는 이야기를 중얼거렸다.

침묵이 흘렀다. 그때 식탁에 축 늘어져 있던 젊은 여자가 갑자기 사람들을 헤치고 나와 채리티 앞에 섰다. 그 여자는 다른 사람들보다 건강하고 강건해 보였고, 풍상에 찌든 얼굴이 시무룩하면서도 아름다움을 지니고 있었다.

"이 여자애는 누구지? 누가 여기에 데리고 왔지?" 그녀는 초를 준비하지 않았다고 자신을 나무랐던 젊은 남자를 의심쩍은 시선으로 쳐다보며 물었다.

마일스 목사가 대답했다. "내가 데리고 왔네. 그 앤 메리 하이엇의 딸이야."

"뭐라고요? 그 애가 왔다고요?" 젊은 여자가 비웃듯 말했다. 그러자 젊은 남자가 욕설을 퍼부으며 등을 돌렸다. "빌어먹을, 주둥이 닥치지 못해? 아니면 여기서 나가든가." 그러고 나서 다시 이전의 무감각 상태에 빠져 머리를 벽에 기댄 채 의자에 쓰러졌다.

마일스 목사는 촛불을 방바닥에 놓고 무거운 외투를 벗었다. 그러고는 채리티를 향했다. "이리 와서 나를 도와주렴."

목사는 매트리스 옆에 무릎을 꿇고 앉아 죽은 여자의 두 눈을 감겼다. 채리티는 몸을 떨고 메스꺼움을 느끼며 그 옆에 무릎을 꿇고는 어머니의 주검을 수습하려고 애썼다. 끔찍스럽고 번들거리는 다리 위로 스타킹을 끌어 올렸고, 다 떨어지고 뒤집어진 장화까지 치마를 끌어 내렸다. 그러면서 여위었지만 부어오른 어머니의 얼굴을 쳐다보았다. 마지막 숨을 거둘 때 부러진 치아 위로 두 입술이 벌어져 있었다. 도무지 사람의 모습이라고는 찾아볼 수 없었다. 도랑에 빠져 죽은 개처럼 누워 있었다. 그녀를 만지는 채리티의 두 손이 차가워졌다.

마일스 목사는 여자의 두 팔을 가슴 위에 올리고 자신의 웃옷을 덮었다. 그러고 나서 자기 손수건으로 얼굴을 덮은 뒤 초를 꽂은 병을 그 머리맡에 두었다. 일을 모두 마치자 자리에서 일어섰다.

"관은 없나?" 뒤에 있는 사람들을 돌아보며 목사가 물었다.

당황한 듯 잠시 침묵이 흐른 뒤 그 사나운 젊은 여자가 말했다. "목사님이 가져와야 했지요. 여기 어디서 관을 구할 수 있겠어요."

마일스 목사는 다른 사람들을 둘러보며 다시 물었다. "어떻게 관도 준비하지 않았단 말인가?"

"제 말이 그 말이지요. 관을 갖고 있는 사람은 발 뻗고 잠을 잘 수 있지요." 노파 하나가 중얼거렸다. "하지만 이이는 침대도 가져 본 적이 없으니……."

"난로도 이이 것이 아니지." 머리카락이 길고 부드러운 남자가 방어하듯 말했다.

마일스 목사는 그들에게서 고개를 돌리고 몇 걸음 옮겼다. 목사는 호주머니에서 책 한 권을 꺼내더니 책장을 펴서 희미한 빛이 비치도록 팔을 쭉 편 채 나지막하게 들고 읽기 시작했다. 채리티는 매트리스 옆에 무릎을 꿇고 그대로 있었다. 이제 어머니의 얼굴을 덮어 놓아 그 옆에 있기가 훨씬 쉬웠고, 그 얼굴들만 보아도 자신의 어머니가 어떤 단계를 거쳐 죽음에 이르렀는지 너무 끔찍스러울 만큼 잘 보여 주는, 살아 있는 사람들의 시선을 피하기도 훨씬 쉬웠다.

"나는 부활이요 생명이니." 마일스 목사가 책을 읽기 시작했다. "나를 믿는 자는 죽어도 살 것이요……. 비록 내 벌레가 내 몸을 파먹은 뒤에도 내 육신에서 하나님을 뵈올 것이며……."[29]

내 육신에서 하나님을 뵈올 것이며! 채리티는 손수건 아래 벌

---

29) 여기에서 마일스 목사는 감독교회 기도서에 기록된 장례식 관련 구절을 읽고 있지만 신구약 성서(「요한복음」11장 25절, 「욥기」19장 26절)에서 몇 구절을 인용하기도 한다.

어진 입과 돌처럼 무표정한 눈을 생각했고, 자신이 스타킹을 끌어 올려 준 번들거리던 다리를 생각했다…….

"우리는 이 세상에 아무것도 가져오지 않았으므로 아무것 도 가지고 떠날 수 없으리로다……."[30]

무리의 뒤쪽에서 갑자기 중얼거리며 다투는 소리가 들렸다. "난로를 가져온 건 나지." 다른 사람들 사이를 헤치고 나오며 머리카락이 길고 부드러운 노인이 말했다. "크레스턴에 내려가 사 왔다니 그러네……. 그러니 그걸 여기서 갖고 갈 권리가 있는 건 나밖엔 없지……. 누구라도 혼내 줄 거야, 만약에……."

"빌어먹을, 그냥 자리에 앉아 있으라니까!" 벽에 기대어 의자에서 졸고 있던 키 큰 젊은이가 소리쳤다.

"사람은 걸어 다닌다고는 하지만 그 한평생이 실오라기 그림자일 뿐 재산을 늘리는 일조차 모두 허사이로다. 장차 그것을 거두어들일 사람이 누구일지는 아무도 모르는 일이로다……."[31]

"한데 그건 그 사람 거라." 뒤쪽에 있던 노파가 놀란 목소리로 칭얼거리듯 내뱉었다.

키 큰 젊은이가 비틀거리며 일어섰다. "입 닥치지 않으면 모두 여기서 끌어내요, 모두 말이지." 그가 욕설을 마구 해 대며 소리를 질렀다. "목사님, 어서 계속하시지요…… 저치들이

---

30) 「디모데전서」 6장 7절.
31) 「시편」 39편 6절.

뭐래도 개의치 말고요……."

"이제 그리스도께서는 죽은 사람들 가운데서 살아나셔서 잠든 사람들의 첫 열매가 되셨으니…….[32] 보라, 너희에게 비밀을 하나 보여 주리니. 우리가 다 잠들 것이 아니라 다 변화할 터인즉, 마지막 나팔이 울릴 때 눈 깜박할 사이에 홀연히 그렇게 되리니……. 죽은 사람은 썩어 없어지지 않을 몸으로 살아나고, 썩을 몸이 썩지 않을 것을 입어야 하고, 죽은 몸이 죽지 않을 것을 입어야 할 것이로다. 썩을 이 몸이 썩지 않을 것을 입고, 죽을 이 몸이 죽지 않을 것을 입을 그때에 이렇게 기록한 성경 말씀이 이루어지리다, 죽음을 삼키고서 승리를 얻었노라…….[33]

엄숙한 말 한마디 한마디가 고개 숙인 채리티의 머리 위에 떨어지면서 놀란 마음을 진정시키고 어수선한 마음을 가라앉히며 그녀를 사로잡았다. 채리티의 등 뒤에 있는 술 취한 무리를 사로잡았듯이 말이다. 마일스 목사는 마지막 말까지 읽고 책을 덮었다.

"묘는 준비가 되었나?" 그가 물었다.

목사가 책을 읽는 동안 방에 들어온 리프 하이엇은 "예." 하고 고개를 끄떡이고는 매트리스 옆으로 밀고 나왔다. 죽은 여자와 어떤 인척 관계를 주장하는 것 같은, 의자에 앉아 있던 젊은이가 다시 자리에서 일어났고, 난로 주인도 그를 따랐다.

---

32) 「고린도전서」 15장 20절.
33) 「고린도전서」 15장 51~54절.

두 사람이 힘을 모아 매트리스를 들어 올렸다. 그러나 그들의 움직임이 불안정해 외투가 방바닥에 떨어지면서 비참한 모습을 한 초라한 시신이 드러났다. 채리티는 외투를 집어 다시 어머니를 덮어 주었다. 리프는 등불을 가져왔고, 아까 말한 노파가 그것을 집어 들고는 짧은 장의 행렬이 지나가도록 방문을 열었다. 바람은 잠잠해졌지만 밤이 몹시 어둡고 살을 에는 듯 추웠다. 노파가 앞서 걸었고, 그 손에 들린 등불이 흔들리며 퍼져 나가 칠흑처럼 캄캄한 어둠에 둘러싸인 마른 풀밭과 잎이 거친 잡초 더미를 희미하게 비추었다.

마일스 목사는 채리티의 팔을 잡고 나란히 매트리스 뒤를 따라갔다. 마침내 등불을 든 노파가 걸음을 멈추었다. 채리티의 눈에 시신을 운반하는 사람들의 구부정한 어깨와 그들이 허리를 숙이고 있는 흙더미 위에 떨어지는 불빛이 보였다. 마일스 목사는 팔을 놓고 흙더미 반대쪽의 움푹 파인 곳으로 다가갔다. 남자들이 허리를 굽히고 매트리스를 무덤 속으로 내리는 동안 그가 다시 말하기 시작했다.

"여인에게서 태어난 사람은 그 사는 날이 짧은 데다가 그 생애마저 괴로움으로 가득 차 있으며…… 피었다가 곧 시드는 꽃과 같이…… 그림자같이 사라져서 멈추어 서지를 못하며……[34] 그러나 가장 거룩하신 우리 주님, 오 가장 전능하신 주님, 오 거룩하고 자비로우신 구세주여, 우리를 영원한 죽음의 고통에 들지 말게 하옵시고……."

---

34) 「욥기」 14장 1~2절.

"그쪽을 좀 늦춰 보지…… 시체가 내려갔는지?" 난로에 대한 권리를 주장한 노인이 새된 목소리로 말했다. 그러자 젊은 이가 어깨 너머로 소리를 질렀다. "그쪽에 불 좀 들어 올릴 수 없는가?"

잠시 휴식이 있었고, 그러는 동안 불빛이 흙을 덮지 않은 무덤 위에 불안하게 어른거렸다. 누군가가 허리를 굽히고 마일스의 외투를 빼냈다. ─"괜찮아, 괜찮다니까 그러네…… 손수건은 놔두게나." 목사가 끼어들었다 ─ 그리고 나서 리프 하이엇이 삽을 들고 앞으로 나와 흙을 퍼 넣기 시작했다.

"자비롭고 전능하신 하나님께서 여기 죽은 우리 자매의 영혼을 기꺼이 맡아 주시므로 우리는 그 시신을 땅에 묻노라. 흙에서 왔다가 흙으로 돌아가고, 재에서 왔다가 재로 돌아가며, 티끌에서 왔다가 티끌로 돌아가나니……."[35] 리프가 흙덩어리를 무덤에 던질 때 불빛 속에 그의 어깨가 오르락내리락했다. "맙소사…… 벌써 꽁꽁 얼어붙었네." 손바닥에 침을 뱉고 누더기가 된 셔츠 소매로 땀이 흐르는 얼굴을 닦으며 그가 중얼거리듯 말했다.

"우리 주 예수 그리스도를 통해, 그분은 놀라운 역사에 따라 영광스러운 당신의 몸속에 들어갈 수 있도록 더러운 육신을 변화시킴으로써 모든 것을 자신에게 복종시키시는……." 마지막 삽의 흙이 메리 하이엇의 더러운 육신 위에 떨어졌고,

---

35) 이 구절은 구약성서 「창세기」 3장 19절과 18장 27절, 「욥기」 30장 19절, 「전도서」 3장 20절 등에서 취한 것으로 영국 성공회 기도서에 들어 있다.

삽에 기댄 리프의 어깨뼈는 여전히 힘들게 들썩거렸다.

"주여, 우리에게 자비를 베푸소서. 그리스도여, 우리를 긍휼히 여기소서. 주여, 우리에게 자비를 베푸소서……."

마일스 목사는 노파의 손에서 등불을 받아 흐릿한 얼굴들을 가로질러 둥그렇게 불빛을 비췄다. "자, 모두 무릎을 꿇으십시오." 채리티가 일찍이 들어 본 적이 없는 단호한 목소리로 그가 명령했다. 채리티는 무덤 가장자리에 꿇어앉았고, 다른 사람들은 머뭇거리며 뻣뻣하게 그 옆에 무릎을 꿇었다. 마일스 목사도 무릎을 꿇었다. "자 이제 나와 함께 기도합시다…… 여러분은 이 기도를 알고 있겠지요." 그가 말하고 나서 이렇게 시작했다. "하늘에 계신 우리 아버지……." 여자들 중 한두 명이 더듬거리며 말을 이어받았고, 목사가 기도를 끝내자 머리카락이 길고 부드러운 노인이 키 큰 젊은이의 목 위로 몸을 내밀었다. "이럴 줄 알았지." 그가 말했다. "내 간밤에 이이에게 말했지, 이이에게 말했다니까……." 그 추억담은 흐느낌으로 끝을 맺었다.

마일스 목사는 다시 외투를 입었다. 그가 울퉁불퉁한 흙무더기 옆에 묵묵히 무릎을 꿇고 있는 채리티에게 다가왔다.

"애야, 이제 그만 가야지. 너무 늦었어."

채리티는 목사의 얼굴을 향해 두 눈을 들었다. 그는 다른 세상에서 말하는 듯했다.

"전 가지 않을래요. 이곳에 남을 거예요."

"이곳에? 어디에 말이냐? 지금 무슨 소리를 하는 거야?"

"이 사람들은 제 식구들이에요. 이들과 함께 머물겠어요."

마일스 목사는 목소리를 낮추었다. "하지만 안 돼…… 넌 지금 무슨 말을 하는지 모르고 있어. 이 사람들하고 같이 머물 수 없어. 나하고 내려가야만 해."

채리티는 고개를 저으며 무릎 꿇은 자리에서 일어났다. 무덤 주위에 있던 사람들은 어둠 속에 흩어졌지만 등불을 든 노파는 서서 기다리고 있었다. 그 슬픔에 차고 시든 얼굴은 몰인정해 보이지 않았다. 채리티는 노파에게 다가갔다.

"오늘 밤 제가 묵을 곳이 있을까요?" 채리티가 물었다. 리프가 어둠 속에서 마차를 끌고 나타났다. 희미하게 미소를 지으며 그는 두 사람을 번갈아 바라보았다. "우리 어머니지. 너를 집에 데리고 가실 거야." 그가 말했다. 그러고는 목소리를 높여 노파에게 덧붙여 말했다. "로열 변호사 집에서 온 계집애지요…… 메리의 딸애…… 기억나죠……."

노파는 고개를 끄덕거리고 슬픔에 찬 늙은 눈을 들어 채리티를 쳐다보았다. 마일스 목사와 리프가 마차에 올라타자 노파는 등불을 들고 앞으로 나가 그들이 갈 길을 비추었다. 그러고는 다시 돌아왔고, 노파와 채리티는 밤을 헤치고 함께 걸음을 떼었다.

17

　채리티는 어머니의 주검이 누워 있던 것처럼 마룻바닥에 깔린 매트리스에 누웠다. 채리티가 누워 있는 방은 춥고 어둡고 천장이 낮았으며, 심지어 메리 하이엇의 지상 순례의 현장보다 더 초라하고 쓸쓸했다. 불이 꺼진 난로 건너편에는 리프 하이엇의 어머니가 잠든 강아지처럼 가까이 몸을 웅크린 두 아이와 함께 — 손주들이라고 했다 — 담요 한 장을 깔고 잠들어 있었다. 하나뿐인 다른 담요를 손님에게 내줬기 때문에 아이들은 얇은 옷가지들을 덮었다.

　반대편 벽의 작고 네모난 유리창을 통해 채리티는 깊은 깔때기 모양의 하늘을 보았다. 하늘이 너무 검고, 너무 멀리 떨어지고, 서릿발처럼 싸늘한 별들로 고동쳐 영혼이 그 속에 빨려 들어가는 것만 같았다. 저 위 어딘가에 마일스 목사가 간절히 염원한 그 하나님이 메리 하이엇이 나타나기를 기다리고 있다는 생각이 들었다. 얼마나 머나먼 여행인가! 그리고 하느님 앞에 도착했을 때 그녀는 뭐라고 말해야 할까?

채리티는 혼란스러운 머리로 어머니의 과거를 그려 보고 어떤 식으로든 그것을 정의롭지만 자비로우신 하나님의 계획과 연결 지으려고 애썼다. 그러나 그 사이에서 도저히 어떤 연관성을 생각해 낼 수 없었다. 자신은 서둘러 파 놓은 무덤에 매장되는 모습을 지켜본 그 가련한 사람하고 하늘과 땅만큼이나 멀게 느껴졌다. 지금까지 살면서 채리티는 가난과 불행을 보아 왔다. 그러나 가련하고 검약한 호스 부인과 부지런한 앨리가 궁핍에 가장 가까운 생활을 하는 마을에서도 이 '산'에 사는 농부들의 짐승 같은 비참함은 찾아볼 수 없었다.

비극적인 세계에 처음 발을 들여놓아 반쯤 넋이 나간 채 그곳에 누워 채리티는 주위의 삶과 하나가 되어 보려고 생각했지만 헛수고였다. 아니, 이곳 사람들이 서로, 혹은 죽은 어머니와 어떤 관계인지조차 도무지 알 수 없었다. 가축 떼처럼 뒤섞여서 무리를 지어 있는 것 같았고, 그들을 이어 주는 가장 질긴 끈이라면 하나같이 비참하다는 사실뿐이었다. 채리티는 만약 넝마를 걸치고서 제멋대로 뛰어다니고, 늙은 하이엇 부인에게 기대어 옹송그리고 있는, 얼굴이 해쓱한 아이들처럼 어머니 옆에 웅크리고 마룻바닥에서 잠을 자며 이 '산'에서 자라났다면 자기 삶이 과연 어떠했을지 상상해 보았다. 그렇게 이상한 말로 자신을 부르던 젊은 여자처럼 당혹스럽고 흉포한 사람이 되었을 것이다. 채리티는 이 젊은 여자에게 느낀 은밀한 친밀감을 떠올리고, 그 친밀감이 자신의 출생을 설명하는 데 도움을 줄 수 있다고 생각하자 공포에 사로잡혔다. 그때 로열 씨가 루시어스 하니에게 이야기를 들려주면서 했던 말이 생각났다. "아, 있었지, 어머니가 있었고말고. 그런데 그 여자는 아이를 기꺼이 떠나보냈지. 누구에게라도 아이를 내줬을 거야……."

글쎄! 어머니를 그렇게까지 탓할 수 있을까? 그날 이후로 채리티는 어머니를 인간적인 감정이 조금도 없는 사람으로 생각해 왔지만 지금은 그저 불쌍하게 보였다. 어떤 어머니가 그런 삶으로부터 아이를 구하고 싶지 않겠는가? 채리티는 배 속 아이의 장래를 생각하자 쓰라린 눈물이 뺨을 타고 흘러내렸다. 만약 덜 지치고 아이 때문에 몸이 무겁지만 않다면 자리를 박차고 일어나 도망쳤을 것이다…….

을씨년스러운 밤이 느릿느릿 지나갔고, 마침내 새벽이 되자 하늘이 열리며 방 안에 차갑고 푸른 빛이 비쳤다. 채리티는 방 귀퉁이에 누워 지저분한 방바닥이며 넝마처럼 해어진 옷가지들이 걸린 빨랫줄, 차갑게 식은 난로 가까이 몸을 웅크린 노파를 뚫어지게 바라보았다. 이제 한 줄기 빛이 이 얼어붙은 세상을 가로질러 퍼져 나가고, 그 빛과 함께 그녀가 살고, 선택하고, 행동하고, 이 사람들 사이에서 그녀의 자리를 마련하거나 그게 아니라면 두고 온 생활로 다시 돌아가야 하는 새로운 날이 시작되고 있었다. 치명적인 무기력이 채리티를 짓눌렀다. 남의 눈에 띄지 않게 그곳에 계속 누워 있고 싶기도 했다. 그러나 그녀는 자신이 태어난 이 비참한 무리 중하나가 된다는 생각에 오싹함을 느꼈다. 그런 운명으로부터 아이를 구하기 위해서라면 어떤 길이라도 걷고, 삶이 부여할지 모르는 어떤 짐이라도 기꺼이 걸머질 힘을 되찾을 수 있을 것 같았다.

막연하게 네틀턴을 떠올렸다. 채리티는 아이를 낳을 조용한 곳을 찾고 점잖은 사람에게 아이를 맡길 수 있을 거라고 스스로에게 되뇌었다. 그다음 줄리아 호스처럼 밖에 나가 생활비를 벌 것이다. 채리티는 그런 부류의 여자애들이 간혹 아이들을 보살피기에 충분한 벌이를 한다는 것을 알고 있었다. 씻기고 빗긴 혈색이 좋은 아이를 달려가 입을 맞출 수 있는 어딘가에 숨겨 놓고 예쁜 옷을 가져다 입힐 생각을 하니 다른 문제들은 전부 희미해져 버렸다. 무엇이든지, 정말 어떤 일이든지 '산' 속의 비참한 소굴에 또 다른 생명을 보태는 것보다는 더 나아 보였다…….

채리티가 매트리스에서 일어났을 때 노파와 아이들은 아직 잠들어 있었다. 몸이 추위와 피로로 뻣뻣했다. 채리티는 무거운 발걸음 소리에 그들이 깨지 않도록 천천히 움직였다. 배가 고파 현기증이 났지만 가방에는 먹을 것이 남아 있지 않았다. 그때 식탁 위에 딱딱해진 빵 덩어리 반쪽이 놓여 있는 것이 보였다. 늙은 하이엇 부인과 아이들의 아침 식사 거리가 틀림없었다. 하지만 채리티는 개의치 않았다. 배 속의 아기를 생각해야 했다. 그녀는 빵 조각을 떼어 걸신들린 듯이 먹어 치웠다. 그러다 잠든 아이들의 여윈 얼굴에 시선이 멈췄다. 죄책감에 사로잡힌 채리티는 음식 대신 남겨 놓을 것을 찾으려고 가방을 뒤졌다. 테두리에 푸른색 리본을 두른, 앨리가 만들어 준

예쁜 슈미즈가 보였다. 모은 돈을 헤프게 주고 산 아끼는 물건 중 하나였다. 그것을 보자 얼굴이 붉어졌다. 채리티는 식탁 위에 슈미즈를 올려놓고 마루를 살금살금 걸어간 뒤 빗장을 올리고 밖으로 나왔다…….

아침은 얼음처럼 차가웠고 희뿌연 해가 '산'의 동쪽 산등성이 위로 막 솟아오르고 있었다. 언덕바지에 여기저기 흩어져 있는 집들이 햇살로 얼룩진 구름 아래 차갑게 연기 한 줄기 없이 누워 있었고, 사람이라곤 그림자도 보이지 않았다. 채리티는 문지방에 멈춰 서서 지난밤에 왔던 길을 찾아보았다. 하이엇 부인의 오두막집을 에워싼 들판 쪽으로 장례식을 치렀다고 짐작되는, 금방이라도 무너질 것 같은 집이 하나 보였다. 두 집 사이에 있는 땅을 가로질러 난 오솔길이 '산' 옆구리의 소나무 숲으로 사라지고 있었다. 그리고 오른쪽으로 조금 떨어져 비바람을 맞은 가시나무 아래에 새로 파헤친 흙더미가 엷은 황갈색 그루터기 위에 거무스름한 얼룩점을 만들었다. 채리티는 들판을 지나 그곳으로 걸어갔다. 가까이 다가가자 조용한 하늘에서 새 울음소리가 들렸다. 위를 쳐다보니 갈색 멧종다리 한 마리가 무덤 위 가시나무 윗가지에 앉아 있는 것이 보였다. 채리티는 잠시 서서 그 새의 나지막하고 외로운 노랫소리를 들었다. 그러고 나서 오솔길을 따라 소나무 숲을 향해 언덕을 올라가기 시작했다.

지금까지 채리티는 도망치고 싶은 맹목적인 본능에 따라 행동했다. 그러나 한 걸음 한 걸음 옮길수록 열에 들떠 밤을 지새운 탓에 어렴풋한 이미지밖에 떠오르지 않는 현실로 점점 다가가고 있었다. 햇빛이 드는 세계로 걸음을 내딛자 그녀는 익숙한 곳으로 돌아가고 있었고 상상력도 조금씩 침착하게 발휘되었다. 한 가지 문제에 대해서는 여전히 확고했다. 노스도머에 머물 수는 없으며 그 마을을 빨리 떠날수록 좋다는 것. 그러나 다른 문제는 어둠 속처럼 아무것도 내다볼 수 없었다.

계속 올라가면서 바람이 점점 살을 에는 듯 매서워졌다. 소나무 군락에서 빠져나와 풀이 우거지고 탁 트인 '산' 꼭대기에 이르렀을 때 지난밤의 찬 바람이 몰아쳤다. 채리티는 어깨를 구부리고 한동안 바람을 맞으며 힘겹게 나아갔다. 그러나 곧 숨이 가빠져 바람에 떨고 있는 너도밤나무가 매달린 암반 아래에 앉았다. 그녀가 앉은 곳에서는 햇빛에 바랜 풀밭을 가로질러 햄블린 방향으로 꼬불꼬불 나 있는 오솔길과 '산'의 화강암 벽이 아득히 멀어지며 점점 작아지는 모습이 보였다. 언덕바지 쪽 계곡은 여전히 차가운 겨울 그림자 속에 놓여 있었다. 그러나 그 건너 들판에는 태양이 마을의 지붕과 뾰족탑 너머의 저 멀리 보이지 않는 마을들 위로 엷은 안개를 황금빛으로 물들였다.

채리티는 자신이 둥근 하늘에 쓸쓸하게 떠 있는 작은 점처럼 느껴졌다. 지난 이틀 동안에 일어난 사건들은 꿈같이 짧은 축복으로부터 그녀를 영원히 떼어 놓은 것 같았다. 그 끔찍한 경험 때문에 하니의 이미지조차 희미해졌다. 이제 그가 너무 멀리 있다고 생각했기 때문에 하나의 추억으로만 느껴질 뿐이었다. 지치고 둥둥 떠다니는 듯한 마음속에 오직 한 가지 감각만이 현실의 무게를 지니고 있었다. 아이가 주는 신체적인 부담 말이다. 만약 이 아이가 없다면 채리티는 바람에 날려 스쳐 가는 엉겅퀴의 관모처럼 뿌리가 없는 느낌이었을 것이다. 아이는 그녀를 아래로 잡아당기는 짐이면서 두 발로 설 수 있도록 잡아 주는 손과 같았다. 채리티는 일어나 계속 가야 한다고 혼잣말처럼 말했다…….

채리티의 눈이 다시 '산'의 꼭대기를 가로질러 오솔길에 닿자 멀리서 하늘을 배경으로 마차 한 대가 올라오는 것이 보였다. 채리티는 그 마차의 낯익은 윤곽, 그리고 고개를 떨어뜨린 채 묵묵히 앞을 향해 걷는 늙은 말의 말라빠진 몸체를 알고 있었다. 그다음 순간 고삐를 잡은 사람의 크고 육중한 몸집을 알아보았다. 마차는 오솔길을 따라 올라와 채리티가 방금 올라온 소나무 숲을 향해 곧장 나아가고 있었다. 처음에는 그가 지나갈 때까지 바위 아래에 몸을 웅크리고 숨어 있으려 했다. 하지만 두려운 공허 속에 누군가를 만났다는 안도감이 몸을 감추려는 충동보다 강했다. 채리티는 일어서서 마차를 향해 걸어 나갔다.

로열 씨는 채리티를 보고 채찍으로 말을 때렸다. 잠시 뒤 그는 채리티 옆에 마차를 세웠다. 두 사람의 눈이 서로 마주쳤다. 아무 말 없이 그는 몸을 숙여 그녀를 부축해 마차에 태웠다. 채리티가 뭐라고 더듬거리며 설명하려고 했지만 아무 말도 나오지 않았다. 그는 채리티의 무릎 위에 덮개를 덮어 주면서 그저 이렇게 말했다. "목사님이 그러시더구나, 너를 이곳에 남겨 두고 오셨다고. 그래서 널 데리러 올라온 거야."

로열 씨는 말 머리를 돌렸고, 두 사람은 햄블린을 향해 움직였다. 채리티는 말없이 앉아서 앞을 똑바로 쳐다보았고, 로열 씨는 가끔 말을 모는 소리를 내뱉을 뿐이었다. "댄, 어서가……. 햄블린에서 좀 쉬게 해 주었지. 꽤 빨리 몰아 댔거든. 여기에 바람을 맞으며 올라오느라 힘들었을 거야."

로열 씨가 말하는 동안 채리티에게 이렇게 일찍 '산' 꼭대기에 도착하려면 가장 추운 새벽에 노스도머를 출발해 햄블린에서 잠시 쉰 것을 빼고는 계속해서 말을 몰았으리라는 생각이 문득 떠올랐다. 채리티는 마음이 부드러워지는 것을 느꼈다. 그와 함께 머물기 위해 기숙사 학교를 포기했을 때 붉은색 장미를 사다 준 뒤로는 그가 한 어떤 행동도 채리티에게 그런 감정을 불러일으키지 못했다.

조금 사이를 두고 로열 씨가 다시 입을 열었다. "처음 너를 데리러 왔을 때도 꼭 오늘처럼 이렇게 눈이 세차게 내리고 있었지." 그러고 나서 혹시 자기 말을 지난날의 은혜를 상기하는 말로 받아들이지나 않을까 싶어 곧 이렇게 덧붙였다. "글쎄다, 넌 그 일을 잘한 일이라고 생각할지 잘 모르겠다만."

"잘한 일이라고 생각해요." 채리티가 앞을 똑바로 바라보며 중얼거렸다.

"글쎄." 그가 말했다. "내 딴에는 하느라고……."

로열 씨는 문장을 끝내지 않았고, 채리티도 더 이상 아무런 할 말이 없었다.

"워, 댄, 어서 가자." 재갈을 홱 잡아당기며 그가 나지막하게 말했다. "집에 도착하려면 멀었어……. 춥지?" 그가 갑자기 물었다.

채리티가 고개를 저었지만 그는 덮개를 더 위로 당기고 허리를 굽혀 발목 주위에 끝을 접어 밀어 넣었다. 채리티는 계속 앞을 똑바로 바라보았다. 지치고 힘이 빠져 눈물이 시야를 가리고 뺨을 타고 흘러내리기 시작했는데 그가 몸짓을 알아챌까 두려워 차마 눈물을 닦지 못했다.

두 사람은 묵묵히 햄블린 쪽으로 긴 내리막길을 따라 마차를 몰았고, 로열 씨는 마을 근처에 도착할 때까지 두 번 다시 입을 열지 않았다. 그러더니 고삐를 마차의 흙받기 위에 늘어뜨리고는 시계를 꺼냈다.

"채리티." 그가 말했다. "꽤 지쳐 보이는구나, 노스도머까지는 아직 꽤 멀거든. 생각해 봤는데 말이다, 네가 아침이라도 조금 먹을 수 있도록 이곳에서 쉬었다가 크레스턴까지 마차를 타고 가서 기차로 갈아타는 편이 좋을 것 같다."

채리티는 무감각한 상태에서 생각에 잠겨 있다가 갑자기 정신을 차렸다. "기차라니요…… 무슨 기차 말이에요?"

로열 씨는 아무 대답도 하지 않고 마을의 첫 번째 집 문간에 도착할 때까지 말을 천천히 걷게 했다. "호바트 부인의 집이야." 그가 말했다. "뭔가 따뜻하게 마실 것을 주실 거다."

채리티는 반쯤 무의식적으로 마차에서 내려 그를 따라 열려 있는 문 안으로 들어갔다. 그들은 난로에서 불이 딱딱 소리를 내며 타고 있는 깔끔한 부엌으로 들어섰다. 마음씨 좋아 보이는 얼굴을 한 노파가 식탁에 찻잔과 받침을 차리고 있었다. 그들이 들어가자 얼굴을 들고는 고개를 끄덕였다. 로열 씨는 마비된 두 손을 마주 때리며 난로로 다가갔다.

"한데 호바트 부인, 이 젊은 아가씨에게 뭐라도 아침 식사를 차려 줄 수 있을까요? 보시다시피 이 아가씬 지금 춥고 배가 고프거든요."

호바트 부인은 채리티를 향해 미소를 짓고 불에서 주석으로 된 커피 포트를 집어 들었다. "에구머니, 아가씨 모습이 정말 엉망이네." 부인이 동정 어린 어투로 말했다.

채리티는 얼굴을 붉히며 식탁에 앉았다. 완전히 수동적으로 따를 수밖에 없다는 생각이 다시 한번 엄습했다. 온기와 휴식을 구하는 유쾌한 동물적 감각만을 의식할 뿐이었다.

호바트 부인은 빵과 우유를 식탁에 올려놓고 집을 나섰다. 채리티는 부인이 말을 끌고 마당을 가로질러 외양간으로 가는 것을 보았다. 부인은 돌아오지 않았고, 로열 씨와 채리티는 김이 모락모락 오르는 커피를 사이에 두고서 단둘이 식탁에 앉았다. 그가 채리티에게 커피를 따라 주고 빵 한 조각을 받침 접시에 담아 주었다. 그녀는 먹기 시작했다.

커피의 온기가 핏줄을 타고 흐르는 동안 생각이 맑아졌고, 다시 한번 살아 있는 인간이라는 느낌이 들기 시작했다. 그러나 현실로 돌아온 것이 너무 고통스러워 음식이 목구멍에 걸려서 채리티는 말없는 고통을 느끼며 식탁을 내려다보고 앉아 있었다.

잠시 뒤 로열 씨가 의자를 뒤로 밀쳤다. "자, 그럼." 그가 말했다. "이제 출발할 생각이 나면……." 채리티가 움직이지 않자 그가 다시 말을 이었다. "우린 네틀턴행 정오 기차를 탈 수 있어. 물론 네가 원한다면 말이지."

그 말에 채리티는 얼굴이 붉어지더니 놀란 눈을 들어 그의 눈을 쳐다보았다. 그는 식탁의 반대편에 서서 채리티를 상냥하고 진지한 표정으로 쳐다보고 있었다. 불현듯 그가 무슨 말을 하려는지 알 수 있었다. 납덩어리처럼 묵직한 것이 입술을 짓눌러 채리티는 계속 움직이지 않고 가만히 앉아 있었다.

"채리티, 지금껏 함께 살면서 우린 서로에게 불쾌한 말을 해 왔다. 그러니 이제 더 이상 그런 말을 한들 무슨 소용이겠어. 하지만 난 너에 대해 한 가지 감정을 느낄 뿐이야. 네가 그러자고 하면 우린 시간에 늦지 않게 기차를 타고 곧장 목사관으로 갈 거야. 네가 집에 돌아올 때엔 로열 부인이 되어 돌아오는 거고."

로열 씨의 목소리에는 고향 맞이 주간 행사 때 청중을 감동시켰던 진지하고 설득력 있는 어조가 실려 있었다. 그 부드러운 어조 속에서 채리티는 슬픔에 잠긴 너그러운 마음을 감지했다. 자신이 나약하다는 두려움에 채리티는 온몸을 떨었다.

"아, 그럴 순 없어요……." 채리티가 갑자기 절망적으로 소리를 질렀다.

"뭘 그럴 수 없다는 거야?"

채리티도 몰랐다. 그가 하는 제안을 거절하고 있는지, 아니면 더 이상 받아들일 권리도 없는 제안을 받아들이고 싶은 유혹을 물리치기 위해 발버둥치고 있는지 확신할 수 없었다. 채리티는 당황하여 몸을 떨며 벌떡 일어나 말했다.

"제가 아저씨를 언제나 부당하게 대했다는 걸 알고 있어요.

하지만 이제는 그러고 싶지 않아요……. 전 아저씨가 알아주셨으면 해요……. 알아주셨으면 한다고요…….” 더 이상 목소리가 나오지 않아 채리티는 말을 멈췄다.

로열 씨는 벽에 기댔다. 평소보다 얼굴이 창백했지만 얼굴은 편안하고 다정했으며, 채리티의 흥분에도 동요하는 것 같아 보이지 않았다.

“뭘 그리 알아 달라는 거야?” 채리티가 말을 멈춘 동안 그가 물었다. “너한테 정말 필요한 게 뭔지 알고나 있어? 내가 말해 줄게. 집에 데리고 가 보살펴 주는 거야. 내 생각으론 그 말이면 충분할 것 같은데.”

“아니에요…… 그것만으로는 충분하지 않아요…….”

“충분하지 않다고?” 그는 시계를 쳐다보았다. “자, 한 가지 더 말해 주지. 내가 알고 싶은 건 말이다, 네가 나하고 결혼할지 말지뿐이야. 그 밖의 다른 게 있다면 너한테 그렇다고 말해 줬을 거야. 하지만 없어. 내 나이가 되면 중요한 문제와 중요하지 않은 문제를 구별할 수 있게 돼. 나이가 들면서 얻는 유일하게 좋은 변화라고나 할까.”

로열 씨의 어조가 너무나 강하고 단호해서 그 말은 그녀를 부축하는 팔처럼 느껴졌다. 그가 말하는 동안 채리티는 저항하는 마음이 사르르 녹으며 몸에서 점점 힘이 빠지는 느낌이었다.

“채리티, 울지 마라.” 그가 떨리는 목소리로 부르짖었다. 그의 감정에 놀라 채리티는 고개를 들었고, 두 사람의 눈이 서로 마주쳤다.

"이봐." 그가 부드럽게 말했다. "늙은 댄은 먼 길을 왔어. 나머지 길은 좀 편하게 갈 수 있도록 해 줘야 하지 않겠니……."

로열 씨는 의자까지 미끄러진 채리티의 외투를 집어 어깨에 덮어 주었다. 채리티는 그를 따라 집 밖으로 나와서 안마당을 가로질러 말을 묶어 놓은 외양간으로 걸어갔다. 로열 씨는 모포를 벗기고 말을 길로 끌어냈다. 채리티가 마차에 올라타자 그는 덮개를 채리티에게 끌어당기고 혀를 차는 소리를 내며 고삐를 흔들었다. 두 사람이 마을 끝자락에 도착했을 때 로열 씨는 크레스턴 쪽으로 말 머리를 돌렸다.

18

두 사람은 늙은 댄의 나른한 걸음에 맞춰 계곡으로 향하는 꼬불꼬불한 길을 따라 내려가기 시작했다. 채리티는 더 깊은 피로 속에 가라앉는 느낌이었다. 나뭇잎이 떨어진 앙상한 숲을 지나 내려가는 동안 정확한 현실감을 잃어버리고 아치 모양을 한 여름의 무성한 나뭇잎 아래에서 연인 곁에 앉아 있는 듯한 착각이 드는 순간들이 있었다. 그러나 이런 환상은 어렴풋하고 일시적이었다. 대개는 어찌할 수 없는 부드러운 물살 아래로 밀려가는 듯한 혼란스러운 감정뿐이었다. 그래서 고통스러운 생각에서 벗어나기 위한 피난처로 그 감정에 몸을 맡겼다.

로열 씨는 거의 말을 하지 않았지만 그의 침묵은 처음으로 평화와 안정을 가져다주었다. 그가 있는 곳이라면 온기와 휴식과 침묵이 있으리라는 것을 채리티는 알고 있었다. 그 순간 그녀가 바라는 것은 그게 다였다. 채리티는 두 눈을 지그시 감았고, 이런 것들조차 점점 희미해졌다…….

크레스턴에서 네틀턴까지 기차를 타고 짧은 거리를 가는 동안 따뜻한 온기가 채리티를 일깨웠고, 낯선 사람들과 시선을 마주하고 있다는 사실이 순간적으로 기운을 불어넣었다. 채리티는 로열 씨를 마주 보고 똑바로 앉아서 창문 밖의 벌거벗은 시골 풍경을 쳐다보았다. 마흔여덟 시간 전 마지막으로 이 풍경을 가로지를 때만 하더라도 나무에 여전히 잎사귀가 많이 매달려 있었다. 그런데 지난 이틀 밤 사이에 분 강풍으로 나뭇잎들은 모두 떨어졌고, 12월의 시골 풍경처럼 정교한 윤곽을 드러냈다. 며칠 동안의 가을 추위는 그녀가 독립기념일에 지나갔던 풍요로운 들판과 나른하게 보이던 숲을 모두 흔적도 없이 쓸어버렸다. 을씨년스러운 풍경과 함께 그 열정적인 시간도 시들어 갔다. 채리티는 자신이 그 시간을 살았던 존재라는 사실이 더 이상 믿어지지가 않았다. 불가항력적이고 돌이킬 수 없는 어떤 일을 겪은 사람이었지만 거기에 이르는 걸음은 거의 흔적 없이 사라졌다.

기차가 네틀턴에 도착해 로열 씨 옆에 서서 광장으로 걸어 나왔을 때 채리티는 비현실적인 느낌이 좀 더 강렬해졌다. 지난 밤과 낮의 육체적 긴장 때문에 마음이 새로운 감각을 받아들일 수 없었고 피로에 지친 어린아이처럼 수동적으로 로열 씨를 뒤따라갈 뿐이었다. 한바탕 어지러운 꿈을 꾸듯 채리티는 곧 어느 기분 좋은 방에서 붉고 흰 식탁보가 깔린 식탁에 그와 함께 앉아 있었다. 식탁 위에는 뜨거운 음식과 차가 놓여 있었다. 로열 씨는 채리티의 찻잔에 차를 따르고 접시에 음식을 수북이 담아 주었다. 채리티가 음식으로부터 눈을 들면 그는 조용한 눈길로 그녀를 쳐다보고 있었다. 호바트 부인의 부엌에서 서로를 마주 바라볼 때 그녀를 안심시키고 격려하던 것과 똑같은 확고하고 차분한 시선이었다. 그녀의 의식 속에서 그 밖의 것들은 점점 더 혼란스럽고 비현실적인 것이 되었는데 마치 이 세상을 녹여 버릴 우주의 희미한 빛이 시력을 잃어 가는 눈에 점점 더 가까이 닿는 듯했다. 그러자 로열 씨의 존재가 이런 막연한 배경으로부터 바위처럼 견고하게 떨어져 나오기 시작했다. 채리티는 그에 대해 늘 이렇게 생각했다. ─ 그를 생각할 때면 언제나 말이다 ─ 증오스럽고 걸림돌이 되는 사람, 그러나 그녀가 노력만 하면 얼마든지 압도하고 지배할 수 있는 사람. 단 한 번, 그러니까 고향 맞이 주간 행사 날 그의 연설 몇 마디가 불안한 마음에 떠돌던 동안 채리티는 자신이 함께 살고 있던 머리 둔한 적과는 너무나 다른 그의 모습을 엿보았다. 심지어 안개처럼 아련한 꿈속에서도 그는 놀랄 만큼 뚜렷하게 눈에 띄었다. 그러자 한순간 그가 한 말 때문에 ─ 그리고 그가 말하는 어투에 담긴 그 무엇 때문에 ─ 채리티는 왜 그가 언제나 그토록 외로운 사람처럼 보였는지 그 까닭을 알 것 같았다. 하지만 그 뒤로 그는 안개 같은 꿈속에 다시 숨어 버렸고, 그동안 그녀는 그 덧없는 인상을 까맣게 잊었다.

두 사람이 식탁에 앉아 있는 지금 그 인상이 되살아나 채리티의 헤아릴 수 없이 깊은 쓸쓸함을 관통하며 갑자기 서로에게 친근감을 느끼게 했다. 그러나 이 모든 감정은 육체의 연약함을 틈타 한낱 잿빛처럼 흐릿한 빛줄기가 잠깐 번쩍이는 것에 지나지 않았다. 그러는 동안 채리티는 로열 씨가 자신만 따뜻한 방 안 식탁에 앉혀 놓고 잠시 뒤 역에서 마차 한 대와 함께 돌아온 것을 알았다. 햇볕에 그을린 푸른색 비단 가리개와 지붕이 달린 전세 마차였다. 이 마차를 함께 타고 두 사람은 교회 옆의 덩굴 식물로 덮이고 융단 같은 잔디밭이 깔린 집으로 향했다. 그들은 이 집 앞에서 내렸고, 마차가 기다리는 동안 작은 길을 걸어 올라가 징두리 판자를 댄 홀을 지나 책이 가득 찬 방으로 들어갔다. 채리티가 처음 보는 목사가 그들을 반갑게 맞이하고는 그들에게 증인을 불러올 동안 잠깐만 앉아 있으라고 부탁했다.

채리티는 고분고분하게 자리에 앉았고, 로열 씨는 뒷짐을 지고서 천천히 방 안을 왔다 갔다 했다. 로열 씨가 고개를 돌려 바라보았을 때 채리티는 그의 입술이 약간 떨리는 것을 알아차렸다. 그러나 두 눈의 표정은 진지하고도 차분했다. 한번은 그녀 앞에 서서 머뭇거리며 말했다. "네 머리가 바람에 좀 흐트러졌구나." 그래서 채리티는 손을 들어 땋은 머리에서 빠져나온 머리카락을 매만지려고 했다. 벽에 새겨진 액자 속에 거울이 있었지만 거울에 비친 자신의 모습을 보는 것이 부끄러웠다. 목사가 다시 돌아올 때까지 채리티는 깍지를 낀 두 손을 무릎에 올려놓고 앉아 있었다. 그러다 그들은 다시 밖으로 나와 아케이드식 통로를 지났다. 그리고 제단에 십자가가 놓이고 긴 의자가 줄지어 있는 나지막한 둥근 천장으로 된 방으로 들어갔다. 문가에서 그들을 남겨 둔 채 자리를 뜬 목사는 곧 성의로 갈아입고 제단 앞에 다시 나타났고, 그 아내인 듯한 부인과 잔디밭에서 낙엽을 긁고 있던 푸른 셔츠 차림의 사내가 들어와 긴 의자에 앉았다.

목사는 책을 펴 들고서 채리티와 로열 씨에게 가까이 다가오라고 신호를 보냈다. 로열 씨는 몇 발짝 앞으로 다가갔고, 채리티는 호바트 부인의 부엌에서 나와 마차까지 그를 따라온 것처럼 그의 뒤를 따랐다. 그녀는 만약 그의 옆에 서서 그가 시키는 대로 하지 않으면 금방이라도 발아래 땅이 꺼져 내릴 것만 같았다.

목사는 읽기 시작했다. 혼란스러운 채리티의 마음에는 전날 밤 '산'에 있는 황량한 집 앞에서 똑같이 두렵고 단호한 목소리로 같은 책을 읽던 마일스 목사가 떠올랐다.

"내 두 사람에게 명령하노니, 마음속의 모든 비밀이 밝혀지는 무서운 심판의 날에 그대들이 대답하듯이 만약 두 사람 중 어느 누구라도 법적으로 부부가 될 수 없는 어떤 장애라도 알고 있다면……."

채리티는 두 눈을 들어 로열 씨의 눈을 마주 보았다. 그 눈은 여전히 부드럽고 진지하게 그녀를 쳐다보고 있었다. 채리티가 놓쳐 버린 또 다른 말이 있고 난 뒤 조금 이따가 그가 말하는 소리가 그녀의 귓가에 들렸다. "아내로 맞이하겠습니다!" 목사가 그녀에게 몸짓으로 보내는 신호를 이해하려고 애쓰느라 무슨 말을 하는지는 더 이상 들리지 않았다. 또 한 번 간격을 두었다가 긴 의자에 앉아 있던 부인이 자리에서 일어나 채리티의 손을 로열 씨의 손에 건넸다. 그의 육중한 손바닥이 채리티의 손을 감쌌고, 그녀는 너무 큰 반지 하나가 가느다란 손가락에 미끄러져 들어오는 것을 느꼈다. 그제야 자신이 결혼했다는 사실을 알 수 있었다…….

그날 오후 늦게 채리티는 독립기념일에 하니와 함께 테이블을 찾으려다가 실패했던 일류 호텔의 침실에 혼자 앉아 있었다. 일찍이 이렇게 멋지게 가구를 갖춘 방에 있어 본 적이 없었다. 화장대 위 거울 속에 더블베드의 높다란 머리 판자며, 주름 장식이 있는 베갯잇, 모자와 웃옷을 올려놓기도 망설여질 만큼 티 하나 없이 하얀 침대 덮개가 비쳤다. 윙윙거리는 라디에이터에서 나른한 온기가 뿜어 나왔고, 반쯤 열린 문으로는 쌍둥이 대리석 세면대 위에 니켈 수도꼭지가 반짝거렸다.

순간 지난 밤과 낮의 긴 혼란이 사라졌고, 채리티는 두 눈을 감고 앉아 마력 같은 온기와 침묵에 몸을 맡겼다. 그러나 이 자비로운 무감각은 사라지고 곧 환자가 가끔 무거운 잠에서 깨어날 때 느끼는 갑작스럽고 통렬한 환영이 뒤를 이었다. 눈을 뜨자 침대 위에 걸린 그림에 시선이 멈췄다. 눈부시게 흰 여백이 있는 큼직한 판화였는데, 그것은 안쪽에 소용돌이 금장식을 덧댄 넓은 단풍나무 액자에 끼워져 있었다. 나무들이 늘어진 호수에서 보트를 타는 한 젊은이의 모습이었다. 젊은이는 배 뒤쪽의 쿠션들 사이에 누워 있는 가벼운 옷차림의 아가씨에게 수련을 따 주기 위해 허리를 숙이고 있었다. 그 장면은 나른한 한여름의 빛으로 가득했다. 채리티는 판화에서 눈길을 거두고 의자에서 일어나 불안하게 방 안을 서성대기 시작했다.

　호텔 방은 5층이어서 널찍한 판유리 창을 통해 마을의 지붕들을 굽어볼 수 있었다. 그 지붕 너머로 수목이 우거진 풍경이 펼쳐졌고 석양의 마지막 불꽃이 강철 같은 미광을 내뿜었다. 채리티는 어스레한 빛을 놀란 눈으로 물끄러미 쳐다보았다. 짙어지는 땅거미 속에서도 그곳을 에워싼 부드러운 언덕 능선과 그 숲 가장자리 쪽으로 비탈진 목초지를 알아볼 수 있었다. 그곳은 네틀턴 호수였다.

　채리티는 오랫동안 창가에 서서 호수가 점점 시야에서 사라지는 것을 바라보았다. 그 호수를 보자 자신이 방금 무슨 일을 했는지 실감했다. 손가락에 끼워진 반지의 감촉도 이제 돌이킬 수 없다는 이런 통렬한 느낌을 불러일으키지는 않았다. 도망쳐 버릴까 하는 오랜 충동이 순간 그녀를 휩쓸었다. 하지만 그것은 그저 부러진 날개를 퍼덕이는 것에 불과했다. 뒤에서 문이 열리는 소리가 들리고 로열 씨가 들어왔다.

　로열 씨는 이발소에 가서 텁수룩하고 희끗희끗한 머리카락을 말끔하게 다듬었다. 무시당하고 싶지 않다는 듯 그는 어깨를 똑바로 펴고 고개를 높이 들고서 힘차고 빠르게 움직였다.

　"어두운 데서 뭐 하고 있어?" 그는 쾌활한 목소리로 외쳤다. 채리티는 아무 대답도 하지 않았다. 그가 창으로 다가가 블라인드를 내렸고, 벽에 손가락을 갖다 대자 중앙 샹들리에의 밝은 불빛이 방 안을 가득 채웠다. 익숙하지 않은 밝은 불빛 아래에서 남편과 아내는 잠시 어색하게 서로의 얼굴을 바라보았다. 그때 로열 씨가 말했다. "이제 내려가 저녁을 먹기로 하지. 물론 네가 그러고 싶다면 말이야."

음식을 생각하자 혐오감이 들었다. 그러나 감히 그 사실을 고백하지 못해 채리티는 머리를 매만지고 그를 따라 엘리베이터에 올라탔다.

한 시간 뒤 눈부시게 밝은 식당을 나와 로열 씨가 모퉁이 판매대의 놋쇠 격자창 앞에서 시가 담배를 고르고 석간신문을 사는 동안 채리티는 대리석으로 꾸민 홀에서 기다렸다. 남자들이 반짝이는 샹들리에 밑에 놓인 흔들의자에서 빈둥거리는가 하면 여행자들이 들락날락거리고, 종소리가 울리고, 짐꾼들이 짐을 끌고 지나갔다. 로열 씨가 카운터에 기대어 몸을 숙이고 있을 때 그 어깨 너머로 머리를 높이 올린 아가씨가 홀 건너편 데스크에서 열쇠를 받고 있는 말쑥한 차림의 외판원에게 히죽히죽 웃음을 지으며 고개를 끄덕거렸다.

채리티는 대리석 바닥에 단단히 박아 놓은 테이블 중 하나인 것처럼 꼼짝도 않고 무력하게 삶의 역류를 견디며 서 있었다. 그녀의 영혼은 곧 다가올 운명에 대한 메스꺼운 감각에 온통 집중되어 있었다. 로열 씨가 쭉 늘어놓은 시가 상자에서 담배를 집어 들고 석간신문을 펼치는 동안 그녀는 공포에 사로잡혀 그의 모습을 바라보았다.

곧 로열 씨가 뒤로 돌아서더니 채리티에게 다가와 말했다. "먼저 올라가 자도록 해……. 난 여기 앉아서 담배를 피우고 있을 테니."마치 상대방의 습관에 익숙한 오래된 부부처럼 그는 편안하고 자연스럽게 말했고, 그녀의 놀란 가슴은 안도하며 가볍게 떨었다. 채리티는 그를 따라 엘리베이터로 갔고, 그는 그녀를 엘리베이터에 들여보낸 뒤 금단추 제복에 리본을 단 급사에게 방까지 안내해 달라고 부탁했다.

전기 스위치가 어디에 있는지 잊어버리고 어떻게 조절하는지를 잘 모르는 채리티는 어둠 속에서 길을 더듬어 찾았다. 그러나 하얀 가을 달이 떠올라 밝아진 하늘이 방 안에 창백한 빛을 비추었다. 달빛 속에서 채리티는 옷을 벗었고, 주름 장식이 있는 베갯잇을 둘둘 만 뒤에 티 하나 없이 깨끗한 이불 속으로 수줍은 듯 기어 들어갔다. 이렇게 부드러운 침대 시트와 이렇게 가볍고 따뜻한 담요는 처음 만져 보았다. 그러나 침대의 부드러움이 마음을 달래 주지는 않았다. 채리티는 얼음처럼 차갑게 핏속을 흐르는 공포감에 몸을 떨며 누워 있었다. "내가 무얼 한 거지? 아, 도대체 내가 무슨 짓을 한 거야?" 그녀는 베개에 대고 부르르 떨며 소곤거리듯 말했다. 창문 너머의 창백한 풍경을 보지 않으려고 베개에 얼굴을 파묻고는 두 귀를 쫑긋 세우고 다가오는 발소리마다 몸을 떨면서 어둠 속에 누워 있었다…….

채리티는 벌떡 일어나 앉아 두 손으로 놀란 가슴을 눌렀다. 가냘픈 소리는 누군가가 방 안에 있다는 것을 알려 주었다. 그런데 누군가 들어오는 소리를 듣지 못한 것으로 보아 그사이 잠이 들었던 모양이다. 달은 반대편 지붕 너머로 지고 있었고, 잿빛의 네모난 창문을 배경으로 어둠 속에서 어떤 사람이 흔들의자에 앉아 있는 모습이 보였다. 그 사람은 움직이지 않았다. 고개를 떨어뜨리고 두 팔을 깍지 낀 채 의자에 깊숙이 앉아 있었고, 채리티는 그가 로열 씨라는 것을 알아차렸다. 옷도 벗지 않고 침대 발치에서 담요를 집어 무릎을 덮은 채였다. 몸을 떨고 숨을 죽이면서 채리티는 자신이 움직이는 바람에 잠을 깨지나 않을까 걱정하며 그를 바라보았다. 그러나 조금도 움직이지 않는 것으로 보아 그는 자신이 잠들었다고 생각해 주기를 바라는 듯했다.

계속 그를 바라보는 동안 말로 다 할 수 없는 안도감이 서서히 밀려들며 채리티의 긴장한 신경과 피로한 몸을 풀어 주었다. 그렇다면 그는 알고 있었다…… 그는 알고 있었던 것이다…… 그는 그녀와 결혼했다는 것을 알고 있었고, 그와 함께 있으면 안전하다는 사실을 그녀에게 보여 주려고 어둠 속에서 그렇게 앉아 있었던 것이다. 그를 생각하면서 느꼈던 것보다 무언가 더 깊은 파동이 지친 뇌리를 스쳤고, 채리티는 소리 없이, 조심스럽게 베개에 머리를 파묻었…….

채리티가 눈을 떴을 때는 방이 아침 햇살로 가득했고, 방 안에 자기 혼자라는 것을 알아차렸다. 자리에서 일어나 옷을 입었고, 드레스의 단추를 잠그고 있을 때 문이 열리면서 로열 씨가 들어왔다. 밝은 햇빛 아래 그는 늙고 지쳐 보였지만 얼굴에는 '산'에서 채리티를 안심시켜 주었던 그 신중하고 다정한 표정이 감돌았다. 그에게서 어두운 악령이 모두 사라져 버린 것만 같았다.

두 사람은 아침 식사를 하러 1층에 있는 식당으로 내려갔고, 식사를 한 뒤 로열 씨는 그녀에게 보험 회사에 일이 있다고 말했다. "내가 일을 처리하는 동안 넌 나가서 뭐든 필요한 물건을 사도록 해." 그가 미소를 지었고, 멋쩍은 듯 웃으며 이렇게 덧붙였다. "난 언제나 네가 다른 여자애들보다 예쁘게 보였으면 한다는 걸 잘 알잖아." 그러면서 호주머니에서 무언가를 꺼내 그것을 식탁 위로 그녀를 향해 밀었다. 채리티는 그가 20달러짜리 지폐 두 장을 주었다는 것을 알았다. "부족하면 더 줄 수도 있어……. 난 네가 그 애들을 완전히 압도했으면 한다." 그가 다시 한번 되풀이해서 말했다.

채리티는 얼굴을 붉히고 더듬거리며 고맙다는 말을 하려 했지만, 그는 벌써 의자를 뒤로 밀치고 식당을 나가고 있었다. 홀에서 그는 잠깐 걸음을 멈추더니 그녀가 괜찮다면 3시 기차를 타고 노스도머에 돌아가겠다고 말했다. 그런 다음 옷걸이에서 모자와 코트를 집어 들고 밖으로 나갔다.

몇 분 뒤에 채리티도 밖으로 나왔다. 그가 어느 방향으로 가는지 지켜보고는 반대 방향을 택해 레이크 애비뉴 모퉁이에 있는 벽돌 건물 쪽으로 큰길을 따라 재빨리 걸어 내려갔다. 그곳에서 걸음을 멈추고 큰길 위아래를 조심스럽게 바라보고는 놋쇠 테를 두른 계단을 따라 머클 의사의 병원으로 올라갔다. 머리가 덥수룩한 그 혼혈 소녀가 채리티를 맞이했고, 붉은색 플러시 천으로 장식한 대기실에서 이곳에 처음 왔던 날과 비슷한 시간을 기다린 뒤 머클 의사의 진료실로 안내되었다. 의사는 놀라는 기색 없이 채리티를 맞이해 호화롭고 은밀한 내실로 데려갔다.

"아가씨가 다시 올 줄 알았지만 이렇게 빨리일 줄은 몰랐는걸. 내가 말했잖아, 조바심 내지 말고 인내심을 가지라고." 잠시 꿰뚫어 보듯 살펴보고 나서 그녀가 말했다.

채리티는 품에서 돈을 꺼냈다. "제 푸른색 브로치를 찾으러 왔어요." 얼굴을 붉히며 채리티가 말했다.

"브로치라고?" 의사는 기억하지 못하는 것 같았다. "아, 참 그렇지……. 그런 종류의 물건을 하도 많이 받아 놔서. 아가씨, 내가 금고에서 꺼내 오는 동안 잠깐 기다려. 그런 귀중품을 신문지 쪼가리처럼 두진 않으니까."

의사는 잠시 사라졌다가 위쪽을 비틀어 맨 작은 박엽지 하나를 갖고 돌아오더니 그것을 풀어 브로치를 보여 주었다.

채리티는 그것을 보자 마음속에 온기가 이는 것을 느꼈다. 간절한 마음으로 손을 내밀었다.

"잔돈 있으세요?" 20달러 지폐 한 장을 책상에 올려놓으며 채리티가 살짝 숨을 죽이고 물었다.

"잔돈이라니? 잔돈이 왜 필요해? 20달러짜리 두 장밖에는 안 보이는데." 머클 의사가 밝은 표정을 지으며 대답했다.

채리티는 당황하여 말을 멈췄다. "제 생각으론…… 선생님은 한 번 방문할 때마다 5달러씩이라고 하셨잖아요……."

"특별히 아가씨에게만 그렇게 해 줬던 거지…… 그랬고말고. 하지만 책임 비용이랑 보험료는 어떻게 하고? 미처 그건 생각해 보지 않은 모양이지? 이 브로치는 100달러는 손쉽게 받을 만해. 만약 잃어버리거나 누가 훔쳐 가면 아가씨가 찾으러 왔을 때 난 어쩌지?"

그 말에 반신반의하며 채리티는 당혹스러워 가만히 침묵을 지켰다. 그리고 머클 의사가 곧 여세를 몰아 자신의 입장을 밀고 나갔다. "내가 원한 건 브로치가 아니었지, 아가씨. 난 이런 일로 골치를 썩이느니 차라리 손님들이 규정 진료비를 지불하길 바라거든."

의사는 잠시 말을 멈췄고, 채리티는 어서 이곳을 벗어나고 싶어 벌떡 일어나 20달러 지폐 중 한 장을 내밀었다.

"이거 받으시겠어요?" 그녀가 물었다.

"안 되지, 아가씨, 난 그 돈을 받을 수 없어. 하지만 나머지 지폐도 주면 받을 거야. 나를 믿지 못하겠다면 내 서명이 들어간 영수증을 주도록 하지."

"아, 하지만 그럴 순 없어요…… 이 돈이 다인걸요." 채리티가 큰 소리로 말했다.

머클 의사는 플러시 천 소파에서 상냥하게 채리티를 올려다보았다. "저 위쪽 감독교회에서 어제 결혼한 것 같은데. 목사 집에서 잡일을 하는 사람한테 그 결혼 이야기를 모두 들었거든. 로열 씨에게 아가씨가 이곳에 갚아야 할 돈이 있다는 사실을 알리면 곤란할 텐데, 안 그래? 아가씨 어머니가 하듯이 난 지금 아가씨에게 선의를 베풀고 있는 거란 말이야."

채리티는 분노가 치밀어 한순간 브로치를 포기하고 머클 의사더러 무슨 짓이건 할 테면 해 보라고 하고 싶은 생각이 굴뚝같았다. 그러나 이 못된 여자에게 어떻게 하나뿐인 보물을 맡긴단 말인가? 태어날 아기를 위해 그것이 필요했다. 이상하게도 그 브로치는 아이와 그 미지의 아버지를 연결하는 고리처럼 느껴졌다. 그러는 자신이 싫었지만 몸을 떨면서 채리티는 로열 씨가 준 돈을 책상 위에 올려놓고는 브로치를 집어 들어 건물 밖으로 뛰쳐나왔다.

이 마지막 모험에 채리티는 멍한 상태로 길거리에서 발걸음을 멈추고 가만히 서 있었다. 그러나 브로치가 가슴에 부적처럼 달려 있었고, 이상하게 마음이 가벼워지는 느낌이었다. 잠시 뒤 채리티는 우체국 쪽으로 천천히 걸어가 자동문을 지나 안으로 들어갈 힘이 생겼다. 창구들 중 하나에서 편지지와 봉투와 우표를 샀다. 그런 다음 책상에 앉아 우체국의 녹슨 펜을 잉크병에 담갔다. 로열 씨의 반지를 손가락에 끼고 있다는 사실을 인지한 뒤 줄곧 그녀를 괴롭혀 온 공포감에 사로잡힌 채 그곳에 왔다. 하니가 마침내 자유의 몸이 되어 돌아올지 모른다는 두려움. 하니의 편지를 받은 뒤 그 끔찍한 시간 동안 한 번도 떠오르지 않았던 가능성이었다. 그녀가 취한 결정적인 행동 때문에 열망이 불안으로 바뀌고서야 비로소 그런 공교로운 일이 가능해 보였다. 채리티는 봉투에 주소를 쓰고 편지지에 이렇게 썼다.

나는 로열 씨와 결혼했어. 언제까지나 당신을 기억할게.

채리티

마지막 문장은 채리티가 쓰려던 말이 전혀 아니었다. 그런데 자기도 모르게 펜 끝에서 흘러나왔다. 채리티에게는 자신의 희생을 완전한 것으로 만들 힘이 남아 있지 않았다. 그러나 결국 그게 무슨 상관이란 말인가? 이제 다시는 하니를 만날 수 없게 되었는데 왜 진실을 말해서는 안 된단 말인가?

편지함에 편지를 넣고 채리티는 햇살이 밝게 내리쬐는 분주한 거리로 나와 호텔을 향해 걷기 시작했다. 백화점의 쇼윈도 뒤에 하니가 함께 들여다보았을 때 그녀의 상상력을 자극하던 옷이며 옷감들이 유혹하듯 진열되어 있었다. 그 물건들을 보자 로열 씨가 밖에 나가 필요한 물건을 사라고 한 말이 생각났다. 채리티는 자신의 초라한 옷을 내려다보았고, 빈손으로 돌아온 것을 보고 그가 뭐라고 할까 싶었다. 호텔에 가까워지자 로열 씨가 현관 계단에서 기다리고 있는 모습이 보였고, 그녀의 가슴은 겁에 질려 마구 뛰기 시작했다.

로열 씨는 다가오는 채리티를 향해 고개를 끄덕이고 손을 흔들었다. 두 사람은 홀을 지나 짐을 가지러 2층으로 올라갔다. 점심을 먹으러 다시 1층으로 내려올 때 로열 씨가 방 열쇠를 돌려주기 위해서였다. 침실에서 가지고 온 몇 안 되는 물건들을 가방에 밀어 넣는 동안 채리티는 문득 그의 시선이 자신을 향하고 있으며 막 뭔가 말을 하려 한다는 것을 느꼈다. 대충 접은 잠옷을 손에 들고 가만히 서 있는 그녀의 핼쑥한 두 뺨이 붉게 달아올랐다.

"한데 멋지게 차려입은 거야? 아무런 짐 꾸러미도 보지 못했는데." 그가 농담 섞인 어조로 말했다.

"아, 앨리 호스더러 필요한 옷을 몇 가지 만들어 달래려고요." 그녀가 대답했다.

"그래?" 그는 잠시 생각에 잠겨 그녀를 쳐다보고는 눈썹을 찌푸렸다. 그러고 나서 그의 얼굴은 다시 다정하게 바뀌었다. "그래, 난 네가 그들 누구보다 멋진 모습으로 돌아가기를 바랐지. 하지만 네 생각이 맞는 것 같아. 채리티, 넌 현명해."

두 사람의 눈이 서로 마주쳤고, 채리티가 일찍이 본 적 없는 무엇이 그의 두 눈에 떠올랐다. 그녀를 부끄럽게 하면서도 안전한 느낌을 주는 표정이었다.

"아저씨도 훌륭하세요." 부끄러운 듯 채리티가 재빨리 말했다. 그는 아무 대답 없이 미소를 지었고, 그들은 함께 방에서 나와 번쩍이는 엘리베이터를 타고 홀로 내려갔다.

그날 저녁 늦게 차가운 가을 달빛을 받으며 두 사람은 붉은 집 문 앞에 마차를 세웠다.

순수에서 경험으로

　이디스 워튼이 『여름』을 쓴 것은 1916년, 그러니까 그녀의 나이 쉰네 살 때였다. 이때 워튼은 이혼한 상태로, 대서양 건너 그녀에게는 제2의 조국이나 다름없는 프랑스 파리에서 혼자 살고 있었다. 그런데 1916년은 인류 역사에서 그 유례를 찾을 수 없는 1차 세계 대전이 막바지에 접어들 무렵이다. 불가(佛家)에서는 일찍이 '화택'이라고 하여 속세를 불난 집에 빗댔는데 워튼도 "1914년 이후의 세계는 마치 불난 집과 같았다."라고 밝힌 적이 있다. 워튼은 말하자면 불난 집의 한가운데에 들어앉아 이 작품을 썼다.

　전쟁 중 뉴욕시의 상류 사회에서 태어난 귀족 여성이라고는 좀처럼 믿기지 않을 만큼 워튼은 파리로 밀려드는 피난민들을 돌보고 부상당한 병사들을 보살피는 데 온 힘을 기울였다. 이런 와중에서 집필 활동은 옆으로 밀려날 수밖에 없었다.

1916년에 프랑스 정부가 워튼의 공로를 인정하여 레지옹도뇌르 훈장을 수여할 정도였다. 그해에 워튼은 프랑스 교외에서 피곤한 몸을 추스르며 몇 주 동안 휴식을 취하고 있었다. 이때 쓴 작품이 바로『여름』이다. 이 작품을 집필하던 중에도 워튼의 귓가에는 독일군이 파리를 향하여 진격해 들어오는 소리가 들렸다.

미국 뉴잉글랜드의 한적한 시골 마을을 배경으로 한『여름』은 언뜻 피비린내 나는 전쟁과는 거리가 멀어 보일는지 모른다. 그러나 좀 더 꼼꼼히 따져 보면 이 작품에서도 피를 흘리고 상처를 입는 전쟁이 벌어지고 있다. 작중 인물들의 내면 세계에서 일어나는 심리적인 갈등과 투쟁이 그것이다. 그렇다면 워튼은 유럽을 잿더미로 만들다시피 한 1차 세계 대전을 평화스럽기 그지없는 뉴잉글랜드 시골 마을에 옮겨 놓은 셈이다.

『여름』이 처음 출간되었을 때 작가의 사회적 신분이나 배경과 너무 동떨어진 작품이라고 지적하는 비평가들이 적지 않았다. 실제로 그동안 워튼은 뉴욕의 상류 사회를 풍자하는 풍속 소설을 주로 써 왔기 때문에 비평가들의 이러한 지적도 무리는 아니다. 그러나 워튼은 뉴잉글랜드 시골 마을의 삶을 단순히 관념적으로 그리지 않았다. 그녀는 작품의 지리적 배경인 매사추세츠주 버크셔 산간 지방 레녹스에 '마운트'라는 저택을 짓고 한때 그곳에서 살았을 뿐 아니라 그 주변을 자주 여행하면서 그곳 사람들의 삶을 직접 또는 간접으로 경험했다. 워튼은 비록 뉴욕의 상류 사회에서 태어나 성장했지만 상상력은 거의 언제나 뉴욕 5번가에서 동떨어진 시골 마을을 향해 활짝 열려 있었다. 데뷔작이라고 할 첫 단편 소설 「맨스테이 부인의 조망」도 뉴욕의 번화가가 아니라 한적한 시골의 정원을 배경과 소재로 삼은 작품이다.

워튼이 속한 상류 사회는 왠지 그녀에게 잘 맞지 않는 고급 옷처럼 거추장스러웠다. 한편으로 안락과 안정을 가져다주었지만 다른 한편으로 적잖이 긴장과 고통을 안겨 주었다. 때로는 비유가 아니라 글자 그대로 그 가치관에 짓눌려 질식할 지경이었다. 뉴욕 사회의 가치관에서 이유(離乳)할 무렵 실제로 워튼은 제대로 호흡을 하기 힘들 만큼 자주 질식 증세를 느꼈다.

더구나 이디스 워튼은 시골에 사는 작가라야만 시골 모습을 진솔하게 묘사할 수 있다고 생각하지 않았다. 화려하기 그지없는 뉴욕시의 5번가나 세계 유행을 주도하는 프랑스 파리에 살면서도 얼마든지 흙냄새 물씬 풍기는 시골의 삶을 다룰 수 있다고 여겼다. 이 점과 관련하여 워튼은 "조금이라도 창작에 재능을 가지고 태어난 사람이라면 (…) '실제 사람들'을 상상력의 산물인 작품 속에 옮겨 놓자마자 실제적인 인물이 되지 않는다는 사실을 깨달을 것이다. 창조자의 두뇌에서 태어난 사람들만이 실재한다는 환상을 줄 수 있다."라고 잘라 말한다.

이디스 워튼은 이 작품의 집필을 끝내자마자 평소 자신의 작품을 싣던 미국의 《스크리브너스》에 연재를 부탁했다. 그러나 이 잡지는 곧 워튼의 중편 소설 「버너 자매」를 싣기로 되어 있어 그 부탁에 응할 수 없었다. 워튼은 잡지에 연재하는 대신 단행본으로 출간하자는 스크리브너스 출판사의 제안을 거절했다. 그리고 뉴욕의 또 다른 출판사 애플턴의 주선으로 1917년 2월부터 8월까지 《매클루어스》에 작품을 연재한 뒤 같은 해 7월에 애플턴에서 단행본으로 출간했다.

1

이디스 워튼은 참으로 우연한 일이 계기가 되어 『여름』을 쓰게 되었다. 레녹스에 머물 때 워튼은 한 교회 목사로부터 그곳에서 20킬로미터가량 떨어진 깊은 산속에 사는 '무법자들'에 관한 이야기를 전해 들었다. 목사는 언제가 그곳에 살던 한 여성의 임종을 지켜보고 장례식을 집전하기 위해 불려 간 적이 있었다. 그런데 문명사회의 법이 미치지 않는 그곳에서 사람들이 짐승처럼 비참하게 살고 있더라는 것이다.

워튼은 목사가 들려준 이야기를 주춧돌 삼아 『여름』이라는 집을 지었다. 그것도 초라한 오두막집이 아니라 아름답기 그지없는 그림 같은 집을 지었다. 목사가 방문한 산은 베어마운틴이었고, 작가는 이 작품에서 이름을 밝히지 않은 채 그냥 '산'이라고 언급한다. 이 '산'과 산 아래에 위치한 노스도머라는 상상의 공간을 배경으로 워튼은 가슴 뭉클한 한 편의 작품을 만들어 냈다. 앙상한 뼈다귀와 다를 바 없는 이야기에 살을 붙이고 피를 통하게 하여 이렇게 뛰어난 작품을 만든 것을 보면 워튼은 소설가로서 재능을 타고났음에 틀림없다.

『여름』은 흔히 육 년 먼저 출간한 『이선 프롬』과 함께 워튼의 작품 가운데에서 가장 뛰어난 소설로 평가받는다. 무려 서른한 권에 이르는 많은 소설을 썼지만 그녀는 이 두 작품만으로도 미국 문학사에 길이 남는다. 뉴욕의 상류 사회를 다룬 『환락의 집』이나 『순수의 시대』보다 뉴잉글랜드 시골 마을을 다룬 두 작품이 워튼의 대표작이라는 사실이 아이러니라면 아이러니라고 하겠다. 워튼은 특히 『여름』을 자신의 작품들 중에서 가장 좋아한다고 밝힌 적이 있다. 처음 출간되었을 때 『여름』은 이렇다 할 반응을 얻지 못했지만 1960년대에 이르러 학자들이나 비평가들뿐 아니라 일반 독자들로부터 큰 관심을 받기 시작했다. 이 소설은 『이선 프롬』과 함께 지금 미국 문학사에서 고전의 반열에 올라 있다.

워튼은 어느 작품보다도 이 작품을 쓰면서 희열을 느꼈다고 고백한다. "수천 번 중단하고 비극적 전쟁의 현실에 내 여생을 바친 상태에 있었으면서도 나는 창작의 희열이 정점에 이르렀을 때 이 이야기를 썼다. 그러나 내 기억으로는 내면 풍경이나 이 소설에 등장하는 작중 인물들을 이보다 더 강렬하게 그려 본 적이 없다." 이렇게 워튼이 『여름』을 쓰면서 희열을 맛본 것은 아마 이 작품과 작가의 개인적 삶이 서로 깊이 연관되어 있기 때문일 것이다. 『이선 프롬』 못지않게 이 소설에서도 작가가 걸어온 고단한 삶의 궤적을 읽을 수 있다.

가령 주인공 채리티 로열이 뉴욕에서 잠시 여행 온 루시어스 하니를 사랑하다가 상처받는 것은 워튼이 한때 사랑했던 뉴욕의 저널리스트 모턴 풀러턴에게 버림받은 것과 비슷하다. 워튼이 풀러턴을 처음 만난 것은 채리티 로열을 창조해 내기 구 년 전이었다. 워튼의 친구이자 동료 소설가인 헨리 제임스의 소개장을 들고 레녹스의 마운트에 나타난 풀러턴은 처음부터 워튼의 마음을 완전히 사로잡았고, 그 뒤 몇 년 동안 두 사람의 관계는 계속되었다. 비록 이십 년 넘게 에드워드 워튼과 결혼 생활을 유지하고 있었지만 이 미국 저널리스트를 만나면서 비로소 처음 성적으로 눈을 뜨기 시작했다. 이때 워튼의 나이는 벌써 마흔다섯 살에 접어들었고, 풀러턴은 사십 대 초반이었다. 그를 만난 직후 쓴 글에서 워튼은 "행복한 여성들이 느끼는 감정이 바로 이러한 것이구나."라고 털어놓는다. 그와 함께 한 시간을 보낸 뒤에는 "그 한 시간이 자신의 전 생애를 밝게 비추어 주었음에 틀림없다."라고 밝히기도 한다. 그러나 여성 편력이 심했던 풀러턴은 루시어스 하니가 채리티 로열과 관계를 청산하듯 그렇게 워튼과의 관계를 청산하고 만다.

2

『여름』은 여러모로 『이선 프롬』과 비슷한 작품이다. 이디스 워튼은 『여름』을 두고 출판사 편집자인 게일러드 래프슬리에게 보낸 한 편지에서 "이 작품은 저자는 말할 것도 없고 저자를 잘 아는 사람들에게 '무더운 이선'으로 알려져 있습니다."라고 말한 적이 있다. 두 소설을 '자매편'과 같은 작품으로 간주하려는 작가의 의도를 읽을 수 있는 대목이다. 작가가 '무덥다'라고 말한 것은 눈보라가 몰아치는 한겨울을 시간적 배경으로 삼은

『이선 프롬』과 달리 이 작품은 무더운 한여름을 시간적 배경으로 삼기 때문이다. 그리고 '이선'이란 두말할 나위 없이『이선 프롬』의 주인공 이선 프롬을 가리킨다. 그렇다면『이선 프롬』은 '추운 채리티'라고 불러도 크게 틀리지 않을 듯하다.

무엇보다도 두 작품은 뉴잉글랜드의 시골 지방을 지리적 배경으로 삼는다는 점에서 서로 비슷하다. 워튼은『이선 프롬』과『여름』을 두고 "자신이 쓴 뉴잉글랜드의 두 이야기"라고 부른다. 미국 지리에 웬만큼 밝은 사람이라면『이선 프롬』의 공간적 배경인 '스탁필드'와『여름』의 지리적 배경인 '노스도머'가 매사추세츠주 버크셔 산악 지방에 있는 마을이라는 사실을 금세 알아차릴 것이다. 물론 스탁필드와 노스도머는 지도에서 찾을 수 없는 상상의 공간이지만 뉴잉글랜드의 실제 시골 마을에 뿌리를 둔다. 바로 이 점에서 두 지역은 셔우드 앤더슨이 창안한 오하이오주 '와인스버그'나 윌리엄 포크너가 창조한 상상의 공간 미시시피주 '요크너퍼토퍼'군이나 '제퍼슨'과 비슷하다.

또한 두 작품은 젊은 여주인공을 둘러싼 사랑의 삼각관계를 다룬다는 점에서 큰 공통점이 있다. 좀 더 구체적으로 말해『이선 프롬』에서는 이선 프롬과 아내 제노비아, 그리고 제노비아의 먼 친척 매티 실버가 사랑의 삼각형을 그린다. 한편『여름』에서는 채리티 로열을 중심으로 어릴 적 '산'에서 그녀를 데려다 키운 로열 변호사와 뉴잉글랜드 건축에 관심을 기울이는 젊은이 루시어스 하니가 사랑의 삼각형에서 세 꼭짓점을 이룬다.

더구나 두 작품은 잠재력과 가능성을 가진 젊은이가 꿈과 이상을 제대로 펼치지 못하고 시골에 남아 좌절을 겪는 과정을 다룬다는 점에서도 서로 닮았다.『이선 프롬』에서 이선 프롬은 그가 원하던 엔지니어나 화학자가 될 만큼 충분한 자질과 능력을 지녔지만 그를 둘러싼 환경이 그 꿈과 이상을 실현하기에는 너무 가혹했다. 그는 결국 외부적 힘이라는 덫에 걸린 채 '낡은 폐선'처럼 살아간다. 이러한 사정은『여름』도 마찬가지여서 채리티 로열은 질식할 것 같은 노스도머에서 벗어나 좀 더 풍요로운 삶을 살고 싶지만 사회적 제약과 타고난 성격 탓에 꿈을 펼치지 못한다. 사설 도서관의 사서로서 받는 몇 푼 안 되는 월급을 모아 도시로 나가고 싶어 해도 그러한 계획은 한낱 꿈에 지나지 않는다는 사실을 어느 누구보다 잘 알고 있다.

그런가 하면 두 작품 모두에 낯선 이방인이 나타나 그곳의 과거에 적잖이 관심을 기울인다는 점도 비슷하다.『이선 프롬』에서는 코베리 정션에 있는 발전소 일로 파견 나온 한 엔지니어가 목수들의 파업으로 일이 지연되자 스탁필드에 머물면서 이선 프롬과 관련한 이야기를 재구성한다. 이름이 밝혀지지 않은 일인칭 화자 '나'는 이 작품의 화자이면서 동시에 작중 인물로 등장한다. 한편『여름』에서는 루시어스 하니가 뉴잉글랜드 시골 지방의 옛 건축 양식을 조사하기 위해 노스도머에 손님처럼 찾아온다. 이밖에도『여름』에서는 작가가 앞 작품에서 중심 배경으로 삼은 스탁필드를 언급하기도 한다. 또 문학 전통에서 자연주의 색채가 짙다는 점으로 보아 두 작품은 문학적 쌍둥이라고 할 만하다.

그러나 두 작품은 공통점보다 차이점이 훨씬 더 많다. 무엇보다 시간적 배경에서부터 서로 뚜렷한 대조를 이룬다. 『이선 프롬』이 꽁꽁 얼어붙은 한겨울을 시간적 배경으로 삼는다면, 『여름』은 온갖 식물이 무성하게 자라는 한여름을 그 배경으로 삼고 있다. 두 소설을 색깔로 표현한다면 앞의 작품은 온통 흰색이고 뒤의 작품은 싱그러운 초록색이다. 앞의 작품이 눈보라가 세차게 휘몰아치는 을씨년스러운 날씨라면, 뒤의 작품에서는 가끔 소나기가 한바탕 휩쓸고 지나갈 때가 있지만 여름 햇살이 밝게 내리비친다. 이 같은 날씨나 계절은 작중 인물들의 삶에 직접 또는 간접으로 크나큰 영향을 끼친다.

　　이러한 배경에서 엿볼 수 있듯이 『이선 프롬』에는 무기력과 빈곤과 파괴와 죽음의 그림자가 짙게 드리웠지만, 『여름』에서는 그런대로 활력과 풍요와 다산과 생명을 느낄 수 있다. 앞의 작품에서 이선 프롬은 매티 실버와 헤어지느니 차라리 자살을 택하는데 그마저 뜻대로 되지 않는다. 심하게 부상당한 그들은 오히려 제노비아의 도움을 받으며 비참하게 '삶 속의 죽음' 혹은 '죽음 속의 삶'을 영위해 나간다. 한편 『여름』에서 루시어스 하니는 채리티 로열을 유혹한 뒤 애너벨 볼치한테 돌아가고 로열 변호사는 채리티를 아내로 받아들인다. 무엇보다 채리티가 루시어스의 아이를 임신한 사실은 자못 상징적이다. 비록 남몰래 잉태한 씨앗이라고는 해도 새 생명을 품는다는 것은 이선 부부의 불모(不毛)와 비교할 때 큰 차이다.

　　남녀의 성애를 직접적으로 묘사한다는 점에서도 『여름』은 『이선 프롬』과 다르다. 이디스 워튼이 쓴 모든 작품을 통틀어

『여름』처럼 에로틱한 소설을 찾아보기 어렵다. 오늘날의 독자들에게는 대수롭지 않게 느껴질는지 모르지만 20세기 초에 이 소설은 그야말로 선풍을 불러일으켰다. 『이선 프롬』도 남녀 관계에 대한 묘사 때문에 몇몇 비평가들로부터 비난을 받았지만 『여름』과 비교하면 평범하게 느껴질 정도다.

워튼의 지적대로 이 무렵 미국의 잡지 편집자들은 이른바 '점잖은 전통'에서 좀처럼 벗어나지 않고 있었다. 토머스 하디는 『이름 없는 주드』를 뉴욕의 한 잡지에 연재하면서 독자들의 비위에 거슬리지 않도록 일부 내용을 뜯어고쳐야 했다. 특히 젊은이들을 상대로 하는 잡지에서는 종교를 비롯해 남녀의 사랑은 물론이고 심지어 음주도 터부로 간주했다. 워튼은 언젠가 뉴욕의 한 잡지 편집자로부터 작품을 청탁받았다. 그런데 편집자가 그녀에게 막대한 원고료를 지불하겠지만 "사생아와 관련한 애정"만은 다루지 말아 달라고 부탁했다고 한다. 이러한 상황에 비추어 볼 때 젊은 여성이 성에 차츰 눈을 떠 가는 과정을 다룬 『여름』은 20세기 초 독자들에게 적잖이 충격을 주었음에 틀림없다.

3

미국 문학에는 '성장 소설'의 범주에 들어가는 작품이 유난히 많다. 여기에는 여러 까닭이 있을 터이지만 미국이 유럽이라는 어머니의 치맛자락에서 손을 놓고 스스로 발걸음을 내딛은 신생 국가라는 사실이 큰 몫을 했다. 세계 문학사에서 미국 문학만큼 성장 소설이 많은 경우도 드물다. 마크 트웨인의 『허클베리 핀의 모험』부터 셔우드 앤더슨의 『와인스버그, 오하이오』, 윌리엄 포크너의 『정복되지 않는 사람들』이나 『무덤 속의 침입자』를 거쳐 비교적 최근에는 J. D. 샐린저의 『호밀밭의 파수꾼』, 하퍼 리의 『앵무새 죽이기』 등 하나하나 꼽을 수 없을 만큼 많다. 어떤 면에서는 허먼 멜빌의 『모비 딕』이나, 어니스트 헤밍웨이의 『무기여 잘 있거라』도 성장 소설로 볼 수 있다.

이디스 워튼의 『여름』도 성장 소설의 전통에 굳건히 서 있지만 미국의 다른 성장 소설과는 조금 다르다. 지금까지 성장 소설은 주로 나이가 어린 소년을 주인공으로 삼아 그의 정신적 성장 과정이나 발달을 다루었다. 그러나 미국 문학에서 남성이 아닌 여성이 성장 소설의 주인공인 작품은 많지 않다. 앞에서 언급한 하퍼 리의 『앵무새 죽이기』가 본격적인 여성 성장 소설에 속하지만 시기적으로 볼 때 『여름』보다 무려 사십여 년이나 뒤진다. 미국 비평가 신시아 그리핀 울프는 "『여름』은 한 여성의 삶에서 일어나는 성숙에 대한 자각에 초점을 맞춘 최초의 성장 소설은 아니다. 그러나 그러한 과정의 필수 요소로서 성적 열정을 노골적으로 다룬 최초의 작품이다."라고 평했다.

그러나 여기에서 울프가 이렇게 결론을 내리는 것은 그 범위를 미국 소설에 좁히지 않고 세계 문학으로 넓혀 말하기 때문이다. 가령 영국 문학으로 범위를 좁혀 보면 샬럿 브론테의 『제인 에어』가 최초의 본격적인 여성 성장 소설이라고 할 수 있다. 적어도 정전의 반열에 오른 미국 소설 가운데에서는 젊은 여성이 겪는 '영혼의 개안'을 다룬 최초의 성장 소설로 워튼의 『여름』을 꼽아도 크게 틀리지 않다.

올프의 지적대로 워튼은 『여름』에서 주인공의 정신적 성장 과정의 필수 요소로서 성적 열정을 다룬다. 채리티 로열은 사춘기 소녀로서 느끼는 성욕과 루시어스 하니와의 관계를 통해 자연스럽게 삶에 대한 의미를 깨달아 간다. 다만 이 작품은 전통적인 로맨스와 여러모로 다르다. 어떤 의미에서 워튼은 전통적인 러브스토리의 패턴을 완전히 깨뜨린다. 다시 말해서 낭만적인 러브스토리에서 흔히 볼 수 있는 장치를 뒤집어 놓는다. 가령 채리티는 자신보다 사회적 신분이 높은 하니한테 강압을 받거나 유혹당하지 않는다. 남자의 달콤한 거짓 약속이나 자신의 무지 때문에 넘어가는 것도 아니다. 그 책임은 하니 못지않게 채리티에게도 있다. 그렇다고 채리티가 단순히 성적 열정에 굴복하는 것도 아니다. 한마디로 두 사람의 관계는 꿀벌이 꽃에서 꿀을 모으듯이 아주 조금씩 눈에 띄지 않게 이루어진다.

샬럿 브론테나 이디스 워튼의 경우가 그러하듯이 여성 주인공의 성장 소설은 그동안 남성 작가보다 여성 작가들이 주로 써 왔다. 아무리 상상력이 뛰어난 남성 작가라도 여성 작가처럼 섬세하게 젊은 여성의 심리를 꿰뚫어 볼 수는 없기 때문일 것이다. 워튼은 자서전 『뒤를 돌아보는 시선』에서 작가로 살아 온 자신의 삶을 '비밀 정원'에 빗댄다. '비밀 정원'이란 두말할 나위 없이 프랜시스 버네트의 동명 소설에서 빌려 온 말이다. 이 동화는 19세기 말 영국과 미국 청소년들에게 널리 읽힌 아동 문학의 고전으로 꼽힌다. 워튼은 아침나절에 침대 위에서 몰래 숨어 작품을 쓰다시피 했다. 워튼에게 침대는 아무도 들어올 수 없는 그녀만의 비밀스럽고 성스러운 공간이었다. 워튼은 초기 작품인 「충만한 삶」에서 여성의 성격을 방이 많은 커다란 저택에 빗댄다.

나는 때로 여성의 성격이란 방이 많은 큰 집과 비슷하다고 생각해 왔다. 모든 사람이 들락거리는 홀이 있고, 공식적인 방문을 받는 거실이 있으며, 식구들이 마음대로 오고 가는 가족실이 있다. 그러나 그 너머 훨씬 뒤쪽에는 문손잡이를 한 번도 돌려 본 적 없는 다른 방들이 있다. 그 방들이 과연 어디로 연결되어 있는지 아무도 모른다. 그리고 가장 성스럽고 가장 깊숙한 방에는 영혼이 홀로 앉아 결코 오지 않을 발소리를 기다리고 있다.

성장 소설의 주인공이란 흔히 이렇게 가장 성스럽고 가장 깊숙한 방에 홀로 앉아서 결코 오지 않을 발소리를 기다리고 있는 영혼과 같다. 특히 『여름』의 주인공 채리티 로열처럼 태어나면서부터 여러 가치를 박탈당한 여성의 경우는 더더욱 그러하다. 무법자들이 살고 있다는 '산'에서 태어난 그녀는 부모가 누구인지조차 알지 못하는 고아 아닌 고아이며, '산'에서 노스도머에 내려온 뒤에는 로열 변호사의 보호를 받지만 그 보호마저 때로는 위협적이다.

그러고 보니 채리티 로열이 살고 있는 마을 '노스도머'는 그 이름이 자못 상징적이다. 북쪽으로 난 지붕창을 뜻하는 이 지명은 황량하고 을씨년스럽다는 의미를 지닌다. 한마디로 원시나 야만의 터널을 간신히 통과해 온 곳으로 문명 세계와는 거리가 멀다.

노스도머는 『이선 프롬』의 지리적 배경인 스탁필드보다 더 쓸쓸하고 황량한 곳이다. 채리티가 내뱉는 첫마디가 "모든 게 지긋지긋해!"이니까 말이다. 그녀에게 이 마을은 감옥과 같으며, 그녀는 소외와 고립의 두꺼운 벽 속에 갇혀 외롭게 살아간다. 그러나 '상대적 빈곤'이 의미하듯 노스도머 사람들은 채리티가 태어난 '산'과 비교하면 자신들이 사는 마을은 "가장 세련된 문명의 모든 축복을 대변해 주는 곳"으로 알고 있다.

4

채리티 로열을 비롯한 이디스 워튼의 여주인공들은 거의 하나같이 유전, 인습, 경제 상황과 같은 외부 요인의 영향을 받는다. 적어도 이 점에서 보면 그녀의 작품은 생물학적 결정론과 함께 환경론적 결정론을 굳게 믿는 자연주의 전통에서 크게 벗어나지 않는다. 그러나 전통적인 자연주의 작품의 주인공들과 달리 워튼의 주인공들은 결정론의 장벽을 박차고 나서지는 못해도 자신들이 놓인 처지를 깊이 인지하고 있다. 이러한 깨달음 때문에 그들은 인간으로서 위엄을 지킬 수 있다. 다시 말해서 그들은 자유 의지도 없이 바람에 나부끼는 한낱 나뭇잎이거나 겨우 목숨을 부지해 나가는 짐승이 아니다.

주인공의 정신적 성장이나 영혼의 개안은 생물학적이건 환경적이건 결정론의 틀 안에서는 좀처럼 이루어질 수 없다. 자유 의지 없이는 정신적 성장이 일어날 수 없거나 설령 일어난다고 해도 이렇다 할 의미가 없기 때문이다. 채리티 로열은 한편으로 유전이나 환경의 힘에 영향을 받으면서 다른 한편으로는 자유 의지를 행사해 자기 삶을 개척하려고 애쓴다. 특히 루시어스 하니를 만나 사랑의 기쁨과 환희 못지않게 실망과 좌절과 절망을 경험하면서 삶에 대한 소중한 교훈을 조금씩 깨달아 간다.

물론 채리티는 하니를 만나기 전에도 정신적으로 성장할 만한 가능성이 충분했다. 때로는 자만심 많고 거칠고 무식하지만 어느 누구보다 마음이 착하고 따뜻하고 너그럽다. 스탁필드의 기숙사 학교에 입학하지 않기로 결정하는 데서도 남을 배려하는 마음을 엿볼 수 있다. 로열 부인이 사망한 뒤 이웃집에 사는 해처드 부인의 제안으로 채리티는 기숙사 학교에 가도록 되어 있었다. 그러나 하루 빨리 노스도머를 떠나고 싶은 마음이 간절하면서도 채리티는 로열 변호사가 자기 없이는 무척 쓸쓸할 것이라는 사실을 잘 알기 때문에 입학을 포기한다.

그리고 채리티는 로열 변호사를 좋아하지 않지만, 그가 노스도머에 살고 있는 어느 누구보다 외로운 사람일뿐더러 지적으로 우월한 사람이라는 사실을 솔직히 인정한다. 남을 동정하고 이해한다는 것은 그리 쉬운 일이 아니며, 어떻게 보면 사랑의 한 방법일는지 모른다. 그런데 채리티가 이렇게 행동

하는 것은 해처드 부인이 "'산'에서 너를 데려온 게 로열 씨라
는 사실을 절대 잊어서는 안 돼."라고 세뇌시켰기 때문만은 아
니다. 천성적으로 채리티는 그러한 성품을 타고났다고 보는
쪽이 더 옳다.

　채리티 로열은 하니가 자신을 버리고 떠날 때도 성숙한 태
도를 보여 준다. 물론 처음에는 그가 돌아올 것이라고 순진하
게 믿은 탓에 그를 순순히 떠나보낸다. 하지만 시간이 지나면
서 점차 그가 돌아오지 않으리라는 사실을 어렴풋이나마 깨닫
고, 마침내 하니가 애너벨 볼치와 약혼했다는 사실을 알게 된
다. 그래도 그를 탓하지 않는다. 하니에게 보내는 편지를 보면
채리티의 마음은 그야말로 보석처럼 찬란하게 빛을 내뿜는다.

　　만약 당신이 애너벨 볼치와 결혼을 약속했다면 그녀와 결혼
　했으면 해. 당신은 그 일로 내가 몹시 가슴 아파할 거라고 걱정
　할지도 모른다는 생각이 들어. 오히려 나는 당신이 옳게 행동했
　으면 하는 마음이야.

　　　　　　　　　　　　　　　　　당신을 사랑하는 채리티

　편지 끄트머리에 여전히 "당신을 사랑하는 채리티"라고 적
는 것을 보면 하니에 대한 애정에는 변함이 없는 듯하다. 그러
나 하니가 자신보다 애너벨을 먼저 알았고 또 결혼하기로 약
속했다면 채리티는 그를 기꺼이 포기할 각오가 되어 있다. 의
무감에서 자신과 결혼하기보다 약혼자와 결혼하는 쪽이 '옳
게 행동하는' 것이라고 생각하기 때문이다. 더구나 채리티는

이 편지에서 그의 아이를 임신했다는 말을 한마디도 언급하지 않는다는 점이 놀랍다.

그렇다면 채리티의 이러한 행동을 어떻게 받아들여야 할 것인가. 현실에 무지하기 때문도 아니고, 피학증적인 자기 학대나 순교자적인 희생 때문도 아니며, 자기 행동에 죄책감을 느끼기 때문도 아니다. 채리티가 어느 누구에게 무엇인가를 해 준다면 그것은 어떤 대가를 바라서가 아니라 그러고 싶거나 상대방에게 좋은 인상을 주기 위해서다. '기브 앤드 테이크' 정신이 몸에 밴 미국 사람들에게 그녀의 이러한 태도는 여간 소중하지 않다. 채리티는 한때 하니를 사랑했으며 지금도 사랑하고 있지만 하니는 더 이상 채리티를 사랑하지 않는다. 로열 변호사와 결혼한 뒤 채리티는 하니에게 마지막으로 보내는 짤막한 편지에서 "언제까지나 당신을 기억할게."라고 밝힌다. 그렇다면 그녀가 마음이 변한 하니에게 매달리는 것은 어리석은 짓이다. 적어도 이 점에서 보면 채리티는 아주 현실적인 여성이다.

게다가 버려진 집에서 로열 변호사가 루시어스 하니에게 그녀와 결혼하라고 다그치는 장면을 보면 채리티는 눈치 빠르게 이미 하니의 태도가 달라졌음을 알아차린다. 로열 변호사가 방을 나간 뒤 하니는 채리티에게 잠시 노스도머를 떠나 있다가 한두 달 뒤에 다시 돌아오겠다고 말한다. 그러나 소설의 화자는 "하니의 목소리는 마치 낯선 사람처럼 들렸다. 그 목소리에는 채리티가 아는 떨림이 남아 있지 않았다."라고 말한다. 하니가 자신에게 돌아올 것이라고 믿으면서도 마음 한

구석으로 그럴 리가 없다는 사실을 알고 있는 것이다.

또한 채리티가 하니를 기꺼운 마음으로 떠나보내는 것은 두 사람 사이에 사회적 신분의 골이 생각보다 무척 깊다는 사실을 깨닫고 있기 때문일지도 모른다. 두 사람이 헤어지고 난 뒤에 비로소 채리티는 사회적 신분의 차이를 더욱 깊이 느낀다. 겉으로는 어느 누구도 의식하지 않는다고 말하면서 실제로는 애너벨 볼치를 의식할 때가 적지 않다. '고향 맞이 주간' 축제가 끝나고 저녁에 열리는 댄스파티 때 신었던 구두가 바로 애너벨이 신던 헌 구두라는 생각이 어두운 그림자처럼 언제나 그녀의 뇌리를 따라다닌다.

그러므로 채리티가 하니한테 성적으로 이용당했다고 보는 것은 옳지 않다. 적어도 채리티는 자신을 하니의 무책임한 행동이 빚어낸 가엾은 희생자로 보지 않는다. 메릴린 프렌치의 지적대로 오히려 채리티는 하니가 자신에게 지금까지 느껴 보지 못한 감각적인 기쁨과 사랑 그리고 성의 희열과 환희를 맛보게 해 주었다고 생각한다. 한편 채리티는 하니에게 자유와 일종의 '면죄부'를 준다. 결말을 보면 이 작품이 다시 한번 전통적인 로맨스나 러브스토리에서 벗어난다는 것을 알 수 있다. 채리티는 죄의식에 시달린 나머지 자살 소동을 벌이지 않는다. 하니 역시 갑자기 방탕한 마음을 깊이 뉘우치고 새로운 삶을 시작하지 않는다. 두 주인공은 감정을 과장하지 않고 오직 현실을 현실 그대로 담담하게 받아들일 뿐이다.

이 소설의 마지막 두 장에 이르러 채리티가 로열 변호사를 대하는 태도에서 그녀가 정신적으로 부쩍 성숙했음을 엿볼 수 있다. 한편으로 그를 경멸하고 분노를 느끼면서도 다른 한편으로 조금씩 그를 깊이 동정하고 이해하기 시작한다. 채리티가 로열 변호사를 마침내 받아들이는 것은 궁지에 몰린 자신의 처지 때문이기도 하지만 무엇보다 그를 신뢰하기 때문이다. 지금까지 그녀가 로열 변호사에 대해 생각할 때면 언제나 "증오스럽고 걸림돌이 되는 사람, 그러나 그녀가 노력만 하면 얼마든지 압도하고 지배할 수 있는 사람"이라고 생각해 왔다. 또는 "머리 둔한 적"이라고 여겨 왔던 것이다.

그러나 채리티는 비록 짧은 시간이나마 루시어스 하니를 사랑하고 좌절과 절망을 겪으며 조금씩 로열 변호사의 진면목을 보게 된다. 그러면서 로열 변호사를 이해하고 동정하기 시작한다. 마침내 그녀는 하니에게 자유를 주듯이 로열 변호사에게 인간이 다른 동료 인간에게 줄 수 있는 가장 소중한 선물이라고 할 신뢰를 준다. 네틀턴에서 결혼식을 올리기 위해 두 사람이 마차를 타고 마을로 내려가는 장면에서 채리티의 달라진 태도를 엿볼 수 있다. 채리티는 이제 로열 변호사를 "머리 둔한 적"이 아니라 오히려 친구로, "증오스러운" 사람이 아니라 함께해야 할 사람으로, "걸림돌이 되는" 사람이 아니라 자신에게 안정을 줄 사람으로 여긴다.

로열 씨는 거의 말을 하지 않았지만 그의 침묵은 처음으로 평화와 안정을 가져다주었다. 그가 있는 곳이라면 온기와 휴식과 침묵이 있으리라는 것을 채리티는 알고 있었다. 그 순간 그녀가 바라는 것은 그게 다였다. 채리티는 두 눈을 지그시 감았

고, 이런 것들조차 점점 희미해졌다……(249쪽)

　그날 아침 로열 변호사는 아침 식사를 한 뒤 채리티에게 새 옷을 사라고 돈을 준다. 그러나 채리티는 그 돈을 머클 의사를 찾아가 브로치를 찾는 데 써 버려 아무 옷도 사지 못하고 빈손으로 호텔에 돌아온다. 로열 변호사가 새 옷에 대해 묻자 그녀는 앨리스 호스에게 새 옷을 만들어 달래겠다고 둘러댄다. 이 말에 그는 잠시 생각에 잠겨 그녀를 쳐다보면서 "그래, 난 네가 그들 누구보다 멋진 모습으로 돌아가기를 바랐지. 하지만 네 생각이 맞는 것 같아. 채리티, 넌 현명해." 하고 말한다.

　그러고 보니 이디스 워튼이 주인공의 이름을 하필이면 왜 '채리티'(사랑)라고 붙였는지 이제 알 만하다. 이 이름은 다름 아닌 신약성서에서 빌려 온 것이다. 사도 바울은 고린도 사람들에게 "그러므로 믿음과 소망과 사랑, 이 세 가지는 항상 남아 있을 것이며, 그중에 제일은 사랑입니다."(「고린도전서」 13장 13절)라고 가르친다. 채리티는 루시어스 하니의 사랑을 잃지만 마침내 로열 변호사의 사랑을 얻는다.

　로열 변호사와 결혼함으로써 채리티는 법적으로나 정신적으로나 이제 성년을 맞이한다. 그녀의 나이가 열여덟 살이라는 사실을 눈여겨보아야 한다. 미국을 비롯한 서구에서는 열여덟 살부터 법적으로 성인으로 간주한다. 그러나 채리티는 법적으로 성년이 될 뿐 아니라 정신적으로도 성년이 된다. 작품 첫머리에서 처음 만나는 채리티와 작품 끝 장면에서 만나는 그녀 사이에는 적잖이 차이가 있다. 채리티의 첫마디가 "모든 게 지긋지긋해!"라면, 맨 마지막으로 하는 말은 "아저씨도 훌륭하세요."이다. 모든 일을 불평 가운데 짜증스럽게 대하는 태도가 어느덧 사람을 따뜻한 시선으로 바라보고 사물을 긍정적으로 바라보는 태도로 바뀌었다.

이디스 워튼이 이 소설의 시간적 배경을 늦봄에서 시작해 한여름을 거쳐 초가을로 삼은 것은 그 때문이다. 이 작품에서 계절의 순환은 지리적 배경 못지않게 자못 큰 상징적 의미를 지닌다. 봄이 온갖 생명이 겨울잠에서 깨어나 기지개를 켜는 계절이고, 한여름이 무럭무럭 생장하여 활짝 꽃을 피우는 계절이라면, 가을은 결실을 맺고 조락하는 계절이다. 자연의 일부인 인간도 마찬가지여서 채리티는 가을에 이르러서 비로소 성숙한 모습을 보여 준다. 한여름 동안 루시어스 하니를 사랑하고 이별의 고통과 절망을 겪었기 때문에 더욱더 성숙한 인간으로 발전할 수 있다. 절망을 느끼지 않고 희망을 가질 수 없듯이 실연의 아픔을 견디지 않고는 참다운 사랑을 느낄 수 없을 것이다.

5

이디스 워튼은 『여름』에서 채리티 로열의 정신적 성장만 아니라 더 나아가 로열 변호사의 성장을 다룬다. 그의 나이에 무슨 성장이냐고 할는지 모르지만 성장 소설에서 중요한 것은 육체적 성장이 아니라 어디까지나 정신적 성장이다. 앞에서 '영혼의 개안'이라는 표현을 사용한 것도 그 때문이다. 워튼과 친하게 지낸 미국의 미술사가 버나드 버렌슨이 『여름』을 언급하면서 로열 변호사를 칭찬하자 그녀는 "물론 그 사람은 이 작품과 다름없지요."라고 말했다고 전해진다. 채리티가 아니라 로열 변호사를 두고 이 작품과 다름없다고 말했다는 사실을 주목해야 한다. 그만큼 로열 변호사가 이 작품에서 차지하는 몫이 생각보다 크다는 사실을 시사하는 대목이다. 채리티와 루시어스 하니의 로맨스에 가려 잘 드러나지 않을 뿐 실제로 로열 변호사는 이 작품에서 채리티 못지않게 중요한 인물이다.

'노스도머에서 가장 중요한 거물'로 통하는 로열은 이 작품 첫머리에서 말이 많다가도 갑자기 시무룩해지고 술을 많이 마시는 시골 변호사 이상의 의미를 지니지 않는다. 심지어 자식처럼 키워 온 채리티에게 결혼을 청하기도 한다. 그리하여 그를 비윤리적인 인물이나 악한으로 보려는 비평가도 없지 않다. 하지만 동시에 그에게 여러 단점이 있기는 해도 그가 선량한 마음을 지향한다고 보는 견해도 있다. '고향 맞이 주일' 행사 때 하는 연설만 보아도 그 됨됨이를 미루어 볼 수 있다. 비록 말없이 투박스럽고 서툰 방법이기는 하지만 그는 자신이 맡고 있는 채리티를 보호하려고 나름대로 애쓴다. 가령 로열 변호사가 루시어스 하니에게 그녀와 결혼하도록 다그치는 장면은 이 점을 잘 뒷받침한다.

어린아이 때 '산'에서 데려다 키우면서도 로열 변호사는 한 번도 채리티를 배은망덕하다고 생각하지 않는다. 다만 철이 없고 고집이 센 아이로 생각할 뿐이다. 그러나 루시어스 하니한테 버림받은 것을 잘 아는 로열 변호사는 채리티가 놓인 상황을 누구보다도 잘 인지하고 있으며 그녀를 구출하기 위해 온 힘을 기울인다. 그가 채리티와 결혼하는 것은 어찌 보면 아직 태어나지 않은 사생아를 보호하려는 생각도 큰 몫을 차지한다. 마차를 타고 '산'에서 내려오며 그가 채리티에게 하는 말을 좀 더 찬찬히 눈여겨볼 필요가 있다. "너한테 정말 필요한 게 뭔지 알고나 있어? 내가 말해 줄게. 집에 데리고 가 보살펴 주는 거야. 내 생각으론 그 말이면 충분할 것 같은데." 결혼은 어디까지나 부차적이고 몸과 마음이 지칠 대로 지친 채리티를 안전하게 돌보는 것이 무엇보다 중요한 목표다.

맨 마지막 장면에서 로열 변호사가 채리티에게 하는 말도 곰곰이 생각해 볼수록 그 의미가 새롭다. "하지만 네 생각이 맞는 것 같아. 채리티, 넌 현명해." 채리티가 그에게 신뢰를 주었듯이 지금 로열 변호사는 그녀의 선량하고 현명한 성품을 인정해 준다. 이 말을 듣자마자 채리티는 갑자기 자신이 부끄러워진다. 로열 변호사가 그동안 채리티에게 받은 느낌을 이렇게 솔직하게 표현하기는 이번이 처음이다.

6

『여름』은 제목에서도 잘 드러나듯이 자연이 아주 중요한 몫을 한다. 그런데 이 작품에서 자연은 크게 두 가지 모습으로 나타난다. 하나는 인간성을 포함한 넓은 의미의 자연이고, 다른 하나는 우리가 흔히 '대자연'이라고 일컫는 자연이다. 둘은 언뜻 서로 어긋나는 것 같지만 실제로는 하나라고 할 수 있다.

다분히 지리적인 성격을 띠는 첫 번째 자연은 도덕적 또는 윤리적 의미를 지닌다. 이 작품에서 사건은 크게 네 지역을 배경으로 펼쳐진다. 가장 서쪽에는 채리티 로열이 태어난 '산'이 자리 잡고 있다. 이 '산'에 대해 소설의 화자는 "이글레인지의 좀 더 작은 경사지 위쪽으로 음울한 벽을 쳐들고 쓸쓸한 계곡에 끊임없이 어두운 배경 역할을 하는 그 상처투성이의 절벽"이라고 밝힌다. 이 '산'은 노스도머에서 25킬로미터쯤 떨어졌지만 좀 더 나지막한 언덕에서 너무 갑자기 솟은 까닭에 이 마을 바로 위에 그림자를 드리우고 있는 듯하다.

이 '산'과 노스도머 사이에 채리티 로열과 루시어스 하니가 몰래 만나 사랑을 나누는 버려진 농가가 놓여 있다. 정원 울타리 말뚝은 넘어진 데다 부서진 대문이 기둥 사이에 매달려 있었고, 집에 이르는 길은 들장미가 온갖 잡초와 어울려 제멋대로 자랐다. 입구의 문짝은 잡초 속에서 썩어 가고 오래된 사과나무 한 그루가 집 옆에 서 있다. 말하자면 이 집은 도덕적으로 볼 때 '산'과 노스도머의 중간 지대에 속한다.

버려진 농가에서 조금 더 동쪽으로 노스도머 마을이 있다. 이 마을은 낡은 사설 도서관과 담임 목사도 없는 교회가 하나 있는 것을 제외하고는 문명사회와 거의 동떨어졌다시피 하다. 노스도머에서 더 동쪽으로 가면 네틀턴이 있고, 그곳에서 더 동쪽으로 가면 스프링필드 같은 대도시가 있다. 이곳에 이르러서야 학교 같은 교육 시설이며 철도, 극장, 병원, 음식점,

상점 등 겨우 문화나 문명이라고 일컬을 만한 것을 찾아볼 수 있다. 물론 이 작품에서 작가가 언급하지는 않지만 대서양이 시작하는 동쪽 끄트머리에 17세기 초 청교도들이 처음 발을 내디딘 플리머스와 보스턴이 자리하고 있다.

이러한 지리적 자연은 도덕적, 윤리적 색깔을 띤다. 가장 서쪽에 있는 '산'은 도덕적으로 타락한 곳이거나 악의 소굴 또는 문명의 손길이 전혀 미치지 않는 무정부주의가 지배하는 곳이다. 한편 노스도머 마을은 '산'에서 25킬로미터 정도나 떨어져 있지만 여전히 그 원시주의의 위협에서 벗어나지 못했다. 그러면서도 칼뱅주의에 뿌리를 둔 청교도주의가 아직 살아남아 노스도머에 유령처럼 떠돈다. 가장 동쪽에 있는 네틀턴과 스프링필드는 문명과 문화를 자랑하지만 이와 함께 좀 더 엄격한 도덕과 윤리 기준이 족쇄같이 사람들을 짓누르는 곳이기도 하다. 인류 문명사에 빗댄다면 '산'은 원시 시대에 해당하고 노스도머는 전(前) 문명 시대에, 네틀턴과 스프링필드는 문명 시대에 해당한다. 또한 이 세 지역을 각각 고대, 중세, 근대로 나눌 수 있을 것이다.

이디스 워튼은 한편으로 이러한 지리적 자연을 통해 인류가 발전해 온 문명 단계를 상징적으로 보여 주고, 다른 한편으로 문명이나 문화에 대한 일반적인 통념을 과감하게 깨뜨린다. 바로 이 점에 작가로서 워튼의 위대함이 있다. 일반적으로 문명은, 섹스와 폭력이 지배하는 원시와 야만을 초월하고 극복한 단계로 파악하기 일쑤다. 그리하여 '문명'의 반대말은 자연스럽게 '원시' 또는 '야만'으로 생각하기 쉽다. 원시와 야만에서 멀어질수록 문명의 순도는 그만큼 높아지기 마련이다.

워튼은 『여름』에서 이러한 통념에 쐐기를 박는다. 밀주를 팔아 생계를 유지하는 무법자들이 사는 '산'은 잔인하고 끔찍한 곳이다. 그곳에서 사람들은 짐승과 크게 다를 바 없는 삶을 영위한다. 그들의 삶에 대해 채리티는 "가축 떼처럼 뒤섞여서 무리를 지어 있는 것 같았고, 그들을 이어 주는 가장 질긴 끈이라면 하나같이 비참하다는 사실뿐이었다."라고 생각한다. 그러나 그들의 삶이 비참한 것은 어디까지나 물질적 결핍 때문일 뿐 폭력 때문은 아니다. 한편 문명의 빛을 받았다는 네틀턴에는 매춘부와 그들을 찾는 남성들이 있는가 하면, 여성들의 약점을 이용하고 협박하여 돈을 빼앗다시피 하는 의사가 있다. 이 소설에서는 채리티 어머니의 과거에 대해 한두 마디 빼놓고는 별다른 언급이 없다. 이디스 워튼이 잡지에 발표하기 전 원고를 쓸 때는 어머니가 어느 도시의 매춘부였던 것으로 해 놓았다. 섹스와 탐욕, 폭력으로 말하자면 네틀턴은 '산'보다 심하면 심하지 결코 덜하지 않다. '산'을 그토록 경계하고 경멸하는 노스도머도 네틀턴과 닮아 갈 가능성을 충분히 지녔다. 줄리아 호스는 다름 아닌 노스도머 출신이고, 이 마을에는 어쩔 수 없이 강압에 못 이겨 결혼해 불행하게 살아가는 부부들이 적지 않다. 만약 그해 여름 사랑을 경험하지 않았더라면 채리티도 이 두 가지 길 중에서 하나를 택하게 되었을 것이다.

지리적이고 도덕적인 의미의 자연 옆에는 시냇물과 풀과

나무와 야생화가 자라는 대자연이 숨 쉬고 있다. 미국 소설 가운데에서 『여름』만큼 자연을 풍성하고 생명력 넘치게 묘사하는 작품을 찾아보기 어렵다. 이 작품에서는 '여름'이라는 제목에 걸맞게 생명이 있는 것이라면 하나같이 싹을 틔우고 가지를 뻗고 잎과 꽃을 피운다. 심지어 흔히 생명이 없다는 무생물이나 날씨도 살아서 꿈틀거린다.

말하자면 '자연의 딸'이라고 할 수 있는 채리티는 가끔 언덕에 올라가 풀밭에 누워 바람의 감촉을 느끼고 풀에 뺨을 비비는 기쁨을 맛본다. 그럴 때면 '뭐라 말할 수 없는 행복감'에 젖곤 한다. 그녀에게 공기가 잘 통하지 않는 답답한 도서관이 감옥 같다면 햇빛과 공기와 온갖 식물이 자라는 대자연은 에덴동산과 같은 곳이다.

그 너머에 소귀나무 덤불이 구슬 같은 잔디의 새싹 사이로 꼬불꼬불한 줄기를 펴고 있었으며, 조그마한 노랑나비 한 마리가 한 점 햇살처럼 그 위에 파르르 몸을 떨었다. (…) 머리 위에서 또 그 주변에서 너도밤나무가 무성하게 자라 산등성이에 옷을 입히고, 헤아릴 수 없이 많은 전나무 가지에서는 옅은 초록색 솔방울이 통통하게 살이 오르고, 숲 아래쪽 돌 비탈에 소귀나무 잎사귀가 돋아나며, 저쪽 들판에서 단풍터리풀과 노랑꽃창포 싹이 솟아나는 것을 느꼈다. 이렇게 수액이 부글부글 끓고 잎집이 훌훌 옷을 벗고 꽃받침이 터질 듯 차오르는 모습이 온갖 향기에 실려 왔다.(53쪽)

이디스 워튼이 노스도머의 초여름 6월 날씨를 묘사하는 장면이다. 이 장면에서도 채러티는 계곡 위 언덕바지에서 얼굴을 땅에 대고 드러누워 풀밭의 따뜻한 기류가 몸속을 타고 흐르는 것을 느끼고 있다. 이 언덕바지에서 움직이는 것은 비단 노랑나비만이 아니다. 소귀나무 덤불도, 너도밤나무도, 전나무도, 심지어 단풍터리풀과 노랑꽃창포도 싹을 틔우고 잎사귀를 뻗고 솔방울을 살찌운다. "이렇게 수액이 부글부글 끓고 잎집이 훌훌 옷을 벗고 꽃받침이 터질 듯 차오르는 모습이 온갖 향기에 실려 왔다."라는 맨 마지막 문장은 매우 감각적이면서 자아의 성장과 함께 성적 함의까지 느껴진다.

그런데 이 인용문에서 찬찬히 눈여겨볼 것은 온갖 대자연이 성장하는 모습이 채러티 로열의 성적인 자각이나 개안과 깊이 관련되어 있다는 점이다. 한여름을 맞이하여 한껏 무성하게 자라는 대자연처럼 열여덟 살 된 채러티의 육체도 점차 성에 눈을 뜬다. 특히 그녀의 말대로 교도소나 다름없는 노스도머에 루시어스 하니가 갑자기 나타나면서 채러티에게도 생명력을 일깨우는 변화가 시작된다. 위 대목을 읽다 보면 채러티와 대자연을 서로 구분 짓기가 쉽지 않을 때가 있다.

채러티 로열의 성적 자각이 정신적 성장과 맞닿아 있음은 두말할 나위가 없다. 앞에서 계절의 순환을 언급했지만 이 소설에서 자연과 작중 인물은 떼려야 뗄 수 없을 만큼 서로 깊이 연관되어 있다. 채러티는 한마디로 자연의 리듬에 따라 살아가는 인물이다. 자연 법칙에 순응하며 살기 때문에 채러티는 인간 본성과 자연에 어긋나지 않는 삶의 방식을 선택할 수 있다. 그녀의 삶의 방식과 비교하면 문명사회의 도덕이나 윤리의 기준이 오히려 공허하게 느껴진다.

이디스 워튼은 만년에 자신이 가장 자랑스럽게 여기는 작품 다섯 편을 골라 달라는 부탁을 받은 적이 있다. 워튼은 『그 고장의 풍습』, 『어린아이들』, 『허드슨 리버 브래킷티드』, 『신들이 도착하다』, 그리고 『여름』을 꼽았다. 첫 번째와 마지막을 빼놓고는 별로 알려지지 않은 작품들이다. 이 가운데에서 『여름』과 『그 고장의 풍습』만이 학자들과 일반 독자들로부터 사랑받고 있을 뿐 나머지 세 작품은 벌써 세월의 풍화 작용을 견디지 못하고 잊히다시피 했다.

비단 워튼만이 아니라 조지프 콘래드를 비롯하여 하워드 스터지스나 퍼시 러복 같은 비평가들도 『여름』을 높이 평가했다. 특히 스터지스와 러복은 이 소설을 귀스타브 플로베르의 『보바리 부인』에 견주었다. 그렇다면 채리티 로열은 '미국의 보바리 부인'인 셈이다. 플로베르처럼 워튼도 성애와 그것에서 비롯하는 희열과 환희를 삶의 원동력으로 간주했다. 워튼은 "삶이란 죽음 다음으로 가장 슬픈 것"이라고 밝힌 바 있는데 그렇게 슬픈 삶을 참고 살아갈 수 있도록 해 주는 것이 바로 인간의 성애인 것이다.

『여름』이 출간된 지 벌써 백년이 조금 넘었다. 고전이란 세월의 풍화 작용을 좀처럼 받지 않는 작품을 말한다. 그렇다면 '현대적 고전'이라고 할 이 소설은 21세기 독자에게 어떤 새로운 메시지를 던져 줄 수 있을까? 이디스 워튼이 이 작품을 쓸

20세기 초엽만 해도 인간은 외부 환경의 영향을 무척 많이 받았다. 그러나 4차 산업을 입에 올리는 지금 인간은 행위의 동기를 말할 때 환경보다는 자유 의지에 무게를 두는 경향이 있다. 그렇다면 과연 채리티가 로열 씨와 결혼한 것이 현명한 선택이었을까? 만약 임신하지 않았다 해도 채리티는 결혼했을까? 그리고 그녀는 평생 후회하지 않고 행복하게 살 수 있을까? 혹시 앞으로 태어날 아이만을 바라보며 살아가야 하지는 않을까? 오늘날 이 질문에 답하는 것은 독자의 몫이다.

2020년 여름
김욱동

작가 연보

1862년   본명은 이디스 뉴볼드 존스. 1월 24일 뉴욕시에서 프레드릭(1846년 출생)과 해리(1850년 출생)에 이어 셋째로 출생.

1866년   가족과 함께 유럽으로 이주.

1872년   유럽에서 가족과 돌아옴.

1877년   열다섯 살이 된 직후 남몰래 중편 소설 「속임수」 완성.

1878년   시집 『시편』을 비밀리에 출간. 《애틀랜틱 먼슬리》에 시 게재.

1879년   뉴욕 사교계의 관습보다 일 년 일찍 사교계에 데뷔.

1880년   아버지의 건강 문제로 가족과 함께 다시 유럽으로 떠남.

1882년   아버지 조지 프레더릭 존스가 프랑스 칸에서 사망.

어머니와 함께 3월에 다시 미국으로 돌아옴. 8월에 해리 레이든 스티븐스와 약혼. 10월에 결혼식을 연기한 후 뒤이어 파혼.

1885년   에드워드 ('테디') 워튼과 4월 29일 결혼. 예전 약혼자였던 해리 스티븐스가 몇 주 후 결핵으로 사망.

1890년   단편 「맨스테이 부인의 관점」《스크리브너스》에 게재.

1897년   오그던 코드맨과 함께 쓴 『실내 장식』 출간.

1899년   첫 단편집 『위대한 습성』 출간.

1900년   『시금석』 출간.

1901년   어머니 루크리셔 라인랜더 존스 사망. 두 번째 단편집 『결정적 사실』 출간.

1902년   첫 번째 장편 소설 『결정의 계곡』 출간. 남편과 함께 서부 매사추세츠주에 설계한 저택인 마운트로 이주.

1903년   『성역』 출간.

1904년   세 번째 단편집 『인간의 유래』 출간.

1905년   『환락의 집』 출간.

1907년   『나무의 과일』 출간.

1908년   이후 약 이 년에 걸쳐 지속된 모턴 풀러턴과의 불륜 관계 시작. 여행기 『프랑스 비행기 여행』 출간.

1909년   시집 『악타이온에게 아르테미스가』 출간. 프랑스 영주권자가 됨.

1911년   『이선 프롬』 출간.

1912년   『산호초』 출간.

1913년	에드워드 워튼과 이혼. 『그 고장의 풍습』 출간.
1914년	프랑스에 정착해 살면서 전쟁 구호 활동에 활발하게 참여.
1915년	프랑스 전선을 여덟 차례 방문하면서 목격한 참화를 묘사한 『싸우는 프랑스』 출간.
1916년	전쟁 구호 사업을 위한 기금 마련 목적으로 편집한 『집 없는 사람들의 책』 출간. 「싱구와 그 밖의 이야기들」 수록.
1917년	『여름』 출간.
1918년	전쟁 소설 『마른 전투』 출간.
1919년	1차 세계 대전에 참전한 미국 병사들에게 프랑스 문화를 설명하기 위해 쓴 에세이집 『프랑스 식과 그 의미』 출간.
1920년	『순수의 시대』 출간. 북아프리카와 서구 문명 사이의 문화적 비교를 강조한 여행기 『모로코에서』 출간.
1921년	『순수의 시대』로 퓰리처상 수상.
1922년	『달의 섬광』 출간.
1923년	예일 대학교에서 명예박사 학위 받음. 마지막으로 미국 방문. 전쟁 소설 『전선의 아들들』 발표.
1924년	네 편의 중편 소설을 묶은 『옛 뉴욕』 출간. 예술원에서 금메달 수상.
1925년	『어머니의 보상』 출간. 이론적인 글을 묶은 『소설 작법』 발표.
1926년	예술원 회원으로 선출됨.

1927년	『박명의 잠』 출간.
1928년	에드워드 워튼 사망. 『어린아이들』 출간.
1929년	『허드슨 리버 브래킷티드』 발표.
1930년	단편집 『어떤 사람들』 발표.
1932년	『허드슨 리버 브래킷티드』의 후편 『신들이 도착하다』 출간.
1934년	회고록 『뒤를 돌아보는 시선』 출간. 미완성 유작 소설 『해적』 집필.
1937년	8월 11일 사망. 프랑스 베르사유의 고나드 묘지에 안장. 자신의 작품 중 최고의 초자연적 이야기가 되리라 기대했던 단편집 『유령들』이 사후 출간.
1938년	미완성 소설 『해적』을 유언 집행자인 가일라르 랩슬레이가 편집하여 출간.

세계문학전집 **368**

여름

1판 1쇄 펴냄 2020년 8월 14일
1판 16쇄 펴냄 2024년 8월 2일

지은이 이디스 워튼
옮긴이 김욱동
발행인 박근섭, 박상준
펴낸곳 ㈜민음사

출판등록 1966. 5. 19. (제 16-490호)
서울특별시 강남구 도산대로1길 62(신사동) 강남출판문화센터 5층 (우편번호 06027)
대표전화 02-515-2000 팩시밀리 02-515-2007
www.minumsa.com

ISBN 978-89-374-6368-6 04800
ISBN 978-89-374-6000-5 (세트)

* 잘못 만들어진 책은 구입처에서 교환해 드립니다.

세계문학전집 목록

1·2 변신 이야기 오비디우스·이윤기 옮김 서울대 권장도서 100선

3 햄릿 셰익스피어·최종철 옮김 서울대 권장도서 100선 | 미국대학위원회 선정 SAT 추천도서

4 변신·시골의사 카프카·전영애 옮김 서울대 권장도서 100선

5 동물농장 오웰·도정일 옮김 미국대학위원회 선정 SAT 추천도서 | 《타임》 선정 현대 100대 영문소설

6 허클베리 핀의 모험 트웨인·김욱동 옮김 《뉴스위크》 선정 100대 명저

7 암흑의 핵심 콘래드·이상옥 옮김 미국대학위원회 선정 SAT 추천도서 | 《뉴스위크》 선정 10대 명저

8 토니오 크뢰거·트리스탄·베네치아에서의 죽음 토마스 만·안삼환 외 옮김 노벨 문학상 수상 작가

9 문학이란 무엇인가 사르트르·정명환 옮김

10 한국단편문학선 1 김동인 외·이남호 엮음 국립중앙도서관 선정 청소년 권장도서

11·12 인간의 굴레에서 서머싯 몸·송무 옮김

13 이반 데니소비치, 수용소의 하루 솔제니친·이영의 옮김 노벨 문학상 수상 작가

14 너새니얼 호손 단편선 호손·천승걸 옮김

15 나의 미카엘 오즈·최창모 옮김

16·17 중국신화전설 위앤커·전인초, 김선자 옮김

18 고리오 영감 발자크·박영근 옮김

19 파리대왕 골딩·유종호 옮김 노벨 문학상 수상 작가 | 《타임》 선정 현대 100대 영문소설

20 한국단편문학선 2 김동리 외·이남호 엮음

21·22 파우스트 괴테·정서웅 옮김 서울대 권장도서 100선 | 미국대학위원회 선정 SAT 추천도서

23·24 빌헬름 마이스터의 수업시대 괴테·안삼환 옮김

25 젊은 베르테르의 슬픔 괴테·박찬기 옮김 논술 및 수능에 출제된 책(1998~2005)

26 이피게니에·스텔라 괴테·박찬기 외 옮김

27 다섯째 아이 레싱·정덕애 옮김 노벨 문학상 수상 작가

28 삶의 한가운데 린저·박찬일 옮김

29 농담 쿤데라·방미경 옮김

30 야성의 부름 런던·권택영 옮김

31 아메리칸 제임스·최경도 옮김

32·33 양철북 그라스·장희창 옮김 노벨 문학상 수상 작가 | 서울대 권장도서 100선

34·35 백년의 고독 마르케스·조구호 옮김 노벨 문학상 수상 작가 | 서울대 권장도서 100선

36 마담 보바리 플로베르·김화영 옮김 서울대 권장도서 100선

37 거미여인의 키스 푸익·송병선 옮김

38 달과 6펜스 서머싯 몸·송무 옮김

39 폴란드의 풍차 지오노·박인철 옮김

40·41 독일어 시간 렌츠·정서웅 옮김

42 말테의 수기 릴케·문현미 옮김

43 고도를 기다리며 베케트·오증자 옮김 노벨 문학상 수상 작가 | 서울대 권장도서 100선

44 데미안 헤세·전영애 옮김 노벨 문학상 수상 작가

45 젊은 예술가의 초상 조이스·이상옥 옮김 서울대 권장도서 100선

46 카탈로니아 찬가 오웰·정영목 옮김

47 호밀밭의 파수꾼 샐린저·정영목 옮김 《타임》 선정 현대 100대 영문소설 | 미국대학위원회 선정 SAT 추천도서 | 《뉴스위크》 선정 100대 명저 | BBC 선정 꼭 읽어야 할 책

48·49 파르마의 수도원 스탕달·원윤수, 임미경 옮김

50 수레바퀴 아래서 헤세·김이섭 옮김 노벨 문학상 수상 작가 | 국립중앙도서관 선정 청소년 권장도서

51·52 **내 이름은 빨강** 파묵 · 이난아 옮김 노벨 문학상 수상 작가

53 **오셀로** 셰익스피어 · 최종철 옮김 서울대 권장도서 100선

54 **조서** 르 클레지오 · 김윤진 옮김 노벨 문학상 수상 작가

55 **모래의 여자** 아베 코보 · 김난주 옮김

56·57 **부덴브로크 가의 사람들** 토마스 만 · 홍성광 옮김 노벨 문학상 수상 작가

58 **싯다르타** 헤세 · 박병덕 옮김 노벨 문학상 수상 작가

59·60 **아들과 연인** 로렌스 · 정상준 옮김 《뉴스위크》 선정 100대 명저

61 **설국** 가와바타 야스나리 · 유숙자 옮김 노벨 문학상 수상 작가 | 서울대 권장도서 100선

62 **벨킨 이야기 · 스페이드 여왕** 푸슈킨 · 최선 옮김

63·64 **넙치** 그라스 · 김재혁 옮김 노벨 문학상 수상 작가

65 **소망 없는 불행** 한트케 · 윤용호 옮김 노벨 문학상 수상 작가

66 **나르치스와 골드문트** 헤세 · 임홍배 옮김 노벨 문학상 수상 작가

67 **황야의 이리** 헤세 · 김누리 옮김 노벨 문학상 수상 작가

68 **페테르부르크 이야기** 고골 · 조주관 옮김

69 **밤으로의 긴 여로** 오닐 · 민승남 옮김 노벨 문학상 수상 작가 | 미국대학위원회 선정 SAT 추천도서

70 **체호프 단편선** 체호프 · 박현섭 옮김

71 **버스 정류장** 가오싱젠 · 오수경 옮김 노벨 문학상 수상 작가

72 **구운몽** 김만중 · 송성욱 옮김 서울대 권장도서 100선 | 국립중앙도서관 선정 청소년 권장도서

73 **대머리 여가수** 이오네스코 · 오세곤 옮김

74 **이솝 우화집** 이솝 · 유종호 옮김 논술 및 수능에 출제된 책(1998~2005)

75 **위대한 개츠비** 피츠제럴드 · 김욱동 옮김 《타임》 선정 현대 100대 영문소설

76 **푸른 꽃** 노발리스 · 김재혁 옮김

77 **1984** 오웰 · 정회성 옮김 《타임》 선정 현대 100대 영문소설 | 《뉴스위크》 선정 100대 명저

78·79 **영혼의 집** 아옌데 · 권미선 옮김

80 **첫사랑** 투르게네프 · 이항재 옮김

81 **내가 죽어 누워 있을 때** 포크너 · 김명주 옮김 노벨 문학상 수상 작가

82 **런던 스케치** 레싱 · 서숙 옮김 노벨 문학상 수상 작가

83 **팡세** 파스칼 · 이환 옮김

84 **질투** 로브그리예 · 박이문, 박희원 옮김

85·86 **채털리 부인의 연인** 로렌스 · 이인규 옮김

87 **그 후** 나쓰메 소세키 · 윤상인 옮김

88 **오만과 편견** 오스틴 · 윤지관, 전승희 옮김 미국대학위원회 선정 SAT 추천도서

89·90 **부활** 톨스토이 · 연진희 옮김 논술 및 수능에 출제된 책(1998~2005)

91 **방드르디, 태평양의 끝** 투르니에 · 김화영 옮김

92 **미겔 스트리트** 나이폴 · 이상옥 옮김 노벨 문학상 수상 작가

93 **페드로 파라모** 룰포 · 정창 옮김

94 **차라투스트라는 이렇게 말했다** 니체 · 장희창 옮김 국립중앙도서관 선정 청소년 권장도서

95·96 **적과 흑** 스탕달 · 이동렬 옮김 국립중앙도서관 선정 청소년 권장도서

97·98 **콜레라 시대의 사랑** 마르케스 · 송병선 옮김 노벨 문학상 수상 작가 | BBC 선정 꼭 읽어야 할 책

99 **맥베스** 셰익스피어 · 최종철 옮김 서울대 권장도서 100선 | 미국대학위원회 선정 SAT 추천도서

100 **춘향전** 작자 미상 · 송성욱 풀어 옮김 서울대 권장도서 100선

101 **페르디두르케** 곰브로비치 · 윤진 옮김

102 **포르노그라피아** 곰브로비치 · 임미경 옮김

103 **인간 실격** 다자이 오사무 · 김춘미 옮김

104 **네루다의 우편배달부** 스카르메타 · 우석균 옮김

105·106 이탈리아 기행 괴테 · 박찬기 외 옮김

107 나무 위의 남작 칼비노 · 이현경 옮김

108 달콤 쌉싸름한 초콜릿 에스키벨 · 권미선 옮김

109·110 제인 에어 C. 브론테 · 유종호 옮김 BBC 선정 꼭 읽어야 할 책

111 크눌프 헤세 · 이노은 옮김 노벨 문학상 수상 작가

112 시계태엽 오렌지 버지스 · 박시영 옮김 《타임》 선정 현대 100대 영문소설 | 《뉴스위크》 선정 100대 명저

113·114 파리의 노트르담 위고 · 정기수 옮김 미국대학위원회 선정 SAT 추천도서

115 새로운 인생 단테 · 박우수 옮김

116·117 로드 짐 콘래드 · 이상옥 옮김 《뉴스위크》 선정 100대 명저

118 폭풍의 언덕 E. 브론테 · 김종길 옮김 미국대학위원회 선정 SAT 추천도서

119 텔크테에서의 만남 그라스 · 안삼환 옮김 노벨 문학상 수상 작가

120 검찰관 고골 · 조주관 옮김

121 안개 우나무노 · 조민현 옮김

122 나사의 회전 제임스 · 최경도 옮김 미국대학위원회 선정 SAT 추천도서

123 피츠제럴드 단편선 1 피츠제럴드 · 김욱동 옮김

124 목화밭의 고독 속에서 콜테스 · 임수현 옮김

125 돼지꿈 황석영

126 라셀라스 존슨 · 이인규 옮김

127 리어 왕 셰익스피어 · 최종철 옮김 서울대 권장도서 100선 | 《뉴스위크》 선정 100대 명저

128·129 쿠오 바디스 시엔키에비츠 · 최성은 옮김 노벨 문학상 수상 작가

130 자기만의 방·3기니 울프 · 이미애 옮김

131 시르트의 바닷가 그라크 · 송진석 옮김

132 이성과 감성 오스틴 · 윤지관 옮김

133 바덴바덴에서의 여름 치프킨 · 이장욱 옮김

134 새로운 인생 파묵 · 이난아 옮김 노벨 문학상 수상 작가

135·136 무지개 로렌스 · 김정매 옮김

137 인생의 베일 서머싯 몸 · 황소연 옮김

138 보이지 않는 도시들 칼비노 · 이현경 옮김

139·140·141 연초 도매상 바스 · 이운경 옮김 《타임》 선정 현대 100대 영문소설

142·143 플로스 강의 물방앗간 엘리엇 · 한애경, 이봉지 옮김 미국대학위원회 선정 SAT 추천도서

144 연인 뒤라스 · 김인환 옮김

145·146 이름 없는 주드 하디 · 정종화 옮김

147 제49호 품목의 경매 핀천 · 김성곤 옮김 《타임》 선정 현대 100대 영문소설

148 성역 포크너 · 이진준 옮김 노벨 문학상 수상 작가 | 퓰리처상 수상 작가

149 무진기행 김승옥

150·151·152 신곡(지옥편·연옥편·천국편) 단테 · 박상진 옮김 《뉴스위크》 선정 100대 명저

153 구덩이 플라토노프 · 정보라 옮김

154·155·156 카라마조프가의 형제들 도스토옙스키 · 김연경 옮김

157 지상의 양식 지드 · 김화영 옮김 노벨 문학상 수상 작가

158 밤의 군대들 메일러 · 권택영 옮김 퓰리처상 수상 작가

159 주홍 글자 호손 · 김욱동 옮김 서울대 권장도서 100선 | 미국대학위원회 선정 SAT 추천도서

160 깊은 강 엔도 슈사쿠 · 유숙자 옮김

161 욕망이라는 이름의 전차 윌리엄스 · 김소임 옮김

162 마사 퀘스트 레싱 · 나영균 옮김 노벨 문학상 수상 작가

163·164 운명의 딸 아옌데 · 권미선 옮김

165 모렐의 발명 비오이 카사레스 · 송병선 옮김

166 삼국유사 일연 · 김원중 옮김 서울대 권장도서 100선

167 풀잎은 노래한다 레싱 · 이태동 옮김 노벨 문학상 수상 작가

168 파리의 우울 보들레르 · 윤영애 옮김

169 포스트맨은 벨을 두 번 울린다 케인 · 이만식 옮김

170 썩은 잎 마르케스 · 송병선 옮김 노벨 문학상 수상 작가

171 모든 것이 산산이 부서지다 아체베 · 조규형 옮김 《타임》 선정 현대 100대 영문소설

172 한여름 밤의 꿈 셰익스피어 · 최종철 옮김 미국대학위원회 선정 SAT 추천도서

173 로미오와 줄리엣 셰익스피어 · 최종철 옮김 미국대학위원회 선정 SAT 추천도서

174·175 분노의 포도 스타인벡 · 김승욱 옮김 노벨 문학상 수상 작가 | 《타임》 선정 현대 100대 영문소설

176·177 괴테와의 대화 에커만 · 장희창 옮김

178 그물을 헤치고 머독 · 유종호 옮김 《타임》 선정 현대 100대 영문소설

179 브람스를 좋아하세요... 사강 · 김남주 옮김

180 카타리나 블룸의 잃어버린 명예 하인리히 뵐 · 김연수 옮김 노벨 문학상 수상 작가

181·182 에덴의 동쪽 스타인벡 · 정회성 옮김 노벨 문학상 수상 작가

183 순수의 시대 워튼 · 송은주 옮김 《뉴스위크》 선정 100대 명저 | 퓰리처상 수상작

184 도둑 일기 주네 · 박형섭 옮김

185 나자 브르통 · 오생근 옮김

186·187 캐치-22 헬러 · 안정효 옮김 《타임》 선정 현대 100대 영문소설

188 숄로호프 단편선 숄로호프 · 이항재 옮김 노벨 문학상 수상 작가

189 말 사르트르 · 정명환 옮김

190·191 보이지 않는 인간 엘리슨 · 조영환 옮김 《타임》 선정 현대 100대 영문소설

192 왑샷 가문 연대기 치버 · 김승욱 옮김 퓰리처상 수상 작가

193 왑샷 가문 몰락기 치버 · 김승욱 옮김 퓰리처상 수상 작가

194 필립과 다른 사람들 노터봄 · 지명숙 옮김

195·196 하드리아누스 황제의 회상록 유르스나르 · 곽광수 옮김

197·198 소피의 선택 스타이런 · 한정아 옮김 퓰리처상 수상 작가

199 피츠제럴드 단편선 2 피츠제럴드 · 한은경 옮김

200 홍길동전 허균 · 김탁환 옮김

201 요술 부지깽이 쿠버 · 양윤희 옮김

202 북호텔 다비 · 원윤수 옮김

203 톰 소여의 모험 트웨인 · 김욱동 옮김

204 금오신화 김시습 · 이지하 옮김

205·206 테스 하디 · 정종화 옮김 미국대학위원회 선정 SAT 추천도서 | BBC 선정 꼭 읽어야 할 책

207 브루스터플레이스의 여자들 네일러 · 이소영 옮김

208 더 이상 평안은 없다 아체베 · 이소영 옮김

209 그레인지 코플랜드의 세 번째 인생 워커 · 김시현 옮김 퓰리처상 수상 작가

210 어느 시골 신부의 일기 베르나노스 · 정영란 옮김

211 타라스 불바 고골 · 조주관 옮김

212·213 위대한 유산 디킨스 · 이인규 옮김 서울대 권장도서 100선 | BBC 선정 꼭 읽어야 할 책

214 면도날 서머싯 몸 · 안진환 옮김

215·216 성채 크로닌 · 이은정 옮김

217 오이디푸스 왕 소포클레스 · 강대진 옮김 서울대 권장도서 100선

218 세일즈맨의 죽음 밀러 · 강유나 옮김

219·220·221 안나 카레니나 톨스토이 · 연진희 옮김 서울대 권장도서 100선

222 오스카 와일드 작품선 와일드 · 정영목 옮김

223 벨아미 모파상 · 송덕호 옮김

224 파스쿠알 두아르테 가족 호세 셀라 · 정동섭 옮김 노벨 문학상 수상 작가

225 시칠리아에서의 대화 비토리니 · 김운찬 옮김

226·227 길 위에서 케루악 · 이만식 옮김 《타임》 선정 현대 100대 영문소설 | 《뉴스위크》 선정 100대 명저

228 우리 시대의 영웅 레르몬토프 · 오정미 옮김

229 아우라 푸엔테스 · 송상기 옮김

230 클링조어의 마지막 여름 헤세 · 황승환 옮김 노벨 문학상 수상 작가

231 리스본의 겨울 무뇨스 몰리나 · 나송주 옮김

232 뻐꾸기 둥지 위로 날아간 새 키지 · 정회성 옮김 《타임》 선정 현대 100대 영문소설

233 페널티킥 앞에 선 골키퍼의 불안 한트케 · 윤용호 옮김 노벨 문학상 수상 작가

234 참을 수 없는 존재의 가벼움 쿤데라 · 이재룡 옮김

235·236 바다여, 바다여 머독 · 최옥영 옮김

237 한 줌의 먼지 에벌린 워 · 안진환 옮김 《타임》 선정 현대 100대 영문소설

238 뜨거운 양철 지붕 위의 고양이 · 유리 동물원 윌리엄스 · 김소임 옮김 퓰리처상 수상작

239 지하로부터의 수기 도스토옙스키 · 김연경 옮김

240 키메라 바스 · 이운경 옮김

241 반쪼가리 자작 칼비노 · 이현경 옮김

242 벌집 호세 셀라 · 남진희 옮김 노벨 문학상 수상 작가

243 불멸 쿤데라 · 김병욱 옮김

244·245 파우스트 박사 토마스 만 · 임홍배, 박병덕 옮김 노벨 문학상 수상 작가

246 사랑할 때와 죽을 때 레마르크 · 장희창 옮김

247 누가 버지니아 울프를 두려워하랴? 올비 · 강유나 옮김

248 인형의 집 입센 · 안미란 옮김

249 위폐범들 지드 · 원윤수 옮김 노벨 문학상 수상 작가

250 무정 이광수 · 정영훈 책임 편집 서울대 권장도서 100선

251·252 의지와 운명 푸엔테스 · 김현철 옮김

253 폭력적인 삶 파솔리니 · 이승수 옮김

254 거장과 마르가리타 불가코프 · 정보라 옮김

255·256 경이로운 도시 멘도사 · 김현철 옮김

257 야롭을 둘러싼 추측들 욘존 · 손대영 옮김

258 왕자와 거지 트웨인 · 김욱동 옮김

259 존재하지 않는 기사 칼비노 · 이현경 옮김

260·261 눈먼 암살자 애트우드 · 차은정 옮김 《타임》 선정 현대 100대 영문소설

262 베니스의 상인 셰익스피어 · 최종철 옮김

263 말리나 바흐만 · 남정애 옮김

264 사볼타 사건의 진실 멘도사 · 권미선 옮김

265 뒤렌마트 희곡선 뒤렌마트 · 김혜숙 옮김

266 이방인 카뮈 · 김화영 옮김 노벨 문학상 수상 작가 | 미국대학위원회 선정 SAT 추천도서

267 페스트 카뮈 · 김화영 옮김 노벨 문학상 수상 작가 | 국립중앙도서관 선정 청소년 권장도서

268 검은 튤립 뒤마 · 송진석 옮김

269·270 베를린 알렉산더 광장 되블린 · 김재혁 옮김

271 하얀 성 파묵 · 이난아 옮김 노벨 문학상 수상 작가

272 푸슈킨 선집 푸슈킨 · 최선 옮김

273·274 유리알 유희 헤세 · 이영임 옮김 노벨 문학상 수상 작가

275 픽션들 보르헤스·송병선 옮김 서울대 권장도서 100선

276 신의 화살 아체베·이소영 옮김

277 빌헬름 텔·간계와 사랑 실러·홍성광 옮김

278 노인과 바다 헤밍웨이·김욱동 옮김 노벨 문학상 수상 작가 | 퓰리처상 수상작

279 무기여 잘 있어라 헤밍웨이·김욱동 옮김 미국대학위원회 선정 SAT 추천도서

280 태양은 다시 떠오른다 헤밍웨이·김욱동 옮김 《타임》 선정 현대 100대 영문 소설

281 알레프 보르헤스·송병선 옮김

282 일곱 박공의 집 호손·정소영 옮김

283 에마 오스틴·윤지관, 김영희 옮김

284·285 죄와 벌 도스토옙스키·김연경 옮김 미국대학위원회 선정 SAT 추천도서

286 시련 밀러·최영 옮김

287 모두가 나의 아들 밀러·최영 옮김

288·289 누구를 위하여 종은 울리나 헤밍웨이·김욱동 옮김 노벨 문학상 수상 작가

290 구르브 연락 없다 멘도사·정창 옮김

291·292·293 데카메론 보카치오·박상진 옮김

294 나누어진 하늘 볼프·전영애 옮김

295·296 제브데트 씨와 아들들 파묵·이난아 옮김 노벨 문학상 수상 작가

297·298 여인의 초상 제임스·최경도 옮김 미국대학위원회 선정 SAT 추천도서

299 압살롬, 압살롬! 포크너·이태동 옮김 노벨 문학상 수상 작가

300 이상 소설 전집 이상·권영민 책임 편집

301·302·303·304·305 레 미제라블 위고·정기수 옮김

306 관객모독 한트케·윤용호 옮김 노벨 문학상 수상 작가

307 더블린 사람들 조이스·이종일 옮김

308 에드거 앨런 포 단편선 앨런 포·전승희 옮김 미국대학위원회 선정 SAT 추천도서

309 보이체크·당통의 죽음 뷔히너·홍성광 옮김

310 노르웨이의 숲 무라카미 하루키·양억관 옮김

311 운명론자 자크와 그의 주인 디드로·김희영 옮김

312·313 헤밍웨이 단편선 헤밍웨이·김욱동 옮김 노벨 문학상 수상 작가

314 피라미드 골딩·안지현 옮김 노벨 문학상 수상 작가

315 닫힌 방·악마와 선한 신 사르트르·지영래 옮김

316 등대로 울프·이미애 옮김 《타임》 선정 현대 100대 영문소설 | 《뉴스위크》 선정 100대 명저

317·318 한국 희곡선 송영 외·양승국 엮음

319 여자의 일생 모파상·이동렬 옮김

320 의식 노터봄·김영중 옮김

321 육체의 악마 라디게·원윤수 옮김

322·323 감정 교육 플로베르·지영화 옮김

324 불타는 평원 룰포·정창 옮김

325 위대한 몬느 알랭푸르니에·박영근 옮김

326 라쇼몬 아쿠타가와 류노스케·서은혜 옮김

327 반바지 당나귀 보스코·정영란 옮김

328 정복자들 말로·최윤주 옮김

329·330 우리 동네 아이들 마흐푸즈·배혜경 옮김 노벨 문학상 수상 작가

331·332 개선문 레마르크·장희창 옮김

333 사바나의 개미 언덕 아체베·이소영 옮김

334 게걸음으로 그라스·장희창 옮김 노벨 문학상 수상 작가

335 코스모스 곰브로비치·최성은 옮김

336 좁은 문·전원교향곡 배덕자 지드·동성식 옮김 노벨 문학상 수상 작가

337·338 암 병동 솔제니친·이영의 옮김 노벨 문학상 수상 작가

339 피의 꽃잎들 응구기 와 시옹오·왕은철 옮김

340 운명 케르테스·유진일 옮김 노벨 문학상 수상 작가

341·342 벌거벗은 자와 죽은 자 메일러·이운경 옮김 퓰리처상 수상 작가

343 시지프 신화 카뮈·김화영 옮김 노벨 문학상 수상 작가

344 뇌우 차오위·오수경 옮김

345 모옌 중단편선 모옌·심규호, 유소영 옮김 노벨 문학상 수상 작가

346 일야서 한사오궁·심규호, 유소영 옮김

347 상속자들 골딩·안지현 옮김 노벨 문학상 수상 작가

348 설득 오스틴·전승희 옮김

349 히로시마 내 사랑 뒤라스·방미경 옮김

350 오 헨리 단편선 오 헨리·김희용 옮김

351·352 올리버 트위스트 디킨스·이인규 옮김

353·354·355·356 전쟁과 평화 톨스토이·연진희 옮김

357 다시 찾은 브라이즈헤드 에벌린 워·백지민 옮김

358 아무도 대령에게 편지하지 않다 마르케스·송병선 옮김

359 사양 다자이 오사무·유숙자 옮김

360 좌절 케르테스·한경민 옮김 노벨 문학상 수상 작가

361·362 닥터 지바고 파스테르나크·김연경 옮김 노벨 문학상 수상 작가

363 노생거 사원 오스틴·윤지관 옮김

364 개구리 모옌·심규호, 유소영 옮김 노벨 문학상 수상 작가

365 마왕 투르니에·이원복 옮김 공쿠르상 수상 작가

366 맨스필드 파크 오스틴·김영희 옮김

367 이선 프롬 이디스 워튼·김욱동 옮김 퓰리처상 수상 작가

368 여름 이디스 워튼·김욱동 옮김 퓰리처상 수상 작가

369·370·371 나는 고백한다 자우메 카브레·권가람 옮김

372·373·374 태엽 감는 새 연대기 무라카미 하루키·김난주 옮김

375·376 대사들 제임스·정소영 옮김

377 족장의 가을 마르케스·송병선 옮김 노벨 문학상 수상 작가

378 핏빛 자오선 매카시·김시현 옮김

379 모두 다 예쁜 말들 매카시·김시현 옮김

380 국경을 넘어 매카시·김시현 옮김

381 평원의 도시들 매카시·김시현 옮김

382 만년 다자이 오사무·유숙자 옮김

383 반항하는 인간 카뮈·김화영 옮김 노벨 문학상 수상 작가

384·385·386 악령 도스토옙스키·김연경 옮김

387 태평양을 막는 제방 뒤라스·윤진 옮김

388 남아 있는 나날 가즈오 이시구로·송은경 옮김

389 앙리 브륄라르의 생애 스탕달·원윤수 옮김

390 찻집 라오서·오수경 옮김

391 태어나지 않은 아이를 위한 기도 케르테스·이상동 옮김 노벨 문학상 수상 작가

392·393 서머싯 몸 단편선 서머싯 몸·황소연 옮김

394 케이크와 맥주 서머싯 몸·황소연 옮김

395 월든 소로·정회성 옮김

396 모래 사나이 E. T. A. 호프만·신동화 옮김

397·398 검은 책 오르한 파묵·이난아 옮김 노벨 문학상 수상 작가

399 방랑자들 올가 토카르추크·최성은 옮김 노벨 문학상 수상 작가

400 시여, 침을 뱉어라 김수영·이영준 엮음

401·402 환락의 집 이디스 워튼·전승희 옮김

403 달려라 메로스 다자이 오사무·유숙자 옮김

404 아버지와 자식 투르게네프·연진희 옮김

405 청부 살인자의 성모 바예호·송병선 옮김

406 세피아빛 초상 아옌데·조영실 옮김

407·408·409·410 사기 열전 사마천·김원중 옮김 서울대 권장도서 100선

411 이상 시 전집 이상·권영민 책임 편집

412 어둠 속의 사건 발자크·이동렬 옮김

413 태평천하 채만식·권영민 책임 편집

414·415 노스트로모 콘래드·이미애 옮김

416·417 제르미날 졸라·강충권 옮김

418 명인 가와바타 야스나리·유숙자 옮김 노벨 문학상 수상 작가

419 핀처 마틴 골딩·백지민 옮김 노벨 문학상 수상 작가

420 사라진·샤베르 대령 발자크·선영아 옮김

421 빅 서 케루악·김재성 옮김

422 코뿔소 이오네스코·박형섭 옮김

423 블랙박스 오즈·윤성덕, 김영화 옮김

424·425 고양이 눈 애트우드·차은정 옮김

426·427 도둑 신부 애트우드·이은선 옮김

428 슈니츨러 작품선 슈니츨러·신동화 옮김

429·430 세계의 끝과 하드보일드 원더랜드 무라카미 하루키·김난주 옮김

431 멜랑콜리아 I-II 욘 포세·손화수 옮김 노벨 문학상 수상 작가

432 도적들 실러·홍성광 옮김

433 예브게니 오네긴·대위의 딸 푸시킨·최선 옮김

434·435 초대받은 여자 보부아르·강초롱 옮김

436·437 미들마치 엘리엇·이미애 옮김

438 이반 일리치의 죽음 톨스토이·김연경 옮김

439·440 캔터베리 이야기 초서·이동일, 이동춘 옮김

441·442 아소무아르 졸라·윤진 옮김

443 가난한 사람들 도스토옙스키·이항재 옮김

444·445 마차오 사전 한사오궁·심규호, 유소영 옮김

세계문학전집은 계속 간행됩니다.